Y0-BTZ-572

EL JARDÍN DEL MAR

SOPHIE GOLDBERG

Grijalbo

El Jardín del Mar

Primera edición: febrero, 2020

www.megustaleer.mx

Las fotos de interiores son parte del archivo fotográfico familiar de la familia Bejarano.
La foto de la boda de Sofía y Efraim fue obtenida de la página web Pinceladas de Historia Bejarana: https://bit.ly/33YaiG5

ISBN: 978-607-318-828-9

Impreso en México – *Printed in Mexico*

El papel utilizado para la impresión de este libro ha sido fabricado a partir de madera procedente de bosques y plantaciones gestionadas con los más altos estándares ambientales, garantizando una explotación de los recursos sostenible con el medio ambiente y beneficiosa para las personas.

Penguin
Random House
Grupo Editorial

A mis "Gran papás", Efraim y Sofía, y a mi padre,
Alberto, por la palabra compartida, por el ejemplo
y las ganas de vivir.
Este libro es para ustedes.

A mi madre, Mery, por los maravillosos
recuerdos de una infancia feliz.

A Moisés, mi esposo, mi amor,
mi eje una vez más,
mi apoyo siempre.

A mis hijos, Alex y Sandy, Lisa y Rafa, Arturo y
Melina; y a sus hijos, mis adorados nietos: Mark,
Ari, Gabriela, Natalia, Gabriel y Sara, herederos
de esta historia, custodios de su memoria.

Al pueblo de Bulgaria, con toda mi admiración
y agradecimiento por su valentía,
por haberse atrevido a decir "no".

A los millones que desaparecieron.
A los que sobrevivieron,
que sus historias no sean olvidadas.

El hombre tiene que establecer un final para la guerra. Si no, la guerra establecerá un final para la humanidad.

JOHN F. KENNEDY

En la paz, los hijos entierran a los padres; la guerra altera el orden de la naturaleza y hace que los padres entierren a sus hijos.

HERÓDOTO

PRIMERA PARTE

Me encuentro en esta tierra, la del refugio, la que he hecho mía.
Tan lejana a la de mi niñez, tan distinta.
Y a pesar de la distancia, de los kilómetros, de los años,
es sorprendente la manera en que algunos recuerdos
quedan incrustados en la memoria.
Son momentos elegidos de entre los escombros de la vida.

I

Mientras abría la puerta de nuestro apartamento en el bulevar Maria Luiza número 15, mi madre me jaló del brazo, escondiéndome tras ella. Me pareció que el aliento de las calles de Varna, nuestra ciudad búlgara, nuestra ciudad sitiada, penetró la casa junto con la mirada sulfúrica del comandante de las SS, las Schutzstaffel. Acribillada por la siniestra aparición del intruso, esa mujer, que mis ojos niños veneraban, se tambaleó en un ataque de temor. Su pulso acelerado le martillaba las sienes.

No era la primera vez que lo veía. Reconocí su uniforme, los lustrosos botones metálicos, las botas boleadas con perfección. Las condecoraciones e insignias en sus solapas despedían un intenso aroma a autoridad. Dos runas como rayos plateados sobre el cuello de tela de gabardina negra, que para ese hombre simbolizaban la victoria, las SS, las iniciales de las Schutzstaffel; para nosotros, el deseo de defender la vida a pesar de la implacable intimidación. La Cruz de Hierro, *De Eisernes Kreuss*, colgaba de un broche formado por hojas de roble y espadas de oro. Una esvástica negra en el antebrazo izquierdo sobre una ancha banda roja gritaba: ¡Alerta, alerta! El automóvil oscuro se había detenido con un escandaloso rechinido neumático. En el portón del edificio rebotó la luz de sus faros. Cayó la bruma de aquella gélida madrugada de 1941. El ladrido furioso de un dóberman me despertó. Mis cinco años no entendían qué estaba pasando. Entre insultos y brutalidad, ese mismo hombre arrancó de la pared la clavija que daba vida a nuestra radio. No más conciertos a las seis. Adiós al de violín, el que más me gustaba. Adiós a esa radio que nos acompañaba desde temprano con las narraciones de historias de escritores famosos. Ese mismo nos informaba del avance nazi por Europa.

Con su repentina violencia, aquel oficial tan arrogante como temido, también arrancó a mi padre de los brazos suplicantes de su mujer: mi madre. Los sollozos, mientras se aferraba con las uñas a la manga del saco, llenaban mis oídos de dolor. Él la miró, su sonrisa pretendía tranquilizarla, decirle que todo iba a estar bien. Después se dirigió a mí: "Ahora tú eres el hombre de la casa, Alberto", fue lo último que pronunció. Como una constante, el peso de esas palabras me perseguiría toda la vida. Una sentencia, un susurro permanente.

Se cerró la puerta. Nuestros huesos retumbaron con el azotón. La oquedad de su presencia fue inmediata. Silencio, silencio. El llanto de mi hermano pequeño rompió el desconcierto. Nos tratamos de recomponer. Mi madre se levantó del piso en donde había permanecido ovillada con los puños hilvanados a la frente. Ella, como cientos de mujeres, se convertiría en el soldado desconocido en esta guerra. Ellas serían las que lucharan contra los desapegos, contra la inseguridad de verse solas y sacar adelante los exilios a poblados lejos de la ciudad, mientras sus esposos, hijos y padres pasaban por los campos de trabajos forzados. Vivirían, todas, una experiencia colectiva que rebasaría lo individual. Mi madre, siempre motivada por la curiosidad, el sentido del humor, el arrojo y la fortaleza, sería fuerte mientras tuviera que ser fuerte; después, la depresión inconsolable.

A mí, a mí se me quedó clavada la puerta en los ojos. Me pregunté por este vacío, por este silencio que entró a la fuerza. ¿Resistiría mi madre el paso de las noches? ¿Resistiríamos los momentos amargos si los tragábamos de prisa? Mejor no contar las horas, no contar los días.

Lo que más amaba se esfumó en esa bruma, en esa gélida madrugada de 1941. La rememoro como si el tiempo no hubiese pasado, como si los recuerdos no envejecieran. Los campos de trabajos forzados, los temidos *lager*, eran el destino de mi padre, y ni yo ni mi madre ni nadie pudo impedirlo.

II

Efraim se sostuvo del alambrado que cercaba el campo. Los nudillos oscuros por la sangre deshidratada en su piel. Los inacabables meses en aquel lugar se le habían agolpado esa tarde con un agotamiento que le impedía llegar hasta su barraca. Tormento. Incertidumbre. Zozobra. Ésos eran los aires que soplaban cada mañana y cada noche entre los maderos putrefactos que a duras penas sostenían en pie las casuchas. Efraim y su delgadez se deslizaban rozando todo el cuerpo contra el cemento de la barda que lo hacinaba, que lo clasificaba, que lo segregaba, que lo degradaba, que le quitaba su libertad.

Vio al guardia que hacía su recorrido con paso firme y con las manos entrelazadas en la espalda sujetando una macana. El hombre se detuvo en seco; con el ceño retorcido lo miró como preguntándole qué hacía fuera de su cobertizo. Como todos los días, a la misma hora, la estrepitosa sirena había sonado. Las luces se apagarían en breve y ninguno de los prisioneros podía estar fuera de su hedionda litera. El dolor de abdomen lo obligó a buscar apoyo. Un golpe en la alambrada, justo a la altura de aquellas manos atormentadas, hizo que cayera al suelo.

Cuando parecía haber recuperado el conocimiento, entreabrió los ojos; se encontraba rodeado de sus compañeros que lo miraban murmurando entre sí. La fiebre lo hacía desvariar. Entre sueños se veía en casa, en Varna, con Sofía, con sus dos pequeños. Los llamaba con las cenizas de voz que salían de su garganta: "Alberto… hijo, Salomón, Alberto". Los ojos clavados en el techo despellejado por la humedad. Nombres que no cesaban de ser pronunciados, con dificultad, con la nuca ardiendo, con la frente ardiendo, entre sudor y delirio.

Imágenes de sus paseos antes de la guerra por Morska Gradina, el Jardín del Mar, llenaban sus pupilas perdidas. En alucinaciones, creía ver desde el aire los noventa mil metros cuadrados de flores, plantas y árboles de este gran parque que va bordeando el mar Negro. Creyó haberse salido de su cuerpo en un desdoblamiento que lo llevó hasta allá. Se vio diciéndole a su Sofía lo que toda persona que vivía en Varna comentaba: que ese jardín era el orgullo de los Balcanes. Imaginó también la expresión de su mujer cada vez que él le contaba cómo la apariencia del parque había ido cambiando por épocas, y cómo el sultán otomano ordenó con firmeza que se hiciera un jardín en las afueras de la ciudad. "Seguramente para que las odaliscas se pasearan por ahí", le había dicho su esposa la primera vez que él le relató la historia. La pareja admiraba este lugar desde que eran novios. Era peculiar que cada vez que estaban frente a aquellos magníficos paisajes, él comentaba lo mismo: "Qué espléndida creación la de Anton Novak. Sabes, Sofía, él es el mismo arquitecto que diseñó los jardines del Palacio de Schönbrunn y del Belvedere, en Viena". Ella ya lo sabía, no era la primera vez que su marido se lo contaba, pero disfrutaba al ver su orgullo cuando lo decía.

Siguieron las altas temperaturas, y con ellas los ensueños. Se iba lejos, muy lejos del campo de trabajo donde se encontraba enfermo. Él, tomado de la mano de su esposa, recorriendo sin prisa aquel pasadizo central que exhibe monumentos de prominentes búlgaros; ella, con un cinturón que marca las curvas de su cuerpo, y sus hijos correteando y escondiéndose entre árboles y plantas ornamentales que en la antigüedad fueron llevados del Mediterráneo para plantarse ahí. Fuentes que mecen chorros de agua de un lado a otro; un lago en cuya orilla se sientan los enamorados a contemplar su reflejo, y los niños que echan al infinito sus barcos de papel. Caminos interminables en los que se mezclan el aroma del mar y el de la vegetación. Todo esto ofrecía el Jardín del Mar, todo en vívidas imágenes que navegaban en la imaginación de aquella mente en desvarío.

Pero su sitio predilecto dentro del parque era El Puente de los Deseos. Sofía, crédula como muchas de sus amigas, pensaba que cruzar el puente con los ojos cerrados y caminando hacia atrás haría de sus anhelos una realidad. En pareja lo recorrían cada vez que visitaban el Morska Gradina. Efraim recordaba a su esposa con ese vestido, con ese cinturón ceñido, con esa piel color de aceituna, con esos labios delineados de rojo, esos que había besado tantas veces. Nuevamente delirios y sueños. Contorsiones del cuerpo en un intento más por alcanzar a su musa. El pecho que arde. La banca de aquel parque pintada de verde olivo en la que se sentaban todos los domingos. Él, pasando su brazo por su espalda; ella, con la sonrisa de una niña ilusionada.

Sus lamentos se escucharon durante horas. Gemidos que parecían brotar del fondo de la tierra, de un pozo oscuro y turbulento. Las calenturas no cedían. Uno de los presos, David, era médico y sabía que de no controlar la hipertermia cuanto antes, el enfermo comenzaría a convulsionar. Desgarró con fuerza la delgada tela que servía de sábana en su catre. Tomó un jirón de aquel tejido impregnado de insomnio y salió a hurtadillas de la barraca para ponerlo en la nieve. Lo colocó en la frente de Efraim esperando que la temperatura cediera con la gélida humedad. Poco a poco, el tiritar de aquel cuerpo se iba serenando, y a pesar de haber fortalecido hombros, espalda y pecho a base de picar piedra, un metro cúbico diario, el mínimo exigido, en estos momentos poseía indefensos hilachos por piernas y brazos. Después de un rato David arropó un poco el pálido cuerpo de su vecino; volvió a tocarle la frente ahora más tibia. Los ojos cerrados del paciente se sumían en sus cuencas cadavéricas. La fiebre parecía haber aminorado, pero de todas formas David repitió la cura de la tela empapada de nieve. El único recurso, en realidad.

Efraim recobró lucidez por unos momentos. Se abrazó de David con fuerza, temiendo volver a hundirse en las tinieblas si lo soltaba; era lo único a lo que podía aferrarse. David lo estrechó de vuelta, se balancearon en un arrullo reconfortante. Cuando se soltaron, los brazos del enfermo conservaron por un instante el hueco del apretón ya vacío.

III

Envuelto en el hedor de su propio cuerpo cansado, hacía ya dos meses que León, un jovencito que había cruzado el letrero en que se lee la orden de "Halt" en la entrada del campo de trabajos forzados, no cesaba de cuestionarse cuándo volvería a casa. Aferrado a esa pregunta, a esa que carecía de respuesta, a esa que lo merodeaba noche tras noche, seguía adelante cada interminable, fatigado y adolorido día. A los demás prisioneros les pasaba lo mismo. Dentro del campo la idea de vivir cambiaba por la de mantenerse vivo, por la de resistirlo todo para algún día regresar a sus hogares en Burgas, Varna, Sofía o Plovdiv. Existía una invisible pero certera voluntad, aunque aún faltaran cientos de amaneceres para que eso sucediera.

Todo había comenzado con el concepto de cuánto la libertad y el derecho a existir de unos incomodaba a otros. En la psique de los arios no había cabida para los judíos, o los homosexuales, o los negros o los gitanos. De ahí que acechara un siniestro plan para acabar con todos ellos.

La primera humillación: los judíos habían sido despojados del privilegio de servir en el ejército como cualquier otro ciudadano. La pérdida de ese honor, bien entendido entre los hombres de la comunidad de Bulgaria, había herido su profundo orgullo patriota. No podían usar más el uniforme que habían portado para defender las fronteras de su amado país. Ahora vestían un áspero camisón y pantalones desgastados. Una banda amarilla en el brazo era el distintivo que gritaba que eran judíos. Era muy sencillo: ¿cómo permitir que un país amigo de Alemania tuviera soldados de raza semita en sus filas? Bulgaria se había convertido oficialmente en aliado de la

Alemania nazi cuando se firmó en Viena el Pacto Tripartita, a pesar de que el rey Boris había logrado posponer la coalición durante meses. Sin embargo, llegó un punto en el cual las excusas y argumentos para no firmar ese tratado se le agotaron.

La presión para llevar a cabo los cambios comenzó. Las nuevas reglas se publicaron en la *Gazette* a nivel nacional. Un edicto aquel texto. La primera instrucción, para implementar la ley a partir de ese momento, era la emisión de tarjetones especiales de identidad. De color rosado para los judíos. El gobierno alemán consideraba demasiado bueno el trato que se daba a los judíos, por lo que decretó que la única forma para "servir en el ejército" sería laborando en campos de trabajo. El mes de mayo de 1941 marcó el inicio del llamado a todos los judíos entre los veinte y los cuarenta años. A través de los meses, estos hombres sanos y fuertes se fueron convirtiendo en famélicas sombras deambulando en aquellos labrantíos de reclusión.

León se preguntaba por qué de ser bien alimentados para rendir más en el extenuante trabajo, de un día al otro todo empeoró. Les aventaban un caldo apenas tibio donde flotaba una nata de repugnancia, frijoles en una vasija que se quedaba con hambre y un trozo de pan endurecido por los suspiros. Era lo que recibían dos veces al día. Se sentó en el suelo abrazado a sus rodillas y sollozó. Inconsolable resintió ahí mismo la mezcla de impotencia y dolor; de lástima, de odio. Dijo cosas, las dijo sin voz, y se le agrietó el alma. A la larga saldría de ahí, saldría con la dignidad arrastrando.

David escuchó decir al más nuevo de los presos que había llegado a la capital de Bulgaria el embajador alemán Adolf Heinz Beckerle, un muy eficiente comandante de las tropas nazis y exjefe de la policía. Beckerle reemplazó a diplomáticos como *el Barón* von Richthofen, entre otros, quien a los ojos de Hitler era bastante incompetente en la representación del Tercer Reich en la zona de los Balcanes. Construir puentes, ensanchar carreteras, partir bloques de piedra en la cordillera de las montañas Ródope al sur del país se había convertido en el destino de la mayoría, y el esfuerzo al límite, la exigencia nazi de todos los días. El agotamiento no sólo del trabajo, sino del llanto, venció por fin al joven León.

A la mañana siguiente David seguía velando el sueño de Efraim, quien se convertiría en un amigo de por vida, en un hermano. Los pasos del guardia restregando sus botas de cuero en el piso nevado se escuchaban cada vez más cercanos. El sonido de la macana chocando contra la palma de su mano se sumó al rechinar de la puerta al abrirse.

"¡Todos arriba, holgazanes, es hora de trabajar!"

David ayudó a Efraim a ponerse de pie. La fiebre iba y venía, y el malestar lo tenía aún muy débil. Se incorporaron a la fila en silencio. Todos caminaron en orden, todos con la mirada clavada en la nuca del de enfrente. Unos cuantos pasos, el aire helado laceraba la piel de las mejillas que se abría como boca en grito. Abraham encabezaba la procesión; él era uno de los que más tiempo había pasado en el campo de trabajos forzados. En un principio se revelaba contra cualquier injusticia, contra los golpes y el maltrato, pero lo que el invierno en este lugar le había dejado era mansedumbre. Caminaba enjuto, ya no le quedaban fuerzas para tratar de estar erguido, ya no le quedaban fuerzas para contar su historia, la que todos habían escuchado, la que contaba siempre que podía. Pareciera que su crónica terminó ahí, en aquella mirada temerosa y semiperdida. Ya no había nada que contar, sólo picar piedra tratando de engañar a la tristeza y esquivar la muerte.

Efraim lo observaba. Se negó a caer en ese abandono del orgullo, en la pérdida de dignidad. Él contaría su historia. Cuando todo esto terminara. Lejos, sería lejos de este infierno que la contaría. Resistiría los silencios, los vacíos, el hambre. Resistiría las noches glaciales. La nostalgia atorada en la faringe. El tormentoso deseo de desandar lo ya andado. Nada que hacer. Se propuso como obligación sobrevivir. Sobrevivir para contar. Todo para contar su historia.

IV

Dentro del *lager*, el campo de trabajos forzados las semanas transcurrían. Se gastaba el tiempo, ese que no se podía compartir con la familia o simplemente admirando el mar en libertad. Se gastaba el tiempo, pensaba Efraim, se gastaba agonizante en una muerte lenta. Ahí dentro no pasaba nada, nada distinto que no fuera transportar en las espaldas bloques de piedra que con su peso hacían perder el poco que les quedaba a aquellos cuerpos humillados, para después, con pico en mano, partirla hasta reunir el metro cúbico obligatorio. La incógnita que no dejaba de merodear en la mente de Efraim era preguntarse qué estaría pasando afuera, no sólo extrapolando las bardas y los alambrados de púas que lo hacinaban, sino afuera, en el resto del país, en el resto de Europa.

Efraim sentía que él y todos los hombres enjaulados en aquel campo estaban solos, solos en el mundo que seguramente seguía en su frenético ritmo sin detenerse a mirar, quizá sin tener conocimiento siquiera de lo que ahí dentro pasaba. Se sentía, como todos los demás, abandonado por la conciencia universal. Eran días en los que se alegraba de no poder hablar con Sofía, porque el tono derrotado de su voz sería una daga que la desgajaría sin tocarla. Ella siempre había confiado en la fortaleza de su esposo, en la determinación que lo caracterizaba. Qué bueno que no estaba ahí, que no lo podía ver flaqueando, de huesos apenas recubiertos por una piel delgada y seca, hambriento, indefenso ante el filo del viento gélido, ante el azote de una macana cargada de odio que golpeaba con el afán de utilizar aquellos cuerpos hasta que no pudieran más.

Tenía treinta y dos años. Una juventud interrumpida, un proyecto de vida arrebatado, eso era lo que más lo atormentaba; la frustración de no haber podido decidir, que la guerra y Hitler eligieran por él, por él y por todos los que no hubiesen planeado un destino como éste. ¿Qué habría sido de la vida si no hubiese existido este odio enfermo y contagioso, este racismo que había que sanar como quien cura una herida que no deja de sangrar esperando que algún día cicatrice? Preguntas sin respuesta, interrogantes que con cada golpe en la piedra parecían golpear también, hasta el tuétano, los escasos vestigios de esperanza que se podían perpetuar gracias a que ahí dentro los prisioneros no estaban enterados de la magnitud de la masacre. No sabían que en Polonia estaban las fábricas de la muerte y que las nubes grises estaban formadas por niebla humana de cuerpos consumidos en llamas después de haber sido asesinados, violados, golpeados, experimentados. Finalmente eran calcinados dejando tan sólo cenizas como huella que se echaría al aire. Hollín, tizne; eso eran los gitanos, y los discapacitados, y los negros, y los judíos, y los homosexuales y los librepensadores.

No sabían, pero no lo sabía tampoco el mundo, que una fila de selección marcaba el destino de inocentes bajo el dedo intempestivo y cargado de albedrío de un oficial que podía decidir sobre la vida y la muerte. Podía. Como un dios, podía. Cuerpos profanados, esqueléticos y desnudos apilados en montañas escarpadas en donde moría el hombre, y el talento, y la cultura y el pensamiento. Que todo esto sucedía mientras chiquillos chapoteaban en el mar sin saber, sin saber que los huérfanos que sobrevivieran a los horrores llevarían una herida en su interior, una herida tan profunda que sería capaz de robarles para siempre la inocencia y dejarlos paralizados con sus recuerdos y sus pérdidas. Que un aroma, una imagen o un sonido los podría trasladar al pasado, al peligro, a la sensación de pánico a la que nunca podrían renunciar. Que serían para siempre víctimas, y sentirían la culpa de haber sobrevivido, aunque fueran supervivientes. Que la seducción de la venganza los cautivaría por momentos, pero que finalmente llegarían a la conclusión de que la venganza no da libertad, solamente mantiene el odio y no sería éste lo que querrían dejar como legado. Aun despojados de todo, aun con la rabia de haber vivido tanta injusticia y de tener heridas psicológicas, mucho más profundas que las físicas, aun así, optarían por la esperanza y el perdón.

Era tanto el tiempo para pensar. Entre golpe y golpe sobre la piedra, entre grieta y grieta; y de las fisuras parecían emerger las dudas. Efraim se preguntaba cómo era que el hombre, que nace para amar y ser feliz, aprende a odiar desahuciando los sentimientos primarios. En cada encuentro del cincel con la roca la incredulidad lo torturaba. ¿Cómo era posible que estuviera viviendo algo así? ¿Cómo era que se podía encontrar placer en reducir la humanidad del otro? Efraim trataba de mantener, hasta donde fuera posible, la salud mental, la emocional. Sabía que perdiéndolas, lo perdería todo; aunque algún día fueran liberados, aunque terminara la guerra, aunque lograra escapar, no sería libre porque lo que se tejiera en su memoria y en su alma en momentos de debilidad serían los grilletes que para siempre interrumpirían el vuelo en su vida.

Limitado al perímetro de su pequeño catre, a veces compartido con otros dos presos que acomodaban sus cuerpos en un enjambre óseo que desafiaba el mínimo espacio, Efraim soñaba. La oscuridad lo transportaba a un momento que recreaba una y otra vez. Se veía a sí mismo contando los peldaños de la escalera que atravesaba el jardín para llegar a casa. Catorce, de ida y de vuelta catorce. Introducía la llave en el cerrojo; en el departamento todo era silencio. Los niños dormían. Empujaba suavemente la puerta de su recámara y la imagen de Sofía lo embelesaba. Estaba recostada en la cama, sobre su lado izquierdo, con el cabello húmedo y los pies asomándole entre las sábanas. La observaba, la recorría con humildad, con ternura. El baño aún olía a jabón, a vapor y a loción de rosas. Efraim se quitaba el abrigo de lana y lo colgaba en el respaldo del *chaise longue.* La miraba de nuevo y compartía con ella el silencio. Se sentaba en la orilla de la cama, en el hueco que se formaba entre el hombro y el abdomen de su cuerpo lánguido y perfecto. Le susurraba sobre los labios y esperaba a que ella despertara. Sofía parpadeaba y pronunciaba su nombre: "¿Efraim?" Sin abrir los ojos, se incorporaba y amoldaba sus dedos en la nuca de su esposo acortando el espacio entre sus cuerpos y arrullándose en la suavidad de su piel.

Comienza a amanecer y, en aquel sueño, Efraim respira el aroma de Sofía y exhala sus miedos y su incertidumbre; se llena de fuerzas nuevas y convierte este espejismo en un ritual diario para encontrarle sentido a la idea de sobrevivir. Cuenta los peldaños. Catorce de ida y catorce de vuelta. Como si el número fuera a cambiar, como si éstos lo llevaran a ella.

Estaba preso, físicamente cautivo, pero la libertad interna reside en la voluntad y era ésta la que lo haría dueño de su vida, que aunque robada en ese momento, su mente emancipada viajaría por todos sus anhelos y caprichos, por todos sus afectos y sus apegos. Sería dueño, si no de sus actos, de sus pensamientos; ésos serían sólo suyos. Ni los temidos kapos, ni el sometimiento del *Lagerkommandant* al frente del campo se los podrían arrebatar. No importaba si externamente no podía materializar lo que deseaba, que era estar con Sofía y sus hijos, internamente lo había elegido. Los pensaba. Los imaginaba, y en la privacidad de su interior, la amaba a ella.

V

El *appel*, la formación al amanecer. Permanecer en posición de firmes sin importar cuánto tiempo, sin importar si los rayos de sol taladraban con ardor cada surco de aquella piel que le quedaba grande al cuerpo fatigado, o si el aire gélido de un invierno precoz ajaba los huesos que rotulaban los andrajos que los cubrían. Varias horas a la intemperie si así le daba la gana al *Lagerkommandant*. "No te muevas, no pestañees", se decía Efraim para no provocar una paliza tan sólo por inspirar con más fuerza y hacer que su pecho se moviera a través del uniforme. Seguir órdenes, dadas a gritos, a golpes, o a punta de pistola. Pensar en algo más que no fuera la insensibilidad de extremidades agarrotadas, o en el hambre devorándolo, o en las ganas de tirarse desde las montañas arriscadas de donde traían los enormes bloques de piedra.

Al regresar del trabajo, al final de un día agotador, por la tarde, una vez más el momento más aterrador de la jornada: la formación vespertina. En ésta había que reunir todas las fuerzas restantes para no tropezar, para no desmayarse y superar esa última etapa de la rutina diaria, que para los oficiales se convertía en una oportunidad más para degradar a los prisioneros, y para éstos, una más para constatar la maldad del hombre. El conteo era lo que Efraim más temía. La severidad en la mirada era por sí sola el golpe de un látigo brutal, de la sinrazón, de la elocuente abominación con la que trataban a los prisioneros. Faltaba uno. Faltaba un prisionero. Les preguntaban a golpes si lo habían visto, si lo habían ayudado a escapar, cuando en realidad el cansancio extremo, la desnutrición, la deshidratación o el frío habían sido la salida hacia una muerte a veces deseada.

La expectativa de vida en un campo de trabajos forzados era de apenas unas semanas, pero para entonces, tras meses de sobrevivir y compartir la rigidez de los catres, los barracones casi derruidos, los azotes, las heladas y los caldos transparentes que pretendían engañar aquellos estómagos pegados a las espaldas, los reclusos habían compartido también anécdotas, sueños, nombres y recuerdos de antes de la guerra. El disfrute simultáneo de lo intangible, de las memorias, de la felicidad, ahora percibida como un bien finito, hacía que Efraim sintiera en la clandestinidad de estas pláticas un alivio, un intento por preservar la identidad humana y dejar de sentirse como un animal de carga.

Eran quizá estas charlas que se murmuraban entre los ásperos dobleces de sábanas raídas, que nunca les calentaron la piel, las que se convertían en una especie de brújula, era ahí a donde querían todos volver, a su antigua vida, a buscar su norte y regresar a casa. A Efraim le servían para anhelar, y los anhelos para tener fuerza, y la fuerza para levantarse una madrugada más, y otra, y otra, y alegrarse de continuar vivo aunque fuera ese día, para seguir con la esperanza de retomar las coordenadas de una libertad que fenecía cada noche.

A veces, aun extenuado como estaba, Efraim batallaba para conciliar el sueño. Extrañaba el abrazo de Sofía, el aroma a nube en el aliento de su risa y el tacto de su piel al estarla andando. Le inquietaba pensar en lo sola que debía sentirse, en la responsabilidad de tratar de alimentar a sus dos niños que como si fuera viuda sin estarlo había caído sobre ella, regresando seguramente de los mercados con las manos vacías después del toque de queda.

Por momentos la deshidratación lo hacía desvariar. Se sentía minimizado, se sentía como uno más de los cientos de mosquitos que enmarañados merodeaban los pantanos; esas aguas estancadas de sedimentos flotantes que le hacían volver el estómago tan sólo mirarlos y que había que secar por órdenes de los kapos. Un insecto, un insignificante insecto, eso era cuando la moral se le venía abajo y en el centro del esternón se le formaba un pozo hecho de todas las lágrimas que no derramaba. Sólo podía alegrarse de que su esposa y sus niños no estuvieran pasando por algo así, y entonces recobraba el temple: "Si puedes sobrevivir a esto, podrás sobrevivir a lo que sea", se decía una y mil veces.

Para Efraim, recrear escenas de la vida familiar era una suerte de catarsis, de hipnotismo que adormecía, aunque fuera por instantes, el dolor de la separación, del sufrimiento físico, de la rabia, de la humillación del orgullo herido. Palmas de las manos sudorosas, secuelas de una vida interrumpida. Rememoró cuando cumplió el deseo de Sofía de llevarla junto con su hijo Alberto a Rustschuk, su ciudad natal, la cual ella extrañaba profundamente. Ahí, en la "Pequeña Viena", como se le apodaba en tiempos del Imperio otomano, recorrieron tomados de la mano los márgenes del Dunav, ese Danubio inspiración de músicos y poetas, ese que es musa y voz, que es soplo y arrebato, que incita a la furia creadora. Recordar esos paseos a orillas de la rivera, así como la alegría de su esposa, insuflaba en Efraim la fuerza necesaria para superar las pesadillas recurrentes, las heridas como zanjas que supuraban su profunda tristeza.

Su sensación de valía estaba unida a su vida antes de la guerra. En la oscuridad, justo antes del amanecer, antes de despertar a la despiadada realidad que lo marchitaba todo, evocaba su niñez en Provadia, donde nació. Las ocasiones en que su padre, Abraham, lo llevaba a ver cómo se hacían los quesos y los yogures, negocio que había heredado a su vez de su padre. Volvía en el tiempo y pensaba en la suerte de que se hubiese mudado a Varna, en la suerte de haber entrado a trabajar como gerente en la tienda Córdova-Bejmoran. Ahí conocería al amor de su vida, Sofía. A partir de entonces esperarían cada domingo para tomarse del brazo en sus paseos por Morska Gradina. Ella navegaría entre sus manos; tendrían los pulmones henchidos y las palabras formarían parte de un suspiro. Insinuaciones sutiles. Ella con la cabeza apoyada en su pecho. Un corazón batiendo. Sus brazos rodeándole los hombros. Besos de despedida que parecerían siempre demasiado cortos. Él pronunciaba su nombre. La miraba en silencio, sin prisa, saboreando el momento y su mirada última antes de partir.

Soñaba con los días comunes, con los que sin tener nada de especial, lo tenían todo. Los paseos dominicales con sus hijos, las tardes escuchando la radio en casa, o una jornada habitual en la tienda. Efraim salía temprano a trabajar, Sofía le daba un beso y un trozo de banitsa de queso envuelta en papel de estraza. Pasaba el día y él regresaba a casa; ella lo esperaba llenando su boca con una sonrisa. Él le besaba la nuca, o el cuello, o la mejilla. Se detenía al bajar por su espalda; los niños seguían despiertos. Ella le regalaba palabras de amor al oído, él la imaginaba vaciando su vestido, y cuando al fin podían estar juntos, le susurraba secretos tibios en el ombligo.

Era increíble que aun en el intenso frío, en momentos de dolor insostenible, en la vulnerabilidad, en la violencia cotidiana y despojado de todo, pudiera sentir unos instantes de felicidad cuando pensaba en su joven esposa. Todo era cuestión de cerrar los ojos para que su mente se trasladara a casa, o al Jardín del Mar. Así, sin verla, la contemplaba, con los sentidos se paseaba por sus contornos y respiraba el aire perfumado que dejaba a su paso y que él recogía. Escuchaba su voz. Sutil, dulce, cariñosa. Pero despertaba. Inevitablemente despertaba para saberla inaccesible. Lejana, tan lejana. Y comenzaba nuevamente el tormento, el de escudriñar en una libertad perdida, en la vida no vivida, en lo que pudo ser, e imaginar a su otro yo, al que no mandaron a los campos, al que se encontraba con sus dos pequeños, con su amada, y se dejaba emborrachar con ese pensamiento. Despertaba. Un sueño pesadilla. Había acariciado a Sofía sin tocarla y con ello se consolaba.

VI

Una intrusión más en nuestra casa. Esta vez, con una orden militar y golpeando el puño de acero contra la mesa, el oficial dijo:

—¡Quiero las armas, ahora!

—¿Armas? —preguntó mi madre temblando—. Le-e-e j-u-u-r-o que...

Y antes de que pudiera terminar la frase recibió una bofetada que, más que a ella, me marcaría a mí para siempre. El perro, atrapado por esa cadena al cuello que le impedía echársenos encima, no dejaba de ladrar; era como si el animal también supiera que la palabra del uniformado era indisputable.

—Se lo voy a preguntar de nuevo —dijo él, al tiempo que abría gavetas indiscriminadamente buscando algún objeto que tuviera pinta de intento de sabotaje.

Antes de que se atreviera a volver a tocar a mi madre, me paré firme frente a ella. Mis cinco recién cumplidos me habían envalentonado. Me acerqué a él con decisión. Me impresionó que pude sentir físicamente su frialdad. La mirada aterrada de mi madre me preguntaba en silencio qué demonios estaba haciendo. No supe cómo, pero le di espesura a la voz que salió de mi garganta diciendo:

—Yo sé en dónde se guardan las armas.

De inmediato su expresión perdió parte de la brutal apariencia. Se agachó hasta ponerse en cuclillas. La piel de su calzado despidió un leve gemido. Yo seguía firme, conteniendo el abdomen y tratando de no ser intimidado por esa mirada de la que quería apartar mis ojos cuanto antes. Me tomó por los hombros. Su voz adoptó un aire más suave, de confidente, casi de amigo. Se me acercó tanto que pude ver mi reflejo en el lustre de sus botas.

—Vamos, muchacho, muéstrame en dónde esconden el armamento y de mi bolsillo saldrá un delicioso caramelo, sólo para ti.

—Sígame —repliqué con una seguridad que noté lo sorprendió.

Él acató mi orden de inmediato. Lo guié hasta la recámara que anteriormente lucía los desahogos de una clase media acomodada, pero la escasez había llenado ese espacio y también el resto de nuestra vida. Recargado contra la pared se encontraba el viejo baúl de piel morena y gruesa. Los herrajes chillaban con una voz aguda cada vez que se abría la tapa. En él se habían guardado por generaciones muchos de los objetos de carácter religioso más preciados de la familia, hasta que fueron calificados como motín de guerra y arrebatados con insolencia, a sabiendas de que nos carcomía deshacernos de aquello que de alguna manera nos define.

La janukiá de plata que perteneció a mi bisabuela, esa de brazos curvos que encendíamos con velas de colores; una luminaria cada noche de las ocho que dura la fiesta de las luces. Guardábamos también el platón especial de fino repujado que mi madre colocaba al centro de la mesa para la celebración de Pesaj, en la que festejamos la salida de los judíos de Egipto. En esa bandeja se colocan, entre otras cosas, un huevo cocido hasta que se haya hecho duro y hierbas amargas "para recordar la vida que tuvieron nuestros antepasados bajo el mando del Faraón", me había explicado mi padre.

Yo estaba a punto de levantar la cubierta del arcón y hacer que se quejaran aquellas bisagras saturadas de óxido. Un eco sepulcral. Mi madre alternaba su vista miedosa e inquisitiva que conspiraba entre mi mirada y el baúl. Instantes tortuosos para ella. El comandante acercó al dóberman. El can, con los ojos inyectados de cólera, husmeó cada esquina de aquella piel gruesa, y como si aprobara sin remedio la inocencia del arca, se retiró dejando hilillos de baba blanquecina en cada duela.

Sumergí los brazos hasta el fondo, saqué con interminable lentitud "el arma". Extendí las manos, ceremoniosamente le hice entrega al comandante de mi espada de madera. Él la tomó como ave rapaz.

La examinó, y al darse cuenta de que era tan sólo un juguete, la lanzó al piso con la rabia brotándole por las venas del cuello. Mi madre y yo temimos un acto de brutalidad debido a la frustración que claramente había provocado en él. Por fortuna, el conductor del vehículo del comandante entró como ráfaga al tiempo que vociferaba en alemán que lo estaban buscando sus superiores. Perturbado aún, desapareció en la penumbra arrastrando toda su arrogancia. Una exhalación se coló por fin entre mis pulmones.

Aquella noche dormí a medias. Velaba mi espada. Cuando el cansancio me vencía cerraba los ojos unos instantes, sólo para que poco después se arremolinara en mí la angustia, esa que en un sobresalto me despertaba, sin saber por un instante si todo había sido una alucinación, una pesadilla. Amanecí abrazado a mi juguete de madera, feliz de que no me lo hubieran quitado.

VII

Mis padres contrajeron nupcias en la sinagoga sefardita de Varna el 16 de septiembre de 1934. Las familias Cappón y Bidjerano se reunieron bajo aquellos techos moriscos en una tarde espléndida. La imagen de ese día ocupa un lugar preponderante sobre la cómoda de su habitación. Enmarcada en madera oscura, la fotografía en blanco y negro muestra a los novios al centro. Mi madre, hermosa como era, llevaba un vestido que rozaba el piso en un color blanco aperlado de satén remarcando su figura. La manga larga abrazaba sus nudillos, de los que parecía brotar el abundante buqué de flores níveas de su ramo. Su tocado me recuerda hoy al viejo Hollywood, un encaje rematado con ondulaciones tejidas en fina hilaza a gancho rodeaba su frente, y descendía de lado por el hombro hasta convertirse en un velo largo salpicado de apliques florales. Junto a ella, sobresaliendo por su altura, mi padre lucía un traje negro, corbata de moño blanco y un pequeño *boutonniere* de una sola flor en la solapa.

Los abuelos Reyna y Abraham aparecen sentados junto al novio, y detrás de ellos, el resto de mi familia paterna; la tía Suzana, la tía Belina y otra dama a quien no logro reconocer. El tío Marcos ya vivía en Plovdiv, por lo que seguramente no pudo asistir a la boda y no figura en la imagen claroscura. Por su parte, acompaña a mi madre la abuela Raquel; en su seriedad manifestaba la viudez que sufría desde un tiempo antes de que se celebrara la boda. Mi madre extrañaba terriblemente al abuelo Salomón; él la defendía de sus hermanas, quienes la hacían de menos por ser más apiñonada que las demás. La llamaba "mi *morenika* linda", y en realidad era su consentida. Cuánta falta le hacía su padre en ese momento. Cuánto hubiera querido bailar un vals con él y que la entregara al novio como era costumbre. Por momentos se sentía desprotegida al adolecer de esa presencia; sin embargo, mi padre acababa de asumir la responsabilidad de proteger y cuidar a su nueva esposa.

La tía Maty con su esposo José y su primogénito Iako ocupan el lado izquierdo en la fotografía. Ella luce uno de esos sombreros pequeños de fieltro que se usaban de lado como aderezo al chongo bien formado. El tío Moisés, con el cabello engomado y dejando entrever una sonrisa apenas delineada, se paró bien derechito junto a la novia. Billy, la menor de las hermanas de mi madre, optó por una postura más relajada y no tan erguida como la de los demás al posar, y la tía Becky puso una de las flores del ramo de la recién esposada detrás de su oreja; un toque de la feminidad que siempre la destacó.

En la imagen no aparece Aarón, el mayor de los hermanos de mi madre. Soltero, guapo y de espíritu aventurero, se había embarcado hacia México unos meses antes. El tío Guerson Pappo le había escrito una carta en la que le contaba de las bondades de la tierra y de la gente, y le proponía que lo alcanzara. Así lo hizo, y descubrir nuevos horizontes fue su vocación desde entonces. Un beso detenido a cada miembro de la familia había sido el adiós antes de surcar el Atlántico, y aunque habían pasado varios meses desde su partida, a mi madre le hizo mucha falta que su hermano Aarón hubiese ocupado su lugar, el de honor, el del mayor, en aquella fotografía.

Mi padre rompió la copa de vidrio con el pie derecho, como tradicionalmente hacemos al finalizar la ceremonia. Conmemorar la destrucción del Beit Hamikdash, el gran Templo de Jerusalén, está siempre presente en nuestras bodas para enlazarnos con nuestra historia, para recordar que, aun en los momentos más felices, no olvidamos el sufrimiento de nuestro pueblo.

Me pregunto hoy qué tendríamos que destruir para recordar lo que el Holocausto estaba muy cerca de traer. Hoy que sabemos lo que sucedió, hoy que pende sobre nosotros la sombra de seis millones de judíos masacrados, de cinco millones de otras etnias o ideologías, de casi nueve millones de soldados soviéticos, de dos millones de yugoslavos, de griegos, de italianos, de franceses y belgas, de lituanos, de ingleses y japoneses, de austriacos, polacos, rumanos, húngaros y estadounidenses. Aterradoras cifras que jamás podrán ser borradas de la memoria colectiva. Bombardeos sobre ciudades completas, violaciones, deportaciones, hambrunas. Qué podemos romper que los recuerde. No existía sospecha en 1934, cuando mis padres se casaron, de que esta catástrofe cometida por el hombre convertido en bestia pudiera ocurrir.

En ese mismo año en Italia se llevaba a cabo la Copa Mundial de futbol y el equipo de casa ganaba sobre Checoslovaquia para regocijo de Mussolini. Sí, era el año de 1934. Comenzó en lunes, con la semana, tan normal, tan ordinario. En nuestro calendario hebreo celebraríamos el año 5695. Grecia, Turquía, Rumania y Yugoslavia firmaban el 9 de febrero, la Entente Balcánica, un acuerdo de defensa mutua para garantizar la seguridad en sus fronteras. En China, Chiang Kai-Shek fundaba el Movimiento Nueva Vida para la renovación de las costumbres, y Mao Tsé Tung iniciaba la Larga Marcha. En México, Lázaro Cárdenas asumiría la presidencia, y el Palacio Blanco, el de las Bellas Artes, sería inaugurado después de treinta años de comenzada su construcción. En ese 1934 nacerían Alberto II de Bélgica, Oguz Atay, el príncipe Enrique de Dinamarca, Sophia Loren y Brigitte Bardot. Morirían Marie Curie, Alejandro I, Gustav Holst y el presidente Paul von Hindenburg, primer mandatario de Alemania. Este fallecimiento lo cambiaría todo.

Tras la muerte de Hindenburg, Hitler se nombró a sí mismo presidente, y se otorgó el título de Führer y canciller del Reich. El rumor de un futuro tortuoso corría. Los periódicos daban la noticia así:

> *Berlín, 2 de agosto de 1934. Adolfo Hitler, que había fracasado en su intento de tomar el poder en 1923, y que fue derrotado en las elecciones presidenciales de 1932 y del año pasado, logró al fin la cancillería gracias al apoyo de los grandes industriales del Rhur y ha conquistado hoy, debido a la muerte de Hindenburg, la presidencia del Reich.*

> *Es de temer que el hombre que provocó el incendio del Reichstag para justificar la persecución de los comunistas, que liquidó a sus partidarios de fidelidad dudosa en la tristemente célebre "noche de los cuchillos largos", y que ha decretado la incapacidad legal y permanente de los judíos, intente nuevas medidas de terror en Alemania y otras áreas de Europa.*

El futuro se comenzaba a develar como la luz que pasa por una grieta. Mientras, "¡Mazal Tov!", gritaron todos en cuanto se escuchó el crujir del cristal bajo la pisada de mi padre. Besó a su ya esposa y salieron tomados de la mano de la sinagoga.

VIII

Después de una luna de miel de tres días comenzó la vida en pareja. Mi madre asumió su papel de esposa y ama de casa con emoción y alegría. Ecos de su perfume se fueron impregnado en el aire, esencia de las rosas de Bulgaria al abrir los cajones. El hogar de mis padres recién casados iba tomando forma. Un ascenso hizo que papá pudiera pagar la renta del departamento del bulevar Maria Luiza, en donde yo nací, en donde pasé mis primeros años. Dicen que uno nunca olvida el lugar que lo vio nacer, y es cierto; ese primer hogar habita mi mente con imágenes tan claras que a veces me sorprendo, después de todo, hace más de setenta y cinco años que vi mi hogar por última vez.

Una de las actividades de esparcimiento de mis padres, como lo fue de la gran mayoría de los jóvenes, era el alpinismo recreativo. Escalar las montañas Rila, las más altas de los Balcanes hasta llegar a los lagos Musala, era lo que, en compañía de amigos, más gozaban. Albergues de montaña en sus laderas les daban la bienvenida, y aunque el esquí de nieve era muy popular, creo que ellos nunca lo practicaron.

Montar en bicicleta y dar paseos por las calles de Varna eran otros de los pasatiempos que realizaban. Él, enfundado en un traje de tres piezas hasta para andar en bicicleta, subrayaba sus caballerosos modales. Era encantador, elocuente, corpulento, de mirada verde enebro, profundísima e intimidante. Ella, coqueta por naturaleza, vestía garbosa, con gracia y estilo, y siempre a la moda. Copias de los estilos que se veían en el cine aparecían en las tiendas a buenos precios. Mi padre sabía que agasajaba a su joven esposa con regalos de este tipo. Faldas acinturadas, sombreros de fieltro y trajes sastre de hombros anchos en tonos marrón, el color del momento, comenzaron a habitar el armario acompañando al abrigo que adoraba; después de todo, ése había sido regalo de su padre para lucir en ocasiones especiales.

La pareja atraía todas las miradas. Eran elegantes, jóvenes y muy atractivos. Mamá llevaba el cabello peinado en un recogido ondulante. Un sombrero escondía discretamente parte de su frente. El brillo de aquella melena, tan halagado por sus amistades, se lo debía a su gran secreto: después de lavarlo lo enjuagaba con una mezcla de agua y vinagre en una palangana. Y así lo hizo toda su vida, conservando ese tono negro azulado lleno de luz. Nunca utilizó mucho maquillaje, sin embargo, el rubor y el labial no podían faltar. Ahora que observo sus fotografías me doy cuenta de lo bella que era; pero cuando era niño, era sólo mi madre.

Lo que siempre le fue indispensable, hasta el día de su muerte, fue el perfume de rosas. Un hábito, incontrolable éste, de bañarse en la esencia de la flor damascena. Un viaje a la ciudad de Kazanlak, la capital del "Valle de las Rosas", hizo que mi madre se enamorara de la fragancia. Ahí observó los campos plenos de rosales balanceándose al ritmo del vals que les tocaba el viento cálido del verano. Vio también la delicada recolección a mano de las pequeñas flores cuando aún se cubren de rocío.

"Nunca se cortan con tijeras —le explicaron—; se sujetan por la base para no lastimarlas y enseguida se van depositando en el mandil con el que nos ataviamos."

La sedujo el aroma de aquellos pétalos que guardan el secreto del óleo que se destila de ellos. Las noches tibias y los días calurosos hacen que esta variedad, traída por los otomanos desde Siria, guarde en su corola el preciado aceite.

"Mires a donde mires, sólo ves campos de rosas inundando los llanos", decía mamá cuando platicaba de su visita a esa tierra situada en el centro de Bulgaria y bendecida con fertilidad y con una fragancia propia.

Una gota, una sola gota se colocaba con delicadeza detrás del lóbulo de la oreja. La vi hacerlo cada día, todos los días. Nuestra casa, la mascada que se ajustaba alrededor del cuello, y sus caricias como alas de mariposa revoloteando sobre mis mejillas, todo olía a rosas, a campo, a juventud. Yo respiraba ese característico olor y me hacía sentir seguro, protegido. Recuerdo la ampolla de vidrio que contenía tan sólo un par de onzas del concentrado. Mamá decía que para destilar esa mínima cantidad había que recolectar cientos de rosas. Un pequeño envase de madera en forma tubular guardaba el preciado néctar. Una rosa de pirograbado y pintada en medio le daba su acento. Abajo, en letras mayúsculas, "BULGARIA", tallada a mano. Con delicadeza, enroscaba la tapa a manera de capucha y cerraba la corteza de madera que protegía su perfume, no sin antes inspirar profundamente.

Para mí, era el aroma de ella, el que lo permeaba todo, el de la mujer de mirada dulce, de piel tibia y suave que me sujetaba entre sus brazos, y que de tanto usarlo ya lo había hecho propio. Era el aroma de momentos que jamás podrían ser recuperados y que yo veneraba; como cuando enredada en mis cobijas, me contaba una historia fantástica para que conciliara el sueño, era ese olor, el del último recuerdo entre parpadeo y parpadeo. El de significados infinitos. El que se introducía por la nariz y se alojaba en el alma.

Más tarde, papá sería obligado a cambiar aquel efluvio por el del hedor a letrina. Pero eso no lo contó. Prefirió no contarlo, no recordar el estado de melancolía en el que se postró cuando se lo llevaron, cuando por años ondeó el olor a "su mujer" sólo en su anhelo. Y fue la miel de aquel perfume y la esperanza de volverlo a sentir en olfato y papilas, de saborearlo en los besos que dio y que le dieron, lo que suplió, por instantes, el duelo en el inconcebible verde de sus ojos. Fueron tantos momentos en los que lo único que quiso fue sentir nuevamente su abrazo, tantos. Tantos que su mente, en su parte más primitiva, hurgaba en la memoria, invocando aquel aroma, el aroma que antes se alojaba en su nariz. Cuando charlaban en la mesa, cuando ella contenía la risa para no despertar a los niños ante el cosquilleo que le provocaba un susurro en el ombligo. Ese aroma de ritos custodiados por la noche, cuando él exultaba con la lengua sus texturas. Fue necesario aprender a vivir sin él, sin el vaho que sólo en memoria le rociaba el eco de sus labios. "Cuando te poseo, la vida es del color de tus pupilas", le escribiría alguna vez. La luna era prestada, y bajo el velo del consuelo, extenuado, se iba a dormir.

IX

Nací el 17 de enero de 1937. Era el tercer año de matrimonio de mis padres. Consolidados ya como pareja, hacía tiempo que querían tener un hijo. Fui deseado, planeado, muy esperado. En la clínica del doctor Smolensky atendieron a mi madre. La personalidad de este médico ruso era arrolladora, con su barba larga pero bien aliñada, su mirada azulísima y su cuerpo tosco que mostraba el gusto por la comida búlgara. Llegaron a casa conmigo en brazos. Envuelto en paños de manta de cielo que habían sido lavados con jabón de pétalos de rosa y puestos al sol, ocupé mi lugar en un moisés que mi madre había hecho con tiras bordadas y velos de tul. Me dicen que fui un muy buen bebé, que lloraba solamente cuando tenía hambre o cuando necesitaba que me arrullaran un poco para adormecerme. Me dicen también que mi nacimiento hubiera sido el suceso más feliz de la familia de no ser porque, para entonces, casi no había familia del lado de mi madre con quien celebrarlo.

Todo comenzó con el tío Guerson Pappo, el hermano menor de mi abuela Raquel. Su arrojo lo había llevado a "Las Américas", más específicamente a México, en donde esperaba papeles para cruzar a los Estados Unidos. Eran los años veinte y las oportunidades se vislumbraban en esas tierras. Fueron muchos los que trataron de llegar a ellas; italianos, franceses, turcos, libaneses, en fin, entre ellos, un búlgaro, el tío de mi madre.

Después de unos meses y al no conseguir la visa requerida, Guerson abandonó la idea norteamericana y decidió sentar cabeza en el Centro Histórico de la Ciudad de México, donde ya había comenzado a entrelazar la cultura, la gastronomía y el idioma locales con su herencia búlgara y sefardí. Se sentía muy cómodo en esta nueva tierra y hasta había comenzado un negocio propio en las calles de Tacuba vendiendo juguetes.

Dándose a conocer en varios ámbitos, el tío Pappo fue invitado a la organización de estilo masónico Shriners. Sin fines de lucro, esta fraternidad le cayó como anillo al dedo. Él deseaba ayudar, dar algo a cambio de la generosidad que había encontrado en estas tierras. Recuerdo que nos mandó un retrato en el que aparecía con un fez de color rojo que lo identificaba como orgulloso miembro de ese selecto círculo. Muy pronto comenzó a asistir a las reuniones y a viajar mucho por las diferentes ciudades del país. Esto le ayudó a establecer negocios en provincia y también a colaborar con las clínicas Shriners para niños con poliomielitis. Todo esto puso a Guerson Pappo en la posibilidad de llevar a su familia a probar las mieles de lo que llamaban entonces "Hacer las Américas".

Otoño de 1936. Se suponía que irían todos, que él ya tenía todo un andamiaje económico y social que permitiría recibirlos. Mi madre, en su sexto mes de embarazo, temía que el largo viaje afectara de alguna manera su preñez. Había sido tal su deseo de estar encinta que no pensaba poner en riesgo ni su salud ni la mía, si unos meses más tarde, y ya conmigo en brazos, podrían hacer el recorrido con tranquilidad. Su hermana Maty ofreció quedarse también para cuidarla y ayudarla en cuanto diera a luz, después de todo, su esposo José tendría que dar aviso de su renuncia al Banco Italiano con varios meses de antelación, de esa forma partirían juntas las dos familias.

X

Llegó el día de emigrar. La despedida la aguardaba. Los preparativos disimulaban la pena, aunque sin duda el viaje sería beneficioso ya que la abuela se reuniría con sus dos hijos varones, quienes ya tenían un corto pero provechoso camino recorrido en México. Semanas antes mi madre acompañó a sus hermanas Becky y Billy, así como a la abuela Raquel, a comprar el pasaje del tren a Francia y el del barco que haría el trayecto Marsella-Veracruz. Las miradas se entretejían, y en ellas no cabía entonces la menor sospecha de lo que unos meses después estaría sacudiendo a Europa. El Shabat anterior a su viaje lo pasaron todos juntos. La tía Maty con el tío José y sus hijos Iako y Salomón cenaron con nosotros también. Aunque la decisión de que las dos familias, Bidjerano y Behar, los seguiríamos a México se había aplazado, estaban seguros de que se reunirían pronto. Brindaban por ello y por la vida: "¡Le Jaim!", exclamaban levantando sus copas. Mamá no quiso llorar, sabía que, de hacerlo, no podría parar, y además contagiaría a Maty, a Becky y a Billy.

—Estaremos juntas antes de tener siquiera tiempo de extrañarnos —dijo mi madre tratando de cubrir con sus brazos al mismo tiempo a las tres mujeres que partían—. Si todo se da como hemos planeado, muy pronto surcaremos el mismo mar para hacer familia allá.

El alejamiento no duraría mucho, no había por qué estar tristes, en unos meses se reunirían también con Aarón y con Moisés, los hermanos de mamá. Se dijeron adiós en el quicio de la puerta de la casa de mi abuela. Decidieron que hacerlo en el andén sería más dramático escuchando el silbido del tren a punto de partir. Una pila de equipaje las esperaba. Las miró una vez más tratando de imprimir esos rostros en su memoria. Besó en la mejilla a cada una de sus hermanas.

—Hasta muy pronto —dijeron regresándole el beso con cariño. Mamá movió la cabeza asertivamente como asegurándoles que así sería.

—Sí, nos veremos muy pronto —se prometieron mutuamente en un abrazo. Mi madre podía sentir el nudo cautivo en la garganta, pero se contuvo. Cuando se separaron de ese estrecho abrazo, los ojos vidriosos de sus hermanas menores expresaron cuánto la iban a extrañar.

La abuela Raquel apenas si podía ver a su hija. Temía no lograr contener las lágrimas que se le agazapaban buscando salida. La tomó de la cara con las dos manos y acercó sus labios a la frente de su *morenika*. Cerró los ojos y la bendijo pidiéndole que se cuidara mucho, acarició con dulzura su vientre y la volvió a besar. La separación era sólo temporal. Eso pensaron todas. Eso anhelaban todas. Llegó el coche que las llevaría a la estación de tren de Varna. Mamá prefirió darse la media vuelta y ya no verlas abordarlo. Ellas partían con el ánimo abatido. Mamá se quedó inmersa en una sensación de vacío.

Ya no se había hablado más de la decisión de quedarse. La abuela comprendía que tanto mamá como la tía Maty eran mujeres casadas con obligaciones. Que papá tenía un buen trabajo en la tienda como contador y gerente, y el tío José había ascendido de puesto en el Banco Italiano. Ambos debían manejar la salida de sus respectivos trabajos, además, por el embarazo de mamá, era fácil entender la decisión de esperar el tiempo propicio para emprender el viaje hacia México.

Como madre orgullosa de los pasos importantes de su hija, llevaba la imagen de la boda de mis padres en un sobre que la protegía. En ella se veían las sonrisas que no se podían oír, el momento irradiaba alegría, unión familiar.

—Llegando a México le pondré un marco para tenerla siempre cerca de mí —dijo la abuela, sin saber que cada vez que la viera, lo haría con un gesto de duelo. Que por siempre se recriminaría el resultado de aquella decisión. Que aquellos rostros no hablarían, pero lo dirían todo, y que la harían sentir culpable, culpable de estar a salvo, de haber dejado a sus hijas atrás. Lejos de traerle alegría, el admirar ese retrato recrudecería su arrepentimiento. Miradas suplicando indulto revestirían durante años aquella estampa de otro tiempo.

Nunca imaginaron que la ingenua decisión de quedarse un tiempo más nos convertía en candidatos a llevar la estrella amarilla. Que, sin saberlo, estábamos parados al borde del abismo que cambiaría nuestra vida y nos marcaría para siempre. Jamás sospecharon la gravedad de lo que se avecinaba. Que un momento puede definir el resto de la vida; que unos meses después de nuestro adiós estaríamos oficialmente viviendo la guerra más cruenta que haya existido, un infierno hecho por el hombre. Pero nada de eso podía imaginarse entonces.

Mi abuela se llevó con ella la forma del rostro de su hija Sofía, se llevó el brillo de su cabello negro y la elocuencia de su sonrisa. Lo recordaría todo de esos últimos momentos, más aún en cuanto se enterara de la ocupación alemana en Bulgaria. Cada instante se iría puliendo con el tiempo, adoptando nuevas magnitudes, y se reprocharía constantemente no haber convencido a mi madre de irse con ellas, de no haber insistido más, de no hablar con mi padre y hacerle ver que el viaje era importante, que ella cuidaría de su hija en el trayecto, se arrepentiría de haber dejado las palabras congeladas en sus labios. Sin embargo, en el momento, eso era lo prudente, lo sensato, dado que un nuevo miembro estaba a punto de llegar a la familia.

Cada vez que mamá habla de esa separación, lo hace con remordimientos, arrepentida de no haber alargado el momento, de no haber dicho más. Ahora lo padece, ahora lo llora. Hubiera querido enfatizar cuánto las iba a echar de menos, pero en esos momentos la despedida era temporal, y por lo mismo estaba llena de serenidad; pronto se reunirían, atravesarían las mismas aguas esperanzadoras, el mismo oleaje lleno de planes de una nueva vida; no había por qué dramatizar el momento. Pero el recuerdo sería sistemático, incesante en tiempos de guerra. Ahora sentiría una enorme impotencia al verlas alejarse en su memoria. Se arrepentiría de no haberlas acompañado a la estación de tren el día de su partida. Cada instante juntas hubiese valido la pena, pero quién iba a imaginar lo que les traería el destino. Los "si hubiera" la atormentaban tanto como a la abuela Raquel. El barco en el que pudo haberse ido había zarpado, ya no valía la pena arrepentirse, ya no valían la pena los "si hubiera", su situación era irrecuperable. Sin embargo, en la prisión de su mente, sus pensamientos cobraban vida propia y ella parecía no poderlos controlar. El navío se alejaba hasta convertirse en un punto en el horizonte. Después, nada.

Las pesadillas de mi madre consistían en oleajes furiosos que no le permitían llegar con su familia, en mareas que la sumergían incesantemente haciéndola desaparecer entre los reflejos de la luna sobre el agua. Se despertaba empapada en sudor y más triste que nunca.

El manto azulado del Atlántico, aquel rastro de espuma y de guerra las separaría durante años. Siempre lamentó su decisión, siempre miró hacia atrás deseando haber abordado la oportunidad de irse. La melancolía en su estado de ánimo se hizo presente a partir de entonces, enfatizando un arrepentimiento del que jamás se recuperaría, el que nunca pudo decantar ni con los años ni con los momentos felices, el que la hizo añicos. Yo llegué al mundo unos meses después de que se dijeran adiós.

XI

De lo que más me acuerdo es de verle la nostalgia. La tenía en los ojos y en los labios. No hacía falta decirlo, extrañaba terriblemente a su madre, a sus hermanas. Y cómo ponerle un candado al océano, cómo no dejarlo salir, desaparecerlo para estrechar las distancias abismales.

Mi madre viviría dos guerras: la que nos acechaba a poco tiempo de distancia, y otra más, una sin balas ni sangre, una en su corazón y su espíritu, una que le provocaba el profundo dolor de haber transitado el momento más feliz, el de tener un hijo y no tener a su madre cerca. La de la nostalgia era una batalla que la hacía transcurrir con el reencuentro como motivo.

Las ocasiones especiales le provocaban un llanto que salía como de un grifo. Era como si la presencia de su madre hubiese podido tornar concreto lo que tiende a ser difuso. Ella lo sanaba todo. Lo podía todo. Extrañaba sus consejos, sus dichos en ladino, extrañaba hasta su aroma. Y después, teniendo los años de guerra como telón de fondo, recordaba el último beso que le dio, cuando se despidieron, cuando pensaron que muy pronto se volverían a ver.

Hasta antes de la guerra la espera para el tan deseado reencuentro había sido tranquila, esperanzadora, aunque nostálgica. Los planes para irse a México estaban siempre presentes. En la mente, la familia se había adelantado porque las circunstancias así lo habían definido. Mi madre estaba embarazada de mí cuando su madre y sus hermanas partieron, la idea era dar a luz, tenerme y tiempo después alcanzarlos. Tan simple, tan sencillo cuando se vive sin una nube amenazadora, sin la sospecha de que todo iba a cambiar muy pronto.

Mamá se sentía muy sola. Ella había vivido lazos familiares muy estrechos, valor importante en su entorno, pero poco a poco estos vínculos se habían ido diluyendo en migraciones, algunas forzosas, otras voluntarias, pero dolorosas todas al fin. El tío Guerson Pappo, Aarón y Moisés, los hermanos de mi madre; Mathilde Arditti, prima de mi abuela Raquel, que dejó Bulgaria para mudarse con su esposo Jacques y sus hijos Elías y Nessim Canetti a Manchester, Gran Bretaña. La mayor parte de mi familia materna se había ido, aunque Rustschuk había sido su hogar, como el de mi abuela, el de tíos y primos, y de sus padres y madres antes que ellos. Las calles de Borisova, Neofit Bozveli, Slavyanska y Aksakov nos habían albergado a los judíos sefardíes durante centurias. Mi abuela y demás parientes y correligionarios hablaban la lengua materna de todos los hogares de ese barrio: el judeoespañol o ladino; el castellano de los sefarditas descendientes de judíos expulsados de España en el siglo XV.

Mi madre y Nessim, el segundo hijo de los tíos Jacques y Mathilde, se llevaban apenas un año, así que las primas se veían constantemente con sus bebés en la casa de General Gurko número 13, la casa de los Canetti. Nunca conocí a Elías o a Nessim, ni a mi tía, pero la abuela hablaba constantemente de ellos con nostalgia ya que su relación había sido sumamente estrecha. Cuando la tía Mathilde enviudó, de inmediato dio aviso a mi abuela, quien pensó que quizá, tras la pérdida, regresarían a Rustschuk, pero en la esquina izquierda del sobre de aquella esquela que tomaba forma de misiva, estampillas de la ciudad de Viena revelaban que los primos Canetti habían tomado un rumbo distinto.

El gran Elías Canetti. El primo de mi madre. Considerado una de las voces más lúcidas del siglo XX. Cómo me hubiera gustado conocerlo. De haberlo tenido enfrente le hubiese preguntado si se inspiró en mi madre cuando dijo: "Nadie conoce toda la amargura de lo que aguarda en el futuro. Y si de pronto apareciera como en un sueño, la negaríamos apartando los ojos de ella. A esto le llamamos esperanza". El diccionario define amargura como: sentimiento duradero de frustración, resentimiento o tristeza, especialmente por haber sufrido una desilusión o una injusticia. Esto sentiría mi madre cuando se diera cuenta de que las garras de la guerra rapaz acabarían con su ilusión y su sentido de justicia.

A pesar de saber del nazismo y del fascismo, ¿quién iba a concebir la extensión y gravedad de lo que muy pronto ocurriría? ¿Cómo imaginar que estas supuestas naciones civilizadas se engancharían en actos de tal barbarie? Elías atestiguó dos guerras mundiales, y si pudiera hablar con él, le preguntaría si después de todo el pensamiento, traducido en literatura, le fue posible entender la sed de exterminio que acompaña al hombre, deducir su impulso depredador. Él no explica al mundo, lo interroga, creo que por lo menos yo, nunca podré dejar de hacerlo. Quizá fue éste el centro de su escritura y de su cuestionamiento de la aniquilación intelectual. Mamá los extrañaba a todos, a los que se habían ido muchos años antes de la guerra, como los primos Canetti, a los que buscaban fortuna en "Las Américas", como sus hermanos mayores, y a las mujeres de la familia que se dejaron guiar por los rumores de que una guerra se avecinaba y, así, se salvaron de los contradictorios sentimientos del superviviente. En cambio, mi madre por siempre tendría que tratar de liberarse de sí misma.

Las mentes sanas se rehusaban a pensar que tales atrocidades fueran posibles entre hombres, pero el mal se extendió. Lo inimaginable se hizo tangible. Los muy pensados métodos para prolongar el sufrimiento humano eran un engranaje echado a andar, y las máquinas de muerte al mayoreo; una pesadilla hecha realidad. El insulto a la dignidad humana estaba presente en esta idea enmascarada del deber hacia una nación y hacia un ideal nazi; nos habíamos convertido en el blanco de su odio.

La posibilidad albergada por tanto tiempo de reunirse en América se difuminaba con cada nuevo decreto, con cada nueva prohibición. *Juden verboten*, prohibido a los judíos, se comenzaba a leer en las entradas de comercios, piscinas, restaurantes y lugares de diversión.

Mientras, en México, mi familia materna añoraba recibir noticias nuestras. Tan sólo podían imaginar lo que pasaba al otro lado del Atlántico, y esto los llenaba de angustia. Bien a bien no sabían si seguíamos a salvo, si las fuerzas nazis habían ya ocupado nuestro territorio, y si lo habían hecho, qué medidas habían puesto en práctica contra nosotros. Preguntas y dudas se arremolinaban en la mente, una tempestad en cada uno de ellos. Cada uno con sus dudas, cada uno preocupado, pero tratando de guardar la calma para no contagiar la congoja. Pero los silencios hablaban más que el sartal de arrepentimientos y de "hubiéramos" que pudieran expresar.

Buscaban en los encabezados de los principales diarios del país. Así se habían ido enterando de lo que pasaba en Europa. Encontraban noticias escalofriantes: "Principió la invasión de Polonia. Declaración formal de guerra. Los observadores militares están impresionados con las nuevas tácticas alemanas y con su penetración antes de que pueda reaccionarse contra el ataque. Ante estos hechos, nada bueno se augura".

"Nada bueno se augura", terminaban de leer. La mente y el corazón se iban con Sofía y su familia, con Maty y su familia.

Tiempo después, en los nuevos encabezados se leía: "Se espera una reacción drástica de los gobiernos de Inglaterra y Francia. Si estos países, como parece que sucederá, declaran la guerra a Alemania, ésta contará con el auxilio de la Unión Soviética. Si lo anterior sucede, habrá principiado una verdadera guerra europea, la cual, dada la independencia de nuestro mundo, podría convertirse en una contienda universal".

Y así, al mundo se le marcó la arruga más profunda. La que con esa mirada cansada por ver desde hace siglos la crueldad del hombre permanecería estéril. ¿Es que no hemos aprendido nada? Corazones hechos de acero. Cuántas guerras hemos de vivir para que la lección sea aprendida, cuántos genocidios y batallas sin sentido, cuántos exilios para sentir tal vacío, ¿qué se reza para no sentir la ausencia de Dios?

XII

Tenía solamente dos años cuando la disentería se apoderó de mi cuerpo. Me contó mi madre que temperaturas de cuarenta grados y una rápida baja de peso hicieron de mí apenas un esbozo. Que la inflamación de los intestinos me causaba fuertes dolores abdominales, que espasmos y calambres insoportables me recorrían como corrientes eléctricas haciéndome temblar. El doctor Smolensky dijo que era una infestación de parásitos lo que había causado la enfermedad. Terribles pesadillas se unieron a las altas fiebres que me provocaban alucinaciones y delirios. Vómitos y diarreas constantes dejaban ver la forma de mi esternón, de mis hombros y de mis pómulos. Dice mi madre que me suplicaba beber agua, toda la que pudiera para evitar la deshidratación. No podía mantener ningún líquido. Vomitaba hasta quedarme vacío, hasta ya no sacar ni esa bilis opalescente que me provocaba aún más asco. El esfuerzo se notaba en las venas de mis ojos, de mi cuello, de mis sienes.

Yo estaba muy pequeño para entender lo que pasaba, pero en una segunda visita del doctor Smolensky se determinó que mi caso era grave. Le dijo a papá que estaba en riesgo de sufrir una meningitis, además de poder tener otras complicaciones. Había que internarme de inmediato. Cuenta mi madre que lloró calladamente. Que yo también lloré. Sintió miedo, solamente había estado en un hospital para tenerme a mí, y lo poco que había escuchado, no era bueno. Muy pronto lo comprobó. El cuarto, más que eso, le pareció una celda de cárcel. Las paredes incoloras, tubos helados como rejas flanqueaban los costados de la cama. Una cortina corrediza me separaba del hombre mayor que no dejaba de gemir. Un tercer cubículo dejaba escapar lamentos y gritos femeninos que nos taladraban los oídos sin piedad.

—La terapia intravenosa es necesaria para mantener al paciente hidratado. Su colon está muy lastimado y las diarreas, si no se tratan adecuadamente, pueden provocar fuertes cefaleas y hasta poner en peligro la vida de su hijo —advirtió el médico.

—Haga lo necesario, doctor, se lo suplicamos —respondieron mis padres.

Me dicen que, momentos más tarde, dos enfermeras de uniforme níveo y cofia perfectamente almidonada entraron a la habitación. Traían en las manos los instrumentos de tortura. Sólo verlas me debe haber angustiado terriblemente. Me imagino que no fue necesario que me tocaran, yo ya estaba llorando. El sudor que me provocaba la fiebre recorría mi cuello. La almohada apelmazada y dura estaba húmeda. Mi torso desnudo brillaba. El cabello pegado a la frente. Respiraciones cortas. Pausas angustiosas. Nuevamente, una serie de aspiraciones entrecortadas.

Las enfermeras hicieron salir de la habitación a mi madre. Corrieron la cortina. Recuerda mi padre que él se quedó. Que tuvo que ayudar sujetándome los brazos mientras una de estas mujeres, cual viga apolillada, me sometía con fuerza. Ya no pude patalear más. La otra, de gesto petrificado y seco, sumergió una larga aguja en cada una de mis piernas. El líquido transparente que colgaba de una bolsa debía comenzar a pasar. Intervalos breves. Gota... pausa, gota... pausa. Dicen que fijé la mirada en el suero tratando de distraerme de lo que me estaban haciendo. Una, dos, una, dos. Caía la solución al ritmo de mis latidos.

"No te muevas, hijo", me murmuraba mi padre pegando su rostro al mío.

Seguramente pude sentir sus lágrimas mojando mis mejillas. Seguramente yo gritaba desgañitándome, pidiendo que pararan. Quizá por un instante, lo odié. Pobre de mi padre. Él debe haber sufrido más que yo. Mi madre, desde afuera, rememora que encogía el cuerpo con cada uno de mis gemidos. El doctor había dicho que no me dolería, pero no fue verdad. Después de unos minutos por fin terminaron y me dejaron en paz, pero amarrado a la cama para que no me moviera. Las ejecutoras del martirio salieron de la habitación. Mi padre se quedó.

Creo recordar vagamente que minutos después escuché pasos que se acercaban, se detenían, luego se volvían a alejar. Nuevamente los escuché cerca. Levanté la cabeza. La cortina que me separaba de los demás estaba abierta. Mi madre entreabrió la puerta de la habitación. No se atrevía a entrar. Vi su silueta dibujada a contraluz en el umbral. Temblaba. Con tono desolado me preguntó cómo me sentía. Unos cuantos pasos lentos e indecisos. Entonces pude distinguir su rostro. Creo que estaba incluso más pálida que yo. Se inclinó sobre mí. Me abrazó fuerte. Muy fuerte. Yo también a ella. No dejó de llorar. Me acarició mientras me pedía perdón. Lo teníamos que hacer para salvarte, dijo con una voz que desfallecía entre sollozos.

Me cuentan que permanecí inmóvil. Que ensordecí. Que me quedé ciego.

Un escalofrío me trajo de regreso. Habían pasado un par de días. Penumbra todo a mi alrededor. Mis piernas, globos a punto de estallar. Las venas amoratadas parecían ciempiés trepándome. Secreciones amarillentas corrían por las cánulas con suero. El tratamiento había tenido éxito en cuanto a la disentería, sin embargo, los catéteres insertados en mis extremidades se habían infectado. Relata mamá que no me quejaba, que estaba demasiado débil, la fiebre me había apagado la voz. Tomaba pequeñas bocanadas de aire, cortas y veloces, y por momentos, en aquellos espasmos, mis cuerdas vocales exhalaban algún murmullo fatigado.

Hoy pienso en todo ello y me imagino que en varias ocasiones tuve la sensación de estar cayendo en un pozo oscuro y angosto, y después, nada, no recordar nada hasta que despertaba con las piernas densas. Unas vendas blancas manchadas de sangre las envolvían. Más tarde supe que me habían abierto los costados de las piernas, había que extraer la pus de la infección. Largas heridas recorrían todo mi fémur. En mi imaginación, eran las cornadas de un toro, tal y como lo había visto en una película. Ahora yo sería ese valiente torero que había arriesgado la vida ante los ojos de la doncella.

Una vez más estaba amarrado al gélido metal de los barandales de la cama. Deduzco que intenté moverme un poco sin éxito. Que me sentía muy débil. Confuso. Que no sabía cuántos días habían transcurrido. Quizá no estaba seguro siquiera de saber en dónde me encontraba. Sólo sabía que mi madre no me dejó ni un instante. Que los ojos asustados de su chiquillo la hicieron olvidar su propio temor. Cuando me platican este episodio la veo entre sueños, sentada en la dureza de aquella silla observándome, acechando cualquier movimiento, ávida por encontrar alguna señal de mejoría. La veo tapándose la boca con el dorso de la mano en sus bostezos desvelados. Seguramente, para mí, tampoco era fácil mantener los ojos abiertos. Luchaba por hacerlo, y por momentos parecía salir de la negrura del pozo, pero la fiebre me arrastraba a su fondo nuevamente en contra de mi voluntad.

Aquella tarde mi padre salió de la habitación para fumar un cigarrillo. Él no fumaba. Habían pasado varios días desde mi operación y la fiebre no cedía. Estaba nervioso, cansado. Necesitaba un tabaco o un trago, lo que fuera. En el corredor se encontró con un joven médico amigo suyo: "Efraim, te veo preocupado, ¿te puedo ayudar en algo?"

Detalla mi padre que se ahuecó el cuello de la camisa pasando sus dedos una y otra vez por el almidón. Necesitaba liberar su garganta del ahogo. Tomó una bocanada de aire. Le contó lo sucedido. Difícilmente pudo controlarse. Ya se había contenido bastante frente a mi madre. Varias veces debió poner la palma de la mano sobre sus ojos húmedos. Su amigo se dio cuenta. Le rodeó la espalda con el brazo. Le concedió un momento para que se recompusiera y le comentó: "Quizá el medicamento que está recibiendo tu hijo no sea lo único que necesita para su infección. En mi experiencia, la manzana es una fuente natural de vitaminas y pectina que le ayudará a su pronta recuperación, yo te recomiendo que pruebes dársela".

Apagó el cigarro restregándolo con el zapato contra el piso. Subió los escalones de dos en dos. Tres pisos a zancadas para ser exactos. Entró como una ráfaga de aire sin rumbo. De momento, la expresión de su rostro la alarmó.

—¿Qué pasa, Efraim?

—Tenemos la cura. Manzana rallada. Debemos darle manzana rallada.

—Pero en Varna ahora no es época de manzanas, querido.

—No me importa, las haré traer de donde sea necesario.

En mis labios, sabor a manzana. Me describen que abrí los ojos, despejados y atentos por primera vez desde que caí enfermo. Que varias semanas habían pasado. Mi madre lloró al verme despertar con tanta frescura. Me arropó, no lo pudo evitar. Me tocó la frente. No tienes fiebre, dijo en voz baja. Se había acostumbrado a hablar así de tantos días en el hospital. Que buscó con la mirada a mi padre. Que le sonrió. Que los dos sonrieron. Pienso que creyeron, en varias ocasiones, que me iba a morir. Lloraron los dos cuando me escucharon: "Tengo hambre". "Ven aquí, mi chiquito", mi madre me colocó la cabeza sobre sus rodillas. No dejó de acariciarme. Mi chiquito. Su vestido olía a rosas. Ese aroma me envolvió. Ese aroma me acompañaría siempre.

XIII

Mis recuerdos van tomando claridad entre más pasan los años. Extraño fenómeno éste de alejarse en el tiempo y acercarse en conciencia. Recuerdo que, como todos los niños, me gustaba jugar a ser alguien más, a imaginar otros mundos que se desdoblaban en las diferentes habitaciones de nuestro apartamento. Muchas veces porté la piel del héroe que salva a la princesa de las garras del monstruo, y todo sucedía en la cocina; o me imaginaba sobrevolando la tierra de la fantasía en cada salto que daba del *chaise longue* a la cama de mis padres. La sala amplia, una cocina con alegres azulejos color verde agua, el comedor que se llenaba de invitados cada Shabat, y dos recámaras llenas de luz. Ésa era mi casa.

Llegó el momento de interpretar un papel más; éste no estaba en mi imaginación como la mayoría, éste lo interpretaría el resto de mi vida: era el de hermano mayor. En febrero de 1941 mis padres llegaron a casa con un niño entre los brazos. Lo pusieron en el moisés junto a su cama, del lado de mamá. Mis ojos un tanto aturdidos veían a aquella criatura moviendo sus manitas como cachorro boca arriba. "¿Se quedaría para siempre con nosotros?", me pregunté en silencio, sin atreverme a hacerlo en voz alta.

"Mira lo que te trajo tu hermanito, mira qué lindo", repetían mientras desenvolvían al bebé. De entre las cobijas apareció una libreta con portada de piel marrón y varios lápices de grafito. Yo estaba feliz con el regalo. La había visto en el aparador de la tienda donde trabajaba papá. Seguramente él había notado mi interés en la libreta porque cada vez que pasábamos por ahí yo me detenía a admirarla. Nunca se la pedí, aunque me pasaba por la mente hacerlo.

Sin él saberlo, esas hojas en blanco se convertirían en las depositarias de mis más íntimos secretos, de temores, flaquezas, ilusiones y sueños. Sin más recurso que la finura de mi lápiz, la vida quedaría dibujada en trazos inocentes de claros y de oscuros.

XIV

Mi hermano Salomón, de apenas unos meses, dormitaba en el bambineto. Mi padre, mi madre y yo nos asomamos por el ventanal de la sala. En el bulevar Maria Luiza, decenas de tanques parecían ir rasgando la acera a su paso. Hundían el cemento, hundían nuestro futuro. Ese interminable desfile grisáceo reptó delante de nuestra casa y la de nuestros vecinos, de nuestros parques y escuelas, de nuestras tiendas y nuestra vida. Marchaban levantando polvo y alardeando sus cañones que se alzaban vigilantes para imponer obediencia. La tierra retumbaba. Estruendo. Los vidrios de las ventanas bramando. Todo estaba a punto de cambiar. Recuerdo que mi padre dijo: "Ya nada será igual". Sus manos dudaban. Su pulso vacilante e indeciso. Las tropas alemanas marchaban con paso firme. Una punzada rápida cruzó mi pecho. Muy pronto conocería el olor de la guerra. Se forjarían heridas que aún no han cicatrizado. Este país, mi país había cedido. Lo supimos esa tarde de 1941. Una sombra cayó sobre todo y sobre todos. Era primavera, sombra también toda ella.

Después de treinta años del reinado de Fernando, Sofía, la capital, se había convertido en una ciudad magnífica. Estaba llena de edificios de arquitectura europea, teatros, jardines públicos, museos y universidades. El desarrollo después del dominio otomano era notable. El centro de la capital fue pavimentado con adoquines amarillos; éstos se convirtieron en su distintivo. Fernando había soñado siempre con ser conquistador, y por ello, se unió a la alianza de los emperadores de Alemania y de Austria; sin embargo, los tres perdieron la guerra. En 1918 el rey búlgaro pagó muy cara su derrota siendo forzado a abdicar. No volvería jamás a Bulgaria.

Y así, el primogénito de veinticuatro años se convirtió en Boris III, rey de los búlgaros, nuestro rey. El heredero al trono cobró gran popularidad cuando contrajo nupcias con la princesa italiana Giovanna, hija del rey Víctor Manuel III. Juntos tuvieron a la princesa Maria Luiza, por quien fue nombrada la avenida donde vivíamos, y al príncipe Simeón, su sucesor.

En varias ocasiones escuché a mi madre y a sus amigas comentar lo atractivo que les parecía nuestro soberano, aunque, a diferencia de su padre, al rey Boris no le importaba ni el protocolo ni los uniformes o las condecoraciones. De carácter sencillo y bonachón, él se sentía cercano a la gente, y nosotros, su gente, lo admirábamos. "Es un buen negociador, pero le falta liderazgo", es lo que decían los miembros del Parlamento. En la opinión de mi abuelo, era un demócrata que poseía la habilidad de posponer decisiones que no le convenían y bajo las cuales se sentía presionado.

Siempre nos enorgulleció que reyes, ministros y presidentes de otros países sucumbieran ante su carisma. El mismo Hitler lo apodó *el Zorro* por su astucia, aunque no tenía nada en común con el Führer o con Mussolini. Por el contrario, Boris III era un hombre sencillo y modesto, quien pasaba ratos con trabajadores y campesinos. A través del tiempo, compartir una humilde comida con ellos lo haría legendario. Hace poco, leyendo su biografía, descubrí que en una ocasión le platicó en confidencia a su amigo y asistente Parvan Draganov: "Yo no nací para ser monarca", así de incómodo se sentía con las poses y el actuar político.

Leí también que su único temor fue siempre el de sufrir un atentado. Desafortunadamente, a los dieciocho años de edad, había presenciado el asesinato del primer ministro Stolypin. Boris visitaba Rusia cuando, delante de sus ojos, una bala terminó con la vida del mandatario. Desde entonces la obsesión se apoderó de él. Por las noches pensaba: "Esto podría sucederme a mí. La gente me quiere, pero los políticos y los militares del régimen parlamentario no ven con buenos ojos mis acciones poco autoritarias". Sus pesadillas se hicieron realidad cuando en los turbulentos años veinte se salvó de perecer en varios intentos de asesinato.

Fue aquella tarde de 1941 cuando supimos que muy pronto conoceríamos el olor de la guerra. El rey luchó por mantener nuestro país en la neutralidad. El principio de su política extranjera era apoyar a la Liga de las Naciones, y muy en su interior temía que, si nos involucrábamos en el conflicto de las grandes potencias, acabaríamos destruidos. Si Stalin se salía con la suya, seguramente convertiría a Bulgaria en un país bolchevique. Si Hitler entraba, se desharía del rey para usarnos, para someternos. Nosotros los judíos éramos parte integral de su sociedad, de su gente, y Boris quería evitarlo por todos los medios. El derramamiento de sangre. El desgaste económico. Temía también que los búlgaros se rehusaran a luchar en contra de los rusos; después de todo, sesenta y dos años antes Bulgaria había sido liberada del mandato turco por las tropas rusas; éstas representaban su emancipación. De hecho, la catedral de Sofía está dedicada a los soldados rusos que murieron en la guerra, y lleva el nombre de Alexander Nevski. La estatua de Alexander II en la plaza central ostenta una placa con la inscripción: "Al rey liberador, de parte de una Bulgaria agradecida".

Por otro lado, Alemania era nuestro socio principal en cuanto a intercambio económico se refiere. Además, era el único país que apoyaba al nuestro cuando se hablaba de la restitución de territorios que habían pertenecido a Bulgaria y que, en el tratado de paz de Neuilly, durante la Primera Guerra Mundial, le habían sido arrebatados. El sur de Dobrudja ahora pertenecía a Rumania; la ciudad fronteriza de Tzaribrod y Macedonia habían pasado a ser de Yugoslavia, y Tracia, junto con la línea costera del Egeo, era ahora territorio griego. Al rey Boris le convenía seguir teniendo el apoyo de los alemanes, por ello, trataría de posponer y dilatar medidas que no fueran populares con la opinión pública búlgara; sin embargo, de llegar a ser presionado, su alianza tendría que ser con Alemania.

Honesto e idealista, nuestro soberano sinceramente quiso evitarnos la guerra. Se comprometía con los dos bandos mientras dejaba el tiempo correr sin llevar a cabo ninguna de sus promesas. Pero su neutralidad no podría durar mucho más. Las presiones venían de todas partes. Bulgaria se convertía en un aliado pasivo de Alemania, pero aliado, al fin y al cabo.

Fue esa tarde, 1941. Miedo en el vientre, ese que precede a la tormenta. Trago amargo. Recuerdo esos momentos. A veces se ven tan distantes, otras veces se diluyen las décadas desde entonces, y pareciera que apenas los viví. Nos humedecimos la garganta. Recelo. Miradas aturdidas. Comenzarían las víctimas anónimas. Los ojos perdidos. Las pieles insulsas. Permanecimos frente a la ventana, la luz anterior al anochecer nos permitió ver las siluetas multiformes de aquella ciudad que, cuando fuéramos obligados a partir, quedaría a nuestras espaldas en una imagen oscura de cuerpos opacos, semejante a la que pintó Stanislav Dospevski en su sombría ciudad de Pazardzhik. Sí, la vida estaba a punto de cambiar.

XV

Era común que en el kiosco central del Jardín del Mar se presentara la banda de la Marina o la orquesta sinfónica. Recuerdo que me invitaban aquellas escurridizas notas que parecían flotar en el aire hasta alcanzar mis oídos. En cuanto daban el primer acorde, yo corría hacia el kiosco azotando la puerta de nuestro apartamento tras de mí. No era necesario avisar a dónde iba, mis padres sabían en dónde buscarme.

De camino, tomaba cualquier rama que encontrara tirada en ese vasto jardín junto al mar. Con gran habilidad me deslizaba entre la gente. Las extremidades de mujeres y hombres formaban el laberíntico camino por el cual yo me iba abriendo paso. Me paraba frente a los músicos. Erguido, cuello largo, hombros rectos. Mis ciento seis centímetros de estatura en realidad se sentían como muchos más. Me parecía que los miembros de la orquesta estaban esperándome. Tomaba la rama que recogía de camino convertida en batuta y comenzaba a dirigir a aquellos músicos perfectamente uniformados.

La vara sostenida siempre en la diestra, ni con fuerza ni débilmente, apoyaba su base en mi palma; los dedos índice y pulgar se cerraban sobre ella, así lo hacía el verdadero director con su preciado artefacto en madera de abedul; yo copiaba cada detalle, cada compás. El brazo extendido a la altura de la cara, yo también balanceaba aquella estaca, extensión de mí mismo. Dibujaba en el cielo mi pentagrama imaginario. Pasión en cada sutil movimiento de mi improvisada batuta. Y así, con mi característica técnica y mi estilo propio, dirigí ese domingo la sinfonía militar de Haydn. Mis manos daban la entrada a triángulo y platillos, clamor guerrero en aquella "percusión turca". Las valkirias, esas diosas bélicas en su cabalgata por los aires con los héroes muertos entre brazos, esperaban mi señal para llenarse de clarinetes, oboes y fagotes, como lo compuso Wagner.

Un universo temporal habitaba mi pecho y mi mente. El paso del tiempo tenía un ritmo propio, se dejaba llevar por la música. Inmerso como yo, el reloj, diapasón central, marcaba con discreción cada minuto en un continuo que acompañaba a Tchaikovsky. La Obertura 1812, en su *andante* y en su *allegro*, me transportaba a la batalla de Borodinó; una marcha llena de metales indica la entrada de los franceses en Moscú. Cerraba los ojos, aparecía la partitura ante mí; la obra se trasladaba a mis manos en cada acorde y con una danza, éstas, como alas de gaviota por los aires colmadas de flauta, de cuerdas y de trombón, creaban la batalla en el preludio del final, con un repique de campanas y once disparos de cañón simulados. Gotas lentas de sudor recorren mi cuello y mi frente; ¡la exaltación es tanta! Los párpados que permanecían apretados ahora se abren y contengo el aliento por un instante. Con una humilde caravana agradezco los aplausos del público.

Regreso a casa feliz de haber podido dirigir la banda como cada domingo durante la temporada de verano. Vuelvo por el mismo camino que me llevó al parque, pero ahora el ambiente es diferente, yo me siento diferente. ¡Soy el director de orquesta! Soy el que unifica a los músicos, mis aliados para crear armonía. Exhausto pero satisfecho me voy a dormir. Cierro los ojos y balanceo la cabeza sobre la almohada al ritmo de la melodía que habita mi mente. Recuerdo que la última vez que dirigí la orquesta antes de la guerra "interpretamos" el tercer movimiento de la *Novena sinfonía* de Beethoven, *Himno a la alegría*; ostentosos *crescendos* acompañaron mi somnolencia: pampa ra ra ri ra ra ra ra pam pam papa ri ra ra. En mi letargo, la soprano, el contralto, el tenor y el bajo me arrullaban con su:

Wem der grosse Wurf gelungen,
Eines Freundes Freund zu sein,

Wer ein holdes Weib errungen,
Mische seinen Jubel ein!

"La música expresa todo lo que no puede decirse con palabras, pero no puede dejar de decirse", escribiría Victor Hugo.

Y ésta fue, quizá, la última noche que dormí falto de miedo.

XVI

Los judíos éramos cerca de cincuenta mil en toda Bulgaria, menos del uno por ciento de los habitantes de este país, y nuestra relación con los gentiles era de mucho respeto y cercanía. Nuestro nacionalismo profundo y leal nos había llevado a luchar voluntariamente durante la primera guerra contra Serbia, en 1885. Nuestro amor por la tierra hacía que estuviéramos dispuestos a morir por ella, como lo hicimos de 1912 a 1918 en las guerras de unificación. Éramos fervientes patriotas, y los búlgaros nos consideraban sus iguales. En los monumentos a los caídos de las principales ciudades los nombres judíos se entretejen con los de los combatientes búlgaros. Después de la liberación, nuestros derechos como ciudadanos judíos de Bulgaria fueron garantizados en la Constitución de 1879; sin duda, una de las más progresivas y democráticas de Europa en el siglo XIX. Teníamos una vida muy activa en todos los aspectos del país: social, económico y hasta militar; el único nicho prohibido para nuestro desarrollo era el político, no podíamos ser miembros del Parlamento, sin embargo, todas las demás puertas estaban abiertas en una igualdad ciudadana que produjo poetas, músicos, escritores y artistas.

Éramos una comunidad fuerte y productiva. Contábamos con escuelas, sinagogas, asociaciones de ayuda y hasta una vibrante organización sionista. Jamás habíamos sentido ningún rechazo, y en las poquísimas ocasiones en las que algún movimiento fascista trató de poner a los búlgaros en nuestra contra, se toparon con indiferencia por parte del ciudadano común, y con el enojo y desaprobación de la élite política y cultural. La sociedad búlgara era tolerante por naturaleza, orgullosa de su Constitución, y estaba dispuesta a proteger a nuestra minoría. Mi abuelo Abraham siempre contaba la historia de cuando se inauguró la magnífica Sinagoga Central de Sofía. La capital le abrió un espacio en su corazón para que mil trescientos fieles pudiéramos rezar en este recinto, el tercer templo judío más grande en Europa, después del de Budapest y del de Ámsterdam.

"Fue en 1909, el 9 de septiembre", decía él, mirando al horizonte como si eso lo transportara a aquel tiempo. El estilo morisco que le dio el arquitecto Grünanger lo hizo sentir en España; nunca había estado allá, sin embargo, tenía en la sangre y en el ADN todo aquel bagaje sefardí, ese que se transmite en el ladino, *muestra lingua*; en las costumbres y la añoranza por aquella tierra en la que vivimos desde la época romana, y a la que nunca habríamos de volver. A ella se le han dedicado *kantikas* y versos, poemas que se pronuncian siempre con profunda melancolía. De esas juderías ibéricas habían llegado sus ancestros a Bulgaria, de la ciudad de Béjar, cerca de Salamanca. "Por eso nos apellidamos Bidjerano —me explicó—. Claro que, a través de los años, desde la expulsión de los judíos de España en 1492, el toponímico de la ciudad ha derivado en diferentes nombres, modificado por varios alfabetos y fonéticas. Así, querido nieto —me dijo—, los Behar, Béjar, Becerano y Bejarano provienen de nuestra antigua ciudad española."

En los periódicos se habló de la sinagoga una semana completa; artículos y fotografías del rey Fernando y la reina Eleonora asistiendo a la ceremonia de inauguración cubrían los encabezados y las primeras páginas. Entre otras personalidades de la élite del Estado se encontraba el primer ministro Alexander Malinov, así como otros ministros y representantes del clero. Se citaba, también, que ése había sido un día de fiesta no sólo para los judíos. La población en general visitó el interior del recinto, admirando su enorme candil central de latón, así como sus muros trabajados en mosaicos multicolores contrastando con finas tallas de madera. El mismo centro de la ciudad alberga, en tan sólo unas cuadras, nuestra sinagoga, la iglesia ortodoxa Santa Nedelya, la catedral católica San José, la iglesia de los armenios y la mezquita turca Banya Bashi. ¿Qué no es éste un símbolo de la tolerancia religiosa búlgara? "Kol hakavod", todo mi respeto a nuestra patria, terminaba diciendo el abuelo.

XVII

A diferencia de otros niños, yo era especial. Tenía tres abuelos. Tres mayores a quienes admiraba y respetaba. El primero era el abuelo Salomón, de quien me hablaba mi madre con tremenda nostalgia. Decía que seguramente hubiera estado muy orgulloso de mí, después de todo, había heredado la piel de su "*morenika hermoza*". Qué lástima que no nos conocimos, creo que habríamos sido buenos amigos, además de abuelo y nieto. Morir a los sesenta años quizá en aquel entonces no sería algo fuera de lo común, pero hoy comprendo que se fue siendo todavía joven, y entiendo también cuánto lo extrañaba mi madre. Lo visitábamos en el Nuevo Cementerio; para ello íbamos al centro de la ciudad, ahí en el bulevar Wladyslaw Warnenczyk, donde esperándonos entre cuatrocientas tumbas, estaba la de mi abuelo Salomón. Seguramente hoy la lápida sobre la que mi madre lloró tantas veces debe haber sido devorada por la vegetación.

Mi segundo abuelo era *gran papá* Abraham, el papá de mi padre, a quien hago honor con mi nombre hebreo. Alberto Abraham, hijo de Efraim. Amigos y familiares lo apodaban *Akxibock*, malhumorado. Aunque tenía un carácter explosivo, el cual le mereció el sobrenombre, conmigo fue siempre paciente y amoroso. Muchas de las imágenes que se quedaron como postales grabadas en mi mente son de las cenas de Shabat en su casa, cuando me platicaba historias de la familia, de Bulgaria, de nuestros sitios preferidos y de su oficio de hacer los mejores quesos que jamás se hubiesen elaborado antes.

Quizá sus procesos de elaboración resultaban un tanto rudimentarios, pero eran las enseñanzas de familia que le habían sido heredadas de forma oral y práctica. Se sentía orgulloso de decir que, para muchos ganaderos, hacer queso era un recurso complementario, sin embargo, para él y su familia los quesos y el yogur tenían un papel protagónico. Me había contado ya tantas veces el proceso con el que elaboraba sus deliciosos quesos que me sentía capacitado para intentarlo. Que si primero el ordeño de cabras, vacas y hasta búfalas que habían pastoreado en lo que podía ser el Edén de estos cuadrúpedos. Que si verter la leche en una gran tina para su maduración y cuajo. Que ahora cortar la cuajada dependiendo de qué tan seco se quiera el queso y del buen ojo del quesero, y él tenía ese sentido bien desarrollado, por eso eran tan especiales sus productos. Le seguía la eliminación del suero de la cuajada a través de paños y, finalmente, llenar los moldes que se giran repetidamente para darle forma. Eso me parecía lo más divertido. "Al final se le frota sal en las cortezas —decía el abuelo—. La salazón oscila entre cinco y cuarenta y ocho horas, para eso también hay que tener ojo", terminaba presumiendo.

Yo me sentía ya un experto quesero de tanto escucharlo. Y mientras él contaba sus periplos, yo me perdía en su mirada verdosa, en sus ojos de agua de río que me recordaban a los de mi padre. Él se llenaba de nostalgia, y aunque creo haberlo visto llorar, intentaba secar el río con su pañuelo y disimular, y es que no podía perder la fama de *akxibock*, aunque ante mí se daba el lujo de ser vulnerable. Cuando se mudaron a Varna, el oficio murió en Provadia.

Pero yo tenía un tercer abuelo, uno que adopté en el corazón y con quien pasaba ratos muy divertidos. El abuelo ruso, *gran papá Rusnaka.* Llamó mi atención una vez que pasé por su casa, a tan sólo unos pasos de nuestro apartamento, y lo vi a través de la ventana. Estaba haciendo ejercicio, cargaba sobre los hombros una barra con dos cubetas llenas de cemento, una en cada extremo. Su esposa cuidaba del jardín de rosas que rodeaba su hogar. Cuando la señora notó mi presencia me invitó a entrar a comer una rebanada de panqué de naranja recién horneado. El hombre dejó sus "pesas" y nos acompañó.

Comenzamos a platicar; ellos no habían tenido hijos y, por lo tanto, tampoco nietos. Creo que les simpaticé mucho esa primera vez, además de que llené aquel vacío que tenían desde que eran jóvenes. El de no escuchar risas infantiles, el de no tener a quién tejer un suéter en invierno o para quién preparar un delicioso pastel. Mamá ya los conocía, había visto a la señora rusa en el mercado y a él acompañándola, así que aceptó que yo los visitara regularmente. Cuando le platiqué de ellos, me dijo: "¡Aaah claro, los vecinos rusos!"

Con ellos aprendí a comer ojliuví. En casa nunca los había visto, mi madre no los compraba. Esos pequeños caracoles cocinados con ajo y perejil se convirtieron en mi platillo predilecto. También realicé mis primeros ejercicios en el "gimnasio" que el abuelo ruso tenía en el sótano. Botellones llenos de agua como pesas, barras de metal oxidado para colgarse de ellas en abdominales que nunca logré sin su ayuda.

Era una época de invitación, de planear, de futuro. Época de construir, de soñar sentado a la mesa del abuelo ruso o de mi abuelo Abraham. De hablar de tradiciones, de anécdotas de familia, de bailes y ópera, del programa de radio y los días de campo. De las clases de violín y los paseos en el Morska Gradina. La vida parecía ofrecer tanto, promesas tangibles de bienestar, de posibilidades infinitas. Pero la guerra se aproximaba. Turbia y arremolinada. Acechando. Postergando planes e ilusiones; llenando de miedo y oscuridad los espacios, los que habían sido de risas.

Nos codearíamos con el peso del silencio y de los pensamientos etéreos. Repudiaríamos a esos hombres, los temidos, los de las ss que de tanto practicar, hablaban fluidamente el lenguaje de la violencia. Obedientes, ratas entrenadas realizando los trucos que se les enseñó, animales aleccionados, como los de los circos que conocería años después en México. Lobos carroñeros todos ellos, lobos de ojos azules y piel blanquísima. Animales llenos de superioridad, pero animales al fin; así los verían mis ojos niños, así los recordarían siempre. No sospechaba siquiera que conoceríamos el dolor de abandonar nuestras ciudades, y de ver arrastrados a los hombres hacia los campos de trabajo. No volvería a ver al abuelo ruso, al *gran papá Rusnaka.*

Lobos repletos de odio, así se les había sentenciado; una y otra vez se les dijo: "Eres superior, y eso te da el derecho de perseguir, sojuzgar y exterminar a las 'razas inferiores' ". Tenían armas como colmillos, dispuestos siempre para clavarse en las carnes del "enemigo". Animales entrenados para cumplir con su deber, el deber de una raza superior. Verdugos todos ellos. Salpicados de sangre y muerte, de agonía, de crimen sin castigo. Traidores a la humanidad, absoluta ausencia del más básico sentido de misericordia.

Capaces de besar en la frente a sus hijos llegando a casa, con las manos manchadas de muerte, de haber asesinado a quemarropa a muchos como ellos, como los propios. Niños de inocente mirada. No dejar a nadie que llore sobre sus tumbas. Ni dejar tumbas tampoco. Una enorme fosa para todos, una sola, una que ya perdió la cuenta, una hasta para los que todavía respiran pidiendo piedad entre cuerpos putrefactos. Una hasta sucumbir, hasta terminar con el tormento. Una. Una y nadie para guardar el luto, para llorar a los muertos. No quedaría nadie.

Existencia dividida; antes de la guerra y después de ella. Esperanzas truncas. Esas que se habían forjado en las pláticas con los abuelos. Lo que nos tocaría en los siguientes años no era lo que se suponía íbamos a vivir. No estaba en los planes ni en la ensoñación. No eran las promesas que la vida nos había hecho antes del viernes 1º de septiembre de 1939, cuando las tropas alemanas cruzaron las fronteras polacas. Ahora recordaríamos un pasado sin guerra y lo añoraríamos.

XVIII

Hoy es Iom Kipur, el día más sagrado y solemne en el judaísmo. El día en que el ayuno y la oración nos acercan a la conciencia y al arrepentimiento. Es el día del perdón, es la fecha en que nuestra suerte queda sellada y decidida para el año venidero. Recuerdo que el año pasado, cuando mi padre estaba todavía con nosotros, comimos en familia como cada Iom Kipur. La abuela Reyna cocinó su famoso gyuvech, un guisado tradicional búlgaro de zanahorias, papas, cebollas, okra o angú, berenjena, pimiento y carne. La abuela lo horneaba a fuego lento por horas enteras. Yo observaba la tapa de la olla que se ahogaba en una nube de vaporosos efluvios. La carne y los vegetales absorbían el aroma del pimentón, de la pimienta negra y de las diferentes especias que ella rociaba como polen sobre capullos. Acompañaba éste, mi platillo favorito, con un tarator, una especie de sopa a base de yogur y pepinos.

Todos bebían agua pensando que a partir de que llegáramos a la sinagoga a escuchar la oración del Kol Nidrey, antes de la puesta del sol, comenzarían las veinticuatro horas de ayuno hasta el anochecer del día siguiente. En mi caso esto no me preocupaba; yo no tendría que ayunar hasta que cumpliera trece años, hasta que hiciera mi Bar Mitzvá. El abuelo Abraham me decía que es a esta edad cuando se alcanza la madurez personal, y que él me ayudaría con la instrucción religiosa para presentarme frente a mi comunidad como una persona moralmente responsable de mis actos. Para eso faltaban varios años, pero sé que a él le hacía mucha ilusión pensar en que yo, el primogénito de Efraim, el que llevaba su nombre en hebreo, Abraham, fuera llamado a la lectura de la Torá. El ayuno comenzaba para los adultos, y no sé si la abstinencia del cigarrillo les era más difícil a algunos que la del alimento. Recuerdo como si fuera hoy que mamá me pedía que no comiera chocolate frente a ella, que el aroma a cacao le abría el apetito, que distinguir en las comisuras de mi boca los rastros de dulce la hacían salivar. Yo, niño, veía con diversión provocarla saboreando un trozo de chocolate.

Después de aquella fastuosa comida, nos dirigíamos al *kal*, a la sinagoga. Acostumbraban los hombres recitar la Tefilá Zaká. Esta plegaria es una confesión de pecados y transgresiones entre el hombre y su prójimo; es también una súplica de perdón.

> *Señor de todos los mundos, Padre de la misericordia y del perdón, cuya mano está tendida para recibir a quienes se arrepienten. Tú has creado al hombre para hacer el bien con él en su final. Y le has creado dos instintos: el instinto del bien y el del mal, para que tuviera en sus manos la elección de optar por el bien o por el mal, para retribuirle con una buena recompensa por su buena elección, pues así decretó Tu sabiduría. Como está escrito: "Mira, he puesto delante de ti hoy la vida y el bien y la muerte y el mal; y elegirás la vida".*

Elegir el bien, elegir la vida. ¿Qué poder de elección teníamos nosotros? ¿En dónde había quedado esa facultad a lo largo y ancho de la Europa ocupada? ¿Acaso teníamos la libertad de escoger el no ser tratados como bestias, de ser tratados sin dignidad alguna? Las palabras que vienen a mí son someter, reprimir, limitar, privar, restringir, menguar; no son ni seleccionar, ni optar, ni escoger, ni preferir. ¿Elegir? Tardaríamos en aprender que esa corta palabra, que esas seis letras, eran un derecho.

No pasaría mucho tiempo para que, sin respetar este día sagrado del ayuno y el perdón, y sin tener la edad obligatoria en nuestro rito, mi hermano y yo sintiéramos la oquedad del hambre. Ahí tendríamos ese vacío un día, luego dos, un mes, luego años. Hambre para los que portamos la estrella de seis puntas, la de David, la estrella amarilla hilvanada a las ropas como alacrán marchito. El toque de queda inducía a un ayuno involuntario. Hacia la hora en que se nos permitía salir por la mañana, en los mercados quedaban papas podridas, cebollas deshojadas, una que otra verdura agusanada. Mi madre regresaba con la vacuidad en el canasto y en su mirada. Se dejaba caer una famélica pausa.

XIX

Hoy es Iom Kipur. Nada es como lo recuerdo, nada es como el año pasado, ni el anterior, ni el anterior. Pronto caerá el ocaso en este noveno día del mes de Tishréi, el día en el que la suerte se decide. Me pregunto entonces si en nuestra celebración del año pasado, 1941, quedó sellado el Holocausto, quedó determinado el destino que nos acechaba para este año:

> *En Rosh Hashaná serán inscritos, y en el ayuno de Iom Kipur serán sellados en el libro de la vida. ¿Cuántos serán llevados y cuántos serán creados? ¿Quién morirá y quién vivirá? ¿Quién en su tiempo fijado y quién antes de su tiempo? ¿Quién a causa del agua y quién a causa del fuego? ¿Quién por la espada y quién por una fiera? ¿Quién de hambre y quién de sed? ¿Quién por tormenta y quién por epidemia? ¿Quién por estrangulamiento y quién por apedreamiento? ¿Quién tendrá una existencia apacible y quién inestable? ¿Quién tendrá calma y quién será atormentado? ¿Quién disfrutará de placidez y quién padecerá sufrimientos? ¿Quién empobrecerá y quién enriquecerá? ¿Quién será degradado y quién encumbrado?*
>
> *¡Pero el arrepentimiento, la oración y la caridad revocan la severidad del decreto!*

Quizá no nos arrepentimos lo suficiente.

Quizá no oramos lo suficiente.

Quizá no perdonamos lo suficiente.

En los hogares judíos, sólo mujeres y niños. Nuestra celebración del día del perdón carecía de padres, hermanos, esposos; todos habían sido llevados a los campos de trabajos forzados, al *lager*. En este día, la culminación del juicio de Dios hacia todos los hombres, el día del perdón después del arrepentimiento, de reparar en nuestros errores, de recurrir a la misericordia divina, nos faltaban los patriarcas, las cabezas de familia a quienes añorábamos. Las calles de los barrios judíos estaban vacías y las palabras de nuestros rezos se arrastraban en el viento hasta morir sin sentido.

La sinagoga sefardí estaba situada en la intersección de las calles Presbyter Kozma y Vardar. Junto se encontraba la casa del rabino, un inmueble sencillo y cómodo para nuestro líder espiritual. La Sinagoga Grande, como era conocida entre nosotros, a la que íbamos a rezar, ahora servía de cuartel de los nazis. Sus arcos moriscos y sus columnas neoclásicas erigidas en 1890 ahora eran circundadas por esvásticas. Doloroso ver nuestra casa de culto invadida por aquellos que, en una emboscada, nos habían privado de todo hasta querer ser invisibles, y luego tratar de no desaparecer. Estamos solos. No hay reunión familiar. No hay gyuvech. No está mi padre. Mi mamá entona el Kol Nidrey; esa plegaria en la que pedimos que se anulen los votos y promesas que hayamos hecho al prójimo con sinceridad, pero que no hayamos podido cumplir. El *jazán* o cantor de los rezos decía en voz alta y luego la congregación debía repetir:

> *Or zarúa latsadik,*
> *ulishrey leb simjá.*
>
> Hay una luz sembrada para el justo;
> y para los rectos de corazón, regocijo.

Hoy lo dice mi madre en voz baja. Aprieta los párpados. Se le entrecorta el melódico rezo. A lo lejos se escuchan detonaciones. Ella sigue cantando. Aviones nazis nos sobrevuelan. Parecen estar muy cerca. Ella sigue cantando. Un escalofrío me recorre, me deja las entrañas vacías. El ruido ensordecedor de los bombarderos no me permite escuchar la voz de mamá. El instinto me hace voltear hacia arriba, veo el techo de la sinagoga que retumba. Temeroso me abrazo a sus piernas. Ella sigue cantando.

Kol Nidrey, veesarey, ushbuey, vajaramey vekonamey, vekinusey, vejinuiey deindarna, udishtabana, udajarimna, udasarna al nafshatana, miyom kipurim zé ad yom kipurim habá aleinu letobá bejulehón yijaratna behón kulehón yehón sharán shebikín shebitín betelín umbutalín la sheririn velá kayamín. Nidrana la nidrey, veesarana la esarey, ushbuatana la shebuot.

Con esta oración aprendí la importancia del cumplimiento y la santidad de la palabra dada. Quizá mi padre pensó en este concepto de no hacer promesas falsas. Quizá por eso trató de escapar del campo de trabajos forzados junto con su buen amigo David. No quería que yo dejara de creer en él, deseaba que supiera que es un hombre de compromiso, de pactos cumplidos. Difícil tarea la de la fidelidad a la palabra en tiempos de guerra. Fue cuando se lo llevaban que me dio un abrazo y me dijo al oído: "Te prometo que volveré para festejar juntos el próximo Iom Kipur, mientras, sé fuerte, ahora tú eres el hombre de la casa, Alberto".

XX

Mi padre y David, su ahora entrañable amigo, decidieron que quizá si escapaban del campo solamente por un día, solamente unas cuantas horas para ir a ver a la familia, para recitar el Kol Nidrey juntos, solamente para darles un beso, sólo unos momentos, quizá no se notaría su ausencia en el campo de trabajo. Planeaban regresar, no era una huida definitiva. Papá deseaba sólo un beso de mi madre y respirar su aroma a rosas, acariciar mi mejilla y decirme que ahí estaba como lo prometió, quería ver a mi hermano Salomón, quien había crecido durante estos meses de su ausencia y ya no era un bebé.

Lo planearon todo minuciosamente. En esos días los habían estado llevando a secar pantanos. Caía la noche a su regreso. Aprovecharon la oscuridad para salirse de la fila de presos justo al pasar por las bodegas del campo. David hizo un gesto con la mano mientras se rascaba la nuca. Mi padre, que caminaba detrás de él, supo que ésta era la señal. Había llegado el momento de correr hacia la inmensa montaña de sacos de cemento, esos que cargaban en sus hombros huesudos día tras día. Permanecieron ahí unos minutos, como cadáveres, casi sin respirar, sin movimiento alguno. En cuanto tuvieron oportunidad, avanzaron sigilosamente a través de un estrecho corredor formado por los ladrillos que cada mañana les esperaban para construir lo que les ordenaran. Ahora, estos mismos les servían de protección, mientras con unas pinzas que se habían escondido en el pecho bajo el hediondo uniforme cortaban parte del enrejado que los aislaba de los suyos, del mundo, ese que había cambiado tanto desde que ellos no lo respiraban, ese que parecía haberse quedado huérfano con el paso de la guerra.

Una angosta vereda los conduce a la carretera. Corren frenéticamente, tan rápido como sus piernas exhaustas pueden. La huida había comenzado. No miran atrás. Llegar a la estación de tren es la meta. "Corre, Efraim, sólo corre y no pienses en nada más", se dice a sí mismo. Él encabeza la marcha. El intenso vaho de sus exhalaciones apresuradas va dejando una estela en la noche mientras se ocultan del resplandor de la luna. Después, la marcha se entorpece, el pecho empapado en sudor; a la distancia por fin unas luces escasas. Retoman el ánimo y vuelven a acelerar el paso. Demasiado tarde, los ladridos agitados de los perros que los buscan se escuchan enredándose en el furor del viento. Sus piernas van perdiendo vigor y un acceso de tos lo sorprende. Ahoga la tos con un pañuelo que saca del bolsillo. Los ladridos no cesan. Se oyen más cerca. Es posible que hayan soltado a los dóberman para rastrearlos. Sólo les queda cruzar una mirada entumecida. Sus pisadas se marcan en el lodo. Las ss ya estaban cerca.

Empieza a clarear. Los gritos en alemán despiertan de golpe a los prisioneros. Se les ordena que salgan de sus barracas y tomen su lugar en el patio. Ni siquiera se les dio tiempo para ponerse alguno de sus roídos mantos sobre los hombros. En el rostro se siente una brizna, virutas de frío matinal. Frente a los presos dejan caer de un camión los cuerpos amarrados de manos y pies de mi padre y de su amigo David. Sus labios azulados chocan contra la grava semiescarchada. La madrugada. El oficial ordena a los guardias que lleven a los fugitivos al cuarto "especial". "¡El resto no se mueva de aquí!", ordenó enfáticamente. La oportunidad para darle una lección a todo aquel que pensara siquiera en escapar estaba en sus manos, y el oficial la iba a aprovechar. Una convulsión se clavó en el estómago de mi padre en cuanto le llegó el olor nauseabundo de aquel calabozo. Perdió el conocimiento.

Cuando abrió los ojos, una ganzúa de fierro despidiendo óxido se calentaba en una especie de chimenea llena de carbón al rojo vivo. El oficial la tomó cuidadosamente, comprobó que estuviera ardiendo al escuchar el sonido del trapo húmedo que deslizó lentamente por el borde de aquel instrumento.

—Es hora de hablar, maldito perro —gritó el uniformado en alemán, mientras acercaba el hierro a su cara huesuda—. ¿En verdad creíste que lo lograrían?

Un golpe seco con el puño en la mandíbula resonó en los pasillos y tiró de la silla al fugitivo.

Los presos que mantenían la mirada al frente, congelados en el patio, bajaron la vista. Lobreguez todo alrededor.

Una vez más, el metal candente amenazaba el pómulo afilado, fisonomía inanimada aquel rostro. Con un jadeo por respiración, y ante la mirada acusatoria del oficial, papá alzó la voz, no sin antes escupir el sabor a sangre que le llenaba la boca.

—Quería ver a mi esposa y a mis dos hijos. Hoy, hoy que es Iom Kipur, el día del perdón. Planeábamos volver.

Una ronda más de azotes. La espalda, falta de carne, se encorva. Una vez. Otra. Otra. Los compañeros escuchan cada gemido desde el patio. Los paraliza el miedo. Pasan los minutos que se dilatan interminables convirtiéndose en tormento para todos ellos. Ya no quieren escuchar. Ya no pueden escuchar. Se repiten los golpes. Se repite el proceso sobre los dos cuerpos que resuenan. Una vez más.

Ya casi no se escuchan lamentos. Una última vez. Sólo se escucha el impacto. Ya no hay queja. Dos guardias, a quienes la piedad se les había extraviado, se abren paso entre las hileras de testigos. "¡Son escoria, todos ustedes son escoria y por eso están aquí!" Riendo como hienas feroces sacan a los prisioneros semidesmayados, semidesnudos. Sus pies se arrastran en la grava. Tobillos fuera de lugar, brazos ondulantes. Cuerpos dolidos, rostros casi incógnitos de facciones inflamadas; hombres convertidos en objetos agonizantes se arrojan cual deshecho en sus respectivos catres.

—¡Veamos si así se disciplinan estos perros! Y ya lo saben, para quien intente algo parecido… —salieron de la barraca diciendo los verdugos.

La cabeza les colgaba boca abajo fuera de las camas, David y mi padre entreabrieron los ojos asombrados de seguir vivos.

XXI

Miro hacia atrás. El mundo se había vuelto loco. Gemidos rotos rebotaban en sus fronteras empañadas de odio, en sus orlas denigradas. Mundo preñado de ira humana y de ira divina. Descripciones del infierno en Auschwitz y Birkenau, en Dachau y Treblinka. Intimidad con la muerte. Caudal de masacres. Mundo ceniciento. Mundo infierno. Mundo errante. Aberrante. Absurdo. Mundo huérfano.

Iom Kipur. A mí, a mí se me anestesió la fe. Qué clase de hombres somos si podemos romper al otro, lastimarlo, desgajarlo. Qué clase de hombre tiene una mente que anda a gatas para ver en el otro sólo insignificancia. ¿Quién puede ser libre del peso moral de atestiguar tanta maldad? Y qué clase de padre observa a sus hijos que se arrancan los ojos, que se profanan, que se degradan y se matan; hermanos envilecidos que deshonran el nombre de su padre. Pero, y ¿el padre se indigna?

¿Cómo encontrar sentido a un mandato como el de pedir perdón al prójimo cuando el prójimo es un verdugo? Llegar al punto de no soportar la vida. Maldito por no poder ver salvación en una vorágine de violencia. Por padecer los extremos del ser. Cómo reivindicar al hombre después de esto. Ira divina, ira humana, ¿cuál es peor? Tortura, el pensamiento. Leí a Spinoza y a Sartre. Pasé tardes enhebrando planteamientos: "La felicidad es solamente la ausencia de dolor", dice Schopenhauer. Según el gran Robert Misrahi: "Determinación, deseo, reconciliación con la vida después del despojo. Reencontrar la felicidad". Nietzsche afirma: "Aquel que tiene un porqué para vivir, se puede enfrentar a todos los cómos". No estoy tan seguro. Mi reflexión es nómada y regresa de tanto en tanto a mendigar respuestas. El tiempo transcurrido lame nuevamente la misma herida, el mismo pensamiento, y no ofrece dilucidación a la atrocidad, a la agonía. El hombre puede hacer al otro desdichado, y ¿su padre puede soportarlo?

XXII

El ministro del Interior, Peter Gabrovski, se había encargado desde septiembre de 1940 de presentar una nueva ley ante el Parlamento. Zakon za Zashtita na Natziata (ZZN), Ley para la Defensa de la Nación. Las cláusulas replicaban, casi en su totalidad, a las de Núremberg; los judíos estábamos a punto de pagar por la devolución de Dobrudja a Bulgaria. Ése era el intercambio que se había pactado y el rey Boris III ganaba el primero de los tres territorios que deseaba le fueran devueltos.

Sería necesario registrarnos como judíos y enumerar nuestras propiedades. Recuerdo que mi padre, que en ese entonces todavía estaba con nosotros, mencionó que tendría que depositar nuestro dinero en una cuenta de banco especial. Ésta estaba bloqueada y no tendríamos acceso al dinero, salvo con un permiso casi imposible de obtener. Otra regla incluida en la ley ZZN fue que los típicos apellidos búlgaros no podrían terminar en "ov, ev o en itch" si eran de judíos. Ningún cargo gubernamental estaría permitido, y se impondría una cuota en el número de nosotros que podría trabajar en el comercio y la industria, estudiar maestrías o doctorados. No se permitiría tener empleo en casas editoriales, revistas y periódicos; como tampoco comerciar con metales preciosos o pertenecer a una mesa directiva o consejo consultivo, cualquiera que éste fuera.

Lo peor vino, en nuestro caso, cuando mi padre leyó que un oficio prohibido era también el de contador. Se echó levemente hacia atrás. Cerró los ojos un momento. Guardó silencio. Yo observaba sin ser visto. Desde una distancia prudente, contuve la respiración al ver la expresión alarmada de mi padre. Una vena en la sien le palpitaba. Se acercó a mi madre para hablar en voz baja. Sólo pude imaginar lo que le dijo: en cuanto la ley entrara en vigor, perderíamos el ingreso familiar. En ese momento ni él ni nosotros sabíamos que preocuparse por su empleo no tendría ningún sentido.

La ley se publicó oficialmente el 23 de enero de 1941, en la *Gazette*. El desconcierto llegó a los hogares judíos. Nada tenía sentido, el rey parecía haber flaqueado ante las presiones nazis. Boris III, el "amigo de los judíos", se convertía poco a poco en un aliado más del Führer, un aliado pasivo quizá, pero aliado al fin. Cuando estalló la guerra, Bulgaria se había declarado neutral. No comprendíamos en qué momento todo cambió. En qué momento designó el puesto de primer ministro a Bogdan Filov, un hombre que pensaba en pro de la Alemania nazi. De igual forma, el ministro del Interior fue sustituido por Peter Gabrovski, líder de los fascistas. Todo era confusión. La población gentil lanzó gritos de protesta considerando antinacional dicha ley. El gobierno jamás esperó esta reacción de enojo de trabajadores no semitas de diferentes regiones del país, quienes mandaron telegramas enfurecidos a ministros y agencias gubernamentales. En ellos expresaban su desacuerdo ante el maltrato del prójimo, ante la teoría de que existen ciudadanos de primera y segunda clase, además de recordar que miles de soldados que murieron en las diferentes guerras para defender la patria, la patria de todos, eran judíos.

La famosa Córdova-Bejmoram, la tienda de almacén donde mi padre había hallado no sólo un buen trabajo, sino también había conocido al amor de su vida, mi madre, debía poner fin a sus actividades. Las nuevas disposiciones prohibían a los judíos ser dueños de negocios. Una vida entera les pasó por encima. Rostro y torso escuálidos. Había caducado el derecho de tomar parte en la economía del país. Y estaban a punto de extinguirse tantos derechos más. En el interior, imágenes de los diferentes productos se dibujaban bajo la oscuridad. Un último vistazo, extravío en la mirada. Punzadas intermitentes de dolor. Los jefes de mi padre, reacios, corrieron el pestillo de aquella puerta. La ansiedad les impedía respirar. Los maniquíes son fantasmas. Los sombreros tiemblan. Cortes de tela para trajes que ya no tienen destino. Todo es silencio.

No pasaría mucho tiempo para que el señor Denev, dueño de la tienda más fuerte y competencia de Córdova-Bejmoram, buscara a mi padre. Estando en el mismo ramo comercial, se conocían de tiempo atrás. Eran las siete cuando sonaron tres sutiles golpes en la puerta. Efraim, me gustaría que vinieras a trabajar para mí, fue lo que alcancé a escuchar desde mi recámara el día que el señor Denev nos visitó en casa. Mi padre aceptó el puesto sin sospechar que, al hacerlo, estaba estrechando la mano del hombre que vería por nosotros cuando él estuviera en los campos de trabajos forzados. Para este búlgaro cristiano, como para muchas otras personas, no existían culturas superiores o inferiores, ni el poder opresivo del pensamiento xenófobo. El futuro nos vincularía a él. Gracias a su amplia visión del mundo, y a que no soportaba que hubiese quien estereotipaba a aquellos que pertenecen a otra raza, cultura o religión, su ayuda haría posible tomar aire en la asfixia y engañar un poco a la tristeza. Su cariño por nuestra familia, el cual se dio de forma casi inmediata, sería por siempre reciprocado en agradecimiento infinito; ese que se mide en palabras y en lo que no se pronuncia.

La élite de la sociedad, así como los círculos populares, levantaban la voz en nuestra defensa. Vecinos, compañeros de trabajo, profesionistas, intelectuales, todos ellos se unían en una protesta que nos permitió ver no sólo los principios de justicia, de derecho y de igualdad con los que vivíamos constitucionalmente, sino también, y más importante aún, la humanidad y el respeto de nuestro pueblo, éste con el que estábamos hermanados. Recuerdo que mi padre habló muy en especial, con gran admiración y agradecimiento, acerca de una carta firmada por afamados escritores y poetas. Estaba dirigida al primer ministro Filov: "Una ley como la ZZN que esclaviza a parte de los ciudadanos búlgaros, quedará como página negra en nuestra nueva historia".

Hubo también quien nos percibió como "el otro", el diferente, el enemigo, y algunos brotes de antisemitismo se hicieron escuchar.

Pero otra voz poderosa en contra de la nueva ley fue la de la Iglesia ortodoxa. La religión oficial del pueblo búlgaro es la cristiana-pravoslavna, por lo que el desconcierto de su líder espiritual y patriarca, el honorable metropolita Stefan, de Sofía, tuvo un importante impacto en el público. A él se unieron Kyril de Plovdiv, Paissi de Vratza, los metropolitas de Turnovo, Lovetch, Silven y de nuestra propia ciudad de Varna. Todos ellos, por acuerdo mutuo, redactaron una carta en la que se leía: "Pedimos al primer ministro, así como a nuestro honorable gobierno, no llevar a cabo medidas en contra de los judíos como minoría nacional. Más bien, deberíamos preparar medidas satisfactorias en defensa de peligros reales contra la vida espiritual, económica, política y social del pueblo de Bulgaria, de cualquier origen que estos peligros vengan".

Solidaridad en el temor, en la desesperanza. En las pesadillas que estábamos a punto de soñar. La población búlgara se mancomunaba con su prójimo, con nosotros; hombres y mujeres con quienes había vínculos que la religión no había considerado que interfirieran con el sentido de piedad. Se manifestaban también los lazos sociales y de cariño de viejo cuño existentes desde hacía décadas. Pero fue demasiado tarde, Gabrovski y un grupo de pronazis dentro del gobierno aprobaron la ley argumentando que estas restricciones "temporales" en contra de los judíos se justificaban, ya que las alianzas con Alemania traerían resultados provechosos en las políticas y metas nacionales. Pero las medidas y la persecución no serían temporales y la crueldad de los alemanes, inimaginable.

XXIII

La ley antijudía entró en vigor. Todos los periódicos del país cubrían sus primeras páginas con las reglas a seguir. *Il Judio*, nuestro periódico en ladino, cuya editorial se mudara de Estambul a Varna en 1920, lo anunciaba entre enormes signos de admiración que parecían llevar la amenaza en cada vigoroso punto, en cada pronunciada raya. Primer mandato: usar la estrella en su color obligatorio. Era como convertirse en infrahombres y estar expuestos a la denigración y al rechazo. *Amarus*, en latín, amargo, es la raíz del color de nuestra insignia. Así sería, tan amarillento como amargo el porvenir de una mente colectiva que no iba a poder recuperarse de tanta catástrofe y de tanto odio. Aunque la estrella de David que portábamos en Bulgaria fue la más pequeña de todas las que se hicieron en Europa durante el nazismo, esto no nos salvó de ser agredidos por quienes, en sus arraigados prejuicios de superioridad y de una identidad cultural que temían poner en riesgo, nos veían como una amenaza. El hexagrama nos segregaba y cumplía su fin: ser discriminados, señalados. Su uso era obligatorio en todos los momentos en que estuviéramos en espacios públicos. Yo, por ser menor de seis años, no la tenía que usar. Un distintivo para estigmatizarnos. Señal que años más tarde inspiraría a Mario Escobar para escribir "Los niños de la estrella amarilla", o a Jennifer Roy, o al mismo Patrick Modiano con su obra *La Place de l'Étoile*, escritores y poetas buscando dignidad en esas seis puntas. Entonces, como niño, no conocía una palabra que más tarde escucharía repetidamente: *xenofobia*.

Mi madre, con mi hermano en brazos, y yo, salimos una tarde. Nos dirigíamos a la tienda del señor Denev. Queríamos saludarlo, y también, a decir verdad, respirar los aires que frecuentábamos cuando mi padre trabajaba ahí, antes de que se lo llevaran. Estas visitas calmaban de alguna manera las nostalgias de mi madre.

Mi mundo infantil ya se había visto confrontado, con la crueldad que imparte un país en ocupación, cuando nos quitaron a mi padre, pero nunca sospeché que en este ingenuo paseo me acechaba una madurez forzada, a través de un instante que jamás pude borrar de mi mente. Al caminar, nos fuimos cruzando con algunos indiferentes, con insensibles al peso de llevar cosida a las ropas la estrella, pero también nos topamos con otros sin expresión, sin alma. Uno de ellos, un niño de no más de doce años, tomó una piedra y la lanzó contra mi madre. Fue tal nuestra alteración ante el imprevisto que no nos percatamos de la sangre que le corría por la sien. Retomamos el paso, y un escupitajo acompañado de burlas y risas alcanzó mi espalda. No volteamos, no paramos, sólo veíamos sombras que nos seguían en las sombras. Nos hacía falta aire. Nos sobraban latidos. Mamá sintió un sendero tibio recorriéndole el pómulo, se limpió con el dorso de la mano embadurnando la sangre en el nacimiento de su cabello.

"Chifutkas", gritaron a coro. Fue la primera vez que escuché esa palabra, un peyorativo para designar a los judíos. Ella, que sí la conocía, la sintió como tormenta embravecida, se llenó de rabia y les gritó de regreso: "¡Bestias, malditos!", y así como salieron, quiso volver a meter las palabras en su garganta.

Aceleramos sin rumbo. Mi madre apretaba mi mano. Yo sentía que me hacía daño. El nerviosismo nos llevó a caminar en varias direcciones. Todo nos parecía desconocido. Nuestras miradas, confusas. Dimos vuelta. Mi madre se tambaleó. Era pequeña y, en esos momentos, tan frágil. Nos recargamos en la pared para protegernos y para respirar. El golpe en la cabeza la había aturdido. Guardamos silencio, más silencio que nunca. Despiadada forma de vivir. El miedo, abominable.

Pero eso no fue todo, cuando tomamos una bocanada de aire y mi pequeño hermano dejó de llorar, abrimos los ojos. Nos encontrábamos en una de las plazas cerca de casa. La belleza del pasado parecía esconderse en las bancas de piedra que tantas veces nos vieron pasear tomados de la mano y romper a carcajadas. Ahora, esas mismas conspiraban dando cabida a una muchedumbre que formaba remolinos lánguidos alrededor de la plazuela, como si hubiese un espectáculo. Logramos asomarnos entre la gente. La desgarradora escena nos traería penuria, miedo, sobresaltos. Oscilantes recaídas en la incansable búsqueda de paz. La mejor amiga de mi madre, nuestra vecina, era apedreada por un puñado de jovenzuelos. Las cavidades de sus ojos, un hueco oscuro. Su cuerpo roto. Sus brazos, una enorme fractura. Toda ella un ovillo. Una última pedrada la hizo sacudir. Podía ver sus vértebras asomando de sus ropas rasgadas. Todavía respiraba. Se le notaba en el vientre. La estrella amarilla colgando en hilos de su abrigo. En ese instante una parvada de aves alzó su vuelo, como regresando a casa antes de anochecer. Buitres, todos en tierra; hay que tener entrañas para mirar, o no tenerlas. Fuimos cobardes, incapaces de alzar la voz. Mi madre, con la conciencia aterrada, me tapó los ojos. "Mamá, es la tía Rachel", grité desesperado.

Tía de cariño, compañera de mi madre en tardes interminables. Me jaló del brazo. Cómo evitarme esa representación de tormento. Lo había visto ya. Lo soñaría muchas veces, un asalto a la tranquilidad. Llegamos a casa. Pone a mi hermano en la cuna. Se encoge. Llora. Vomita. El cabello revuelto, manchado de su propia sangre. Yo, yo miraba con ganas de aullar. No me salió la voz. Me clavé las uñas en las piernas. Quise sumergirme en la sombra delgada de las duelas del piso. Me quedé ahí, inmóvil, en mutismo.

Con los años en sus crisis, la noche y el día eran indistinguibles. Todo era niebla, era la niebla de la guerra. En la penumbra, una constante, y ella la nombraba: Rachel, Rachel. Sus pupilas atravesaban el tiempo, la volvía a ver, indefensa, sangrando. Nunca pudo expulsar esa imagen de sus turbios recuerdos. Yo tampoco.

Cosas terribles pasan por culpa de los tiranos, y por la indiferencia de los demás.

XXIV

La guerra se prolongaba, los alimentos se pronunciaban en escasez y racionamiento. El toque de queda, con sus estrictos horarios en los que podían salir los judíos a la calle, nos privaba de tener alimentos suficientes. Los mercados se surtían muy temprano, y para cuando podíamos llegar a ellos, largas filas de gente hambrienta, como nosotros, mostraba sus boletos de asignación de comida. Para entonces, lo que quedaba eran legumbres amoratadas, cebollas deshojadas, o lo echado a perder, y, aun así, lo tomábamos; era mejor que nada. Lo podrido, las sobras es lo que comíamos nosotros. El hambre, cruel como lo es la sed, nos tocaba a todos.

Recuerdo que en una ocasión mi madre consiguió una papa. Debe haber sido en el mercado negro. Algún trueque seguramente hizo para llegar a casa con tan preciado alimento. Una papa para ser dividida en tres. Sería un trozo para mi hermano Salomón, otro para mi madre y otro para mí. Quizá era suficiente para engañar la apetencia hasta el día siguiente. Recuerdo que ese vacío que no se podía saciar nos quitaba el sueño, y a veces prefería cederle mi porción a mi hermano, con tal de no escuchar sus lamentaciones.

"No tengo ganas, mamá, de verdad, dáselo a mi hermano." Ella observa el hambre en mis ojos, sabe que miento. Mi mirada buscaba en la suya la ratificación, el permiso de quedarme en ese ayuno que ya se había repetido en otras ocasiones. Ella tampoco soportaba escuchar a su famélico pequeño llorando. Muchas veces era ella quien decía no tener apetito para que nosotros estuviéramos un poco más satisfechos, si es que se puede usar el término bajo semejantes circunstancias. La hambruna era un lobo que merodeaba a nuestro rededor, aguardando, siempre aguardando para alcanzarnos con sus zarpas de vileza.

Mi madre jamás olvidaría el gesto que a mi corta edad salía desde la inocencia, desde un lugar dentro de mí que recordaba las palabras de mi padre cuando se lo llevaron: "Ahora tú eres el hombre de la casa", un lugar de gran responsabilidad. El rojo granate y el amarillo cadmio de la puesta de sol vibraban en mis pupilas. Nubes vestidas de rosa y de malva se iban acurrucando entre las montañas. Yo también me ovillaba al lado derecho de la cama, donde dormía desde que se habían llevado a papá. Después al izquierdo. Finalmente, me abrazaba a la almohada esperando que pasara la noche. Mi madre lo sabía. Sabor amargo en la boca.

Pasarían los años, muchos, y aun en su lecho de muerte seguiría repitiendo la historia, seguiría hablando de cuando yo, su niño, decía que no tenía apetito. Seguiría llorando esa situación y muchas otras por las que pasamos en la guerra. Una guerra de estrellas amarillas cosidas cerca del corazón. Una guerra de cobardes obedeciendo órdenes. De indignación. De un mundo de indiferencia. Una guerra de cenizas.

Pasarían los años. No pudimos consolar a quien nunca tuvo consuelo. Siempre me pregunté si algún día mi madre lograría volver a sonreír. Cuando se le olvidara la pena, cuando dejara atrás lo vivido. Pero ya nunca volvió a ser ella. Nunca olvidó. Cargó el miedo en las manos, en los ojos, en la garganta y en el alma. A veces me veía como si no me reconociera, yo tampoco estaba seguro de conocerla más. ¿Qué pasaba por su mente? Guardaba en su mirada perdida el llanto de aquellos tiempos.

Pasarían los años. Intentaría dormir. Casi nunca lo lograba sin una pastilla que la indujera, que le ayudara a sedar las tormentas y poner en calma el mar en su cabeza. Cuando no la tomaba, la desesperanza y la incertidumbre se le encimaban en aquellos repetitivos escenarios de violencia. La sensación de desamparo le provocaba taquicardia. Se tapaba la boca para no gritar, para callar el horror de los recuerdos. Se sentía extraña en su propio cuerpo, perdida, divagando en el lodo de su mente. Las voces del pasado se mezclaban en ese fango y no le podíamos arrancar el duelo.

Pasarían los años. Esbozos de sí misma se dejarían ver de tanto en tanto. La disfrutaríamos, simpática y alegre como era su naturaleza, como la conoció mi padre. "Está en una buena temporada", diríamos todos. Ese lapso era breve, pero inmensamente feliz. Se desvanecía el polvo en su mirada, desaparecían los monstruos que la acosaban. Dejaba guardadas sus frases reiterativas y lográbamos un diálogo verdadero, del presente, del ahora. Era elocuente, fogosa, persuasiva y hasta divertida. Yo solía pensar que quizá el último tratamiento había acabado con su condena, que el último médico al que la llevó mi padre finalmente había tenido la poción mágica que nos devolvía a mamá. Ahora sé que no era así; que cuando se ha vivido una guerra no se puede escapar del verdugo. Que esas pesadillas hostigan, que nada puede hacer que los recuerdos se diluyan, que nada, nada la consuela. Aspiré en vano a verla recuperada, sana, y no quedó más que condolerse, cuando de nuevo el alba, de nuevo el silencio subrayado y la mirada turbia. Otra vez la perdíamos.

XXV

¡Al fin descubrí por qué soy de piel apiñonada! Me lo había preguntado miles de veces. Me lo había preguntado, sobre todo, porque en la cuadra habíamos dos Albertos. Entre los niños que salíamos a jugar a la calle estaba *Belia Betko*, Beto el blanco, y yo, *Chernia Betko*, Beto el negro. Nuestro color de piel nos definía. Siempre interpreté aquel apodo como una expresión cariñosa de los niños. No había desprecio en ella. De hecho, diría yo que nos teníamos mucho cariño. Ellos no eran judíos, ellos no vestían ropas austeras, ni estrellas, ni estaba presente siempre la falta de su padre. Ellos no habían sido despojados de libertad y no había ojos escrutadores que los condenaran.

Belia Betko me invitó a pasar a su casa una tarde en que el cielo comenzaba a palidecer. Fuimos directamente a la cocina. Su madre me dio la bienvenida y me invitó a sentarme a la mesa que ocupaba el centro del espacio recubierto de azulejos verde limón. Aquel día fue muy especial porque vi algo revelador, algo que me llevó a la verdad. En ese momento un monólogo interior comenzó a rondarme. Esa voz de la razón reverberaba en mi cabeza en cuanto comprendí. Un vaso transparente lleno de leche esperaba a Beto el blanco. Con la iluminación indirecta de la ventana aquel líquido níveo parecía aterciopelarse. La mamá de *Belia Betko* me ofreció amablemente: "¿Quieres un poco, *Chernia Betko*?" Debo haber hecho un gesto aturdido al salir de mis pensamientos. Por supuesto acepté de inmediato la tentadora oferta.

Recorrí cauteloso el filo del vaso con mi dedo índice. Ahí estaba, tenía la certera respuesta al porqué de mi piel y del apodo; hacía meses que yo no tomaba leche. ¡Claro, era eso! Durante unos segundos sólo hubo silencio. Después de mirar a un lado y a otro me atreví a dar un pequeño sorbo. Sentí la frescura de la leche en mis labios. La saboreé. La sentí bajando por mi garganta hasta el estómago. En ese instante me percaté de cuánto la extrañaba. No me había dado cuenta antes: cuando no la tenía, cuando era imposible que mamá la pudiera conseguir. Al principio bebí unos tragos sin prisa, pero en cuanto Beto el blanco se distrajo, me tomé el vaso entero de un solo sorbo que casi me atraganta, y con él, me bebí también la extravagancia de poder hacerlo. El vaso completamente vacío. Miré fijamente a mi amigo, nos observamos, sonreímos.

A la semana siguiente nos volvimos a reunir para jugar un rato con los compañeros de la cuadra. *Belia Betko* me invitó nuevamente a su casa. Le dije que lo alcanzaría en unos momentos. Fui corriendo a casa por mi espada. Cuando llegué a la casa de Beto el blanco lo encontré esperándome en la entrada. Traía un vaso de leche recién servido en las manos. Caminaba altivo hacia donde yo me encontraba. Después de lanzar una sonrisa que no supe interpretar, paseó su lengua por la parte superior de su labio relamiendo restos de leche fresca. Yo no le devolví la sonrisa, ni cerré la puerta tras de mí, ni me dirigí a la cocina como lo habíamos hecho la semana anterior. No pude descifrar qué extraña fuerza se apoderó de mí, pero sin pensar empuñé mi espada de madera. Con ella en mano me convertía en caballero, en conquistador, en rey y hasta en invasor. En un impulso irresistible, al cual le conferí todo el honor, partí en dos su vaso arrogante. El líquido se desparramó por el suelo formando pequeños riachuelos blanquecinos. Entonces, con calma, yo, *Chernia Betko*, ocupé mi trono en la silla de su cocina. *Belia Betko* quedó boquiabierto. Yo también me asombré de mi atrevimiento, y aunque ese momento a mis cinco años fue triunfante, ahora, a mis ochenta y dos, me parece tristísimo.

XXVI

Recuerdo el otoño de 1941. Cerca de nuestra casa, a tan sólo unos metros, se había instalado un cuartel de las SS, de las "Escuadras de Protección". Esta agencia paramilitar que investigaba, que forzaba la política racial de los nazis y que infundía el terror con su violenta e implacable policía, estaba cerca. Pasábamos por ahí cada vez que salíamos de casa. Esos que detectaban potenciales enemigos y traidores, que realizaban servicios de inteligencia, que neutralizaban cualquier brote de oposición, y hasta se vigilaban entre sí para asegurar el compromiso del pueblo alemán con la ideología nazi, estaban cerca. Y nosotros; mamá, mi hermano y yo no podíamos evitarlos. A donde fuéramos, de camino había que cruzar por aquel lugar del que colgaba una larga bandera roja con la esvástica. Yo miraba hacia arriba, mi cabeza no lograba inclinarse hacia atrás lo suficiente para ver dónde comenzaba aquella tela interminable.

Normalmente, cuando pasábamos por ahí mamá bajaba la mirada y aceleraba el paso. Se ponía nerviosa. Por momentos se desorientaba y la única forma de traerla de regreso de ese trance de pánico era señalarle el edificio del Museo de Arqueología que se encontraba en nuestra misma calle, a un par de cuadras adelante en el bulevar Maria Luiza número 40. De alguna manera, esta construcción le daba seguridad y la lograba orientar, quizá por las innumerables veces que mamá visitaba ese museo. Le encantaba, y en varias ocasiones me llevó con ella a ver piezas que a mi edad no tenían ningún valor.

Caminábamos delante del temido cuartel, un agente de las SS iba saliendo. Mamá se paralizó. Nosotros también. En cuanto nos vio, comenzó a acercarse. Recuerdo que el adoquinado parecía amplificar el sonido que hacían aquellas botas en cada paso. Por un instante, en un profundo lugar detrás del esternón, mi madre notó la ausencia de latidos, se había quedado sin aliento en un terror que le robó el aire. Trataba de no verlo para que el miedo no se le enmarañara en la mirada. Las palabras le llegaron a los labios, y por fin dijo tartamudeando: "Bu...buee...nas tardes". El hombre uniformado de pies a cabeza respondió con un solemne buenas tardes. Después, dirigió sus ojos acosadores hacia mí. "¿Tienes hambre?" La pregunta se sintió como una emboscada, como una forma de aproximación para después dar una cuchillada por la espalda. Claro que tenía hambre, pero no le respondí. "Acércate", me dijo. Sus palabras no sugerían, sus palabras ordenaban.

Noté que sus dedos se entretenían jugueteando con algo dentro del bolsillo de su pantalón. En cuanto me acerqué, él se puso en cuclillas para verme directamente; sentí su mirada en las pestañas. Sacó la mano del bolsillo y la extendió hacia mí. Cuando abrió los dedos largos que antes habían formado un puño, un caramelo apareció en la palma de su mano. De sus labios abiertos y sus dientes separados y blanquísimos salieron las palabras: "Tómalo, es para ti". Mi madre sujetó con fuerza mi brazo y me rodeó la cintura imposibilitando que pudiera tomar la golosina; pensó que aquel gesto obedecía al deseo de encontrar en mí cualquier información, y el dulce servía como moneda de cambio.

Supongo que debía haber tenido miedo ante aquella mirada de ojos azulísimos, pero no recuerdo haberlo sentido, eso sí, una salivación excesiva en la boca tan sólo mirar el caramelo envuelto en papel celofán amarillo. El agente me lanzó una sonrisa y yo me abalancé sobre el dulce como ave usurpadora. Mamá hizo un mohín desaprobatorio. Él me revolvió el cabello, casi me atrevería a comentar que cariñosamente, al tiempo que me decía: "Disfrútalo". Se puso de pie y retomó su camino balanceando la mano de un lado al otro en despedida. Un silencio absoluto fluctuó en el aire; fue como si la vida hubiese hecho una pausa, como si los segundos no se marcaran en el reloj. Mamá no tardaría en descargar su terror en un caudal de llanto. Yo desenvolví el regalo con inmediatez y me lo metí a la boca. Nos marchamos sin haber entendido nada.

La obstinación de la memoria ha traído a mí ese momento infinidad de veces. En ese entonces no habría sabido decir por qué, pero ahora, al recordar ese gesto, me doy cuenta de que, seguramente, hubo quien siguió órdenes sin estar necesariamente de acuerdo con lo que debía o tenía que hacer. Creo que en ese lodazal de la guerra, en esos escombros que quedan de las emociones, del bien y del mal, de entre el espeso aroma a ruinas y cenizas, surge con elocuencia un instante de bondad que escurre en gotas. Que mientras Europa rugía, el mundo parecía dormir haciendo caso omiso de lo que pasaba tras el horizonte. Al otro lado del mar, la tierra seguía girando, pero aquí dependíamos de la necedad y la locura de un solo hombre.

Las facciones angulosas de un oficial: ofrecer un dulce al enemigo. La violencia de su voz había cedido, un diapasón invisible le había cambiado el tono en esa escala de notas habitualmente agresivas. ¿Podía acaso la belleza de ese instante apaciguar el odio? El odio que rompe, que allana, que destruye, que desgarra. ¿Acaso el hombre, en su interior, vive una súplica silenciosa por emanciparse de su supuesta cruel naturaleza? La complejidad de la reflexión ha rondado mi mente. Setenta y cinco años después sigo pensando en él, sigo preguntándome qué le hizo acercarse a mí, tener un instante de fragilidad, y después, ir quizá a golpear y arrestar a un pobre viejo por estar en la calle un minuto después del toque de queda. Quizá pudo ver sin la mácula del odio colectivo. Sin la distorsión de la obediencia ciega y del sadismo con el que, como muchos, debe haber sido educado. Algo muy dentro le permitió modular la agresión, y no tuvo miedo de acercarse al que no se parece a él, al que siente como una amenaza.

Setenta meses duraría la que ha sido calificada como "la guerra más mortífera, más encarnizada y más extensa de la historia". Sombrías horas de combate, ascenso de dictaduras totalitarias. Cincuenta y cinco millones de muertos, la humanidad rompió uno tras otro los diques que la contenían y se puso de rodillas. A mediados de 1939 habíamos vivido los últimos días de paz, de una paz que

Montesquieu define como "ese esfuerzo de todos contra todos"; esa que proclamaba Neville Chamberlain ante los londinenses tan sólo unos meses antes de perder la tranquilidad: "Estamos decididos a eliminar todos los posibles motivos de discrepancia y a asegurar la paz en Europa, la paz para toda nuestra vida". Pero no fue así. La vida se incendió. Escuchamos el despertar de cañones y bombarderos, escuchamos el rugir de los enormes monstruos de acero en su paso por nuestros bellos paisajes urbanos, pronto manchados de odio. Las alambradas se erguían y en todas las esquinas las ss acechaban sin descanso.

Un gesto de bondad sobresalía de entre todo esto, fue como si el agente nos hubiese permitido echar un vistazo a su corazón, todavía poseedor de piedad. Se desarmó de la severidad de la que acompañaba a su uniforme, severo también. Después de todo, los antagonistas de esta historia eran hombres de todas clases sociales e ideologías, pero ¿en qué momento se transforman y se vuelven los ejecutores de las masacres y asesinatos en masa más atroces? Esta pregunta ha sido como el susurro de una pesadilla interminable de la que despierto sin respuestas.

Pero pareciera que, en aquel mundo de infinita maldad, el gesto del oficial hubiera dejado velar una luz iluminando las tenebrosas circunstancias que nos rodeaban. Nunca lo hablamos mamá y yo, nunca nos dijimos que dentro de la tragedia cabían trazos de humanidad y que el sabor de ese día en mi paladar fue como haber degustado una rama de olivo, una ofrenda de paz, una esperanza para el futuro alejada de la perversidad.

A mi corta edad, los sueños y la realidad se confundían, ya no sabía si ese momento había sido verdad o si lo había zurcido con retazos de mi memoria, con deseos de ver la compasión, una de las emociones más profundas que puede tener el hombre; surgir como una suerte de portento, un suceso singular en un individuo que finalmente mostraba la flaqueza del ser humano. ¿Lo habría vivido, lo habría soñado?

Mi universo infantil se confrontaba con el de una crueldad inimaginable. Una madurez forzada iba tejiendo un entramado de emociones que dialogaba en mi interior, apelando a una retórica hasta entonces desconocida y muy ajena a la de mi edad. Con los años, habría de hablar de esas experiencias, articular palabras olvidadas, casi muertas, confesiones a susurros para no atragantarme, para no sofocarme en el recuerdo de lo vivido y de lo que vendría después. Toda esa realidad contenida en mi pequeño puño. Me pregunté si acaso Dios se enemistó con el hombre, con esta parte del mundo que sin duda se sentía olvidada.

SEGUNDA PARTE

Suenan canciones de paz,
jóvenes sueños saltan las olas.
Mientras, antiguos rencores atentan
en una ciudad viuda de guerra.

Corazones astillados,
charcos de carmín y pérdida.
Las nubes se cubren con escarcha de muerte,
se deja caer una pausa.

I

Una más de las nuevas regulaciones que debíamos obedecer; edictos que se publicaban constantemente. Ahora, habíamos de cubrir las ventanas con cartón negro. Despistar a los bombarderos que surcaban los cielos era su finalidad, sin embargo, yo no lo entendía y resentí aquella orden. Para mí, la luz que siempre había calentado nuestro hogar permanecía afuera, distante. Ahora no teníamos derecho a los rayos del sol. Así nos hacían sentir nuestra insignificancia.

Todo a mi rededor se teñía de gris, pronto mis sueños serían monocromáticos también. Temerosos, endebles, así vivíamos. ¿Acaso ese cartón negro pegado a las ventanas serenaría el grito que venía de dentro? Delgadas iridiscencias luminosas se filtraban por los huecos olvidados entre cartones oscuros, y morían en una pared despellejada. Luz y sombra, más sombra que luz; semblante trazado por siluetas atrapadas, cautivas. Al menos antes, la claridad decantaba la tristeza; ahora ni eso.

Un barullo que subía desde la calle llamó nuestra atención. No podíamos asomarnos por las ventanas, pero reconocimos el freno abrupto, los pasos implacables de las botas perfectamente boleadas, los gritos en alemán que retumban en cada grieta de la pared. Tres feroces golpes en la puerta hilvanaron terror en el aire. Las ss otra vez. Ante los violentos gritos abrimos de inmediato. La luz vacilante marcaba un aura alrededor de aquellas figuras flanqueadas por la agresión de las macanas y los rifles. La respiración entrecortada de mi madre vociferaba su miedo. El claroscuro parecía conspirar en nuestra contra. Apretó mi mano, con el otro brazo sostuvo a mi hermano con fuerza. Los vecinos cerraron sus puertas. Se escucharon los cerrojos al unísono. Contrariada como estaba, por un instante se quedó sorda, ciega. El sudor entre sus senos iba dejando una estela húmeda que mojó su blusa.

En el apartamento exactamente abajo del nuestro vivía un licenciado. Quizá fueron las prisas por salir después de haber escuchado el revoloteo de los aviones bombarderos pasar como halcones peregrinos. Quizá el propio miedo, lo que hizo que el licenciado no tapara bien sus ventanas. Pero alguien acusó a mi madre de tal delito, o las ss se equivocaron de apartamento. Vinieron por ella. Sus ojos enrojecidos parecían despeñarse en los cuencos sombríos de su rostro. "¡A la comisaría!", ordenaron los oficiales mientras arrancaban de sus brazos a mi hermano. Yo no solté su mano.

Mis gritos desgarraban el eclipse de la tarde. Los jaloneos pudieron más que yo, y vi alejarse la espalda escuálida de mi madre que gritaba desesperada: "Por favor, Svetlana, ¡le encargo a los niños!" Aquella amable mujer y mi mamá habían entablado una sólida amistad alimentada, en parte, por la nostalgia que las dos sentían por sus respectivos padres; esa pérdida era en cierta forma el hilo conductor de este afecto. Tuve miedo, miedo de no volver a verla. Quedé exánime hasta que la vecina me abrazó. Sentí su solidaridad, me refugié en ella y en su mirada que inspiraba confianza. Quizá porque su nombre significa luz. Nos llevó a su casa a Salomón y a mí. El llanto de mi pequeño hermano se sosegó por fin después de eternos minutos, cuando la señora Svetlana le ofreció un biberón con agua azucarada. La recordaríamos siempre; Svetlana, la del poema de Vasili Zhukovski.

Eran justamente estos lazos de amistad entre judíos y cristianos ortodoxos los que habían permeado a través del tiempo. Eran éstos los que hacían que se pensara en la justicia, y que más adelante jugarían un papel preponderante en la forma en que la gente defendería nuestro derecho a la vida. Vínculos solidarios en ese país, corazón de los Balcanes, habían permitido, desde la llegada de los judíos tras la expulsión de España, la tolerancia cultural y religiosa. Nos consideraban iguales, ciudadanos que se parecen, que son cercanos, que se protegen.

Los nazis no encontrarían eco a su odio ni a su brutalidad. Las ideologías arias pretendían incitar, pero para su sorpresa, encontraron indignación. El odio al supuesto "enemigo" provocaba repugnancia entre la mayoría. El pueblo búlgaro no estaba dispuesto a manchar sus páginas con víctimas anónimas o atrocidades o fotografías sin pie de página, mucho menos con las que tenían nombre y apellido, aunque fueran de judíos.

Mamá fue llevada a la comisaría entre empujones, insultos y un par de golpes por no caminar más rápido. La obligaron a permanecer de pie hasta que llegara el comisario. Durante esas horas, parada sin descanso, pensaba en los castigos y torturas que seguramente le serían aplicados. Pensaba también en nosotros y en la imagen última antes de que le arrebataran a mi hermano. Una ráfaga de náusea le acribilló la boca del estómago y la hizo encorvarse. ¿Cuánto tiempo pasaría ahí, cuánto estaríamos sin ella? Las preguntas revoloteaban como buitres sin respuesta.

Finalmente llegó el comisario. Comenzó el interrogatorio, y en cuanto mi madre dio sus datos entre sollozos ahogados, el semblante de aquel hombre regordete se transformó por completo. Levantó por primera vez el rostro, una sonrisa amable se le escapó cuando supo que la mujer que tenía frente a él era Sofía, la esposa de Efraim Bidjerano. Mi padre y el ahora comisario habían sido compañeros de estudios y se guardaban gran aprecio. La gentileza de aquella mirada se tornó colérica en cuanto se dirigió a los hombres que habían escoltado a mi madre hasta ahí. El guardia en turno no tardó en culpar a los oficiales, quienes a su vez culparon al comandante de quien recibieron la orden. El golpe de su puño sobre el escritorio lo dijo todo. Se produjo un espeso silencio.

Mi madre se fue recomponiendo. Una fragilidad casi infantil le cubrió el semblante. Acopió todo el aire que había perdido. Su pulso se normalizó. Sus mejillas tomaron color nuevamente al darse cuenta de la suerte con la que había corrido. Mantuvieron una breve charla. Tras beber un vaso de agua que no le quitó la sed, le contó al comisario que a mi padre se lo habían llevado a los campos de trabajos forzados hacía ya varios meses.

Mientras, los oficiales observaban al techo con la mandíbula apretada y en silencio, bien firmes. Lo que fuera, menos reencontrar la mirada con la de su superior. A su vez, él resumió su vida desde la última vez que vio a mi padre. Varios años habían pasado, pero los recuerdos de su amistad de jóvenes seguían intactos. Contó que trabajó un tiempo para un importante despacho de contadores y que, tras la ocupación nazi, precisamente por su seriedad y buen trabajo, fue reclutado para ocupar el puesto de comisario, al cual, bajo las presiones, no se pudo negar. Le susurró a mi madre que, desde ese puesto, había podido ayudar a muchos de "los nuestros", y que aprovechaba cualquier oportunidad en que sus superiores se ausentan para dar tregua a quienes eran acusados de incumplimiento de cualquiera de las muchas prohibiciones con las que vivíamos los judíos.

Inmediatamente, al terminar la historia de su periplo, dio una enérgica orden al oficial sentado en el escritorio contiguo. Éste tomó una ficha amarilla, la introdujo en la máquina de escribir y tecleó con fuerza y rapidez. Con este documento mi madre acababa de ser eximida. Después de una amplia sonrisa en agradecimiento se despidieron con un apretón de manos. Mi madre salió del cuartel. Necesitó unos segundos para recobrar las fuerzas. No podía creer lo que le acababa de suceder. Cuánta suerte se podía tener dentro de la injusticia y la desgracia. Caminó a casa. En el trayecto logró quitarse el sabor agrio del miedo que la había carcomido. Extrañó a mi padre, pero extrañó a su madre más que nunca. Hubiese querido echarse en sus brazos y llorar como cuando era pequeña. Hubiese querido que la besara allí mismo. La ausencia de mi abuela le dolió, enturbiando con ello el alivio que acababa de sentir. Cuánto de todo esto podría contarle, y para qué si las separaba la inmensidad del Atlántico y sus aguas saladas. El sol se puso, y desde el horizonte se extendió aquel fuego que lo cubría todo.

II

Era domingo. La mañana de aquel 1942 acababa de nacer. Era domingo y mi madre, mi hermano y yo no iríamos a caminar al Morska Gradina como siempre, como cuando todavía estaba mi padre con nosotros. Yo no entendía por qué debíamos dejar Varna. Eran órdenes de los nazis, una nueva disposición a la que el gobierno búlgaro no se pudo oponer; ningún ciudadano judío podía habitar ya en las ciudades principales. Éxodo forzado, no había remedio. La guerra es así, va clavando sus garfios humillantes hasta destripar, hasta rasgar y desvencijar, y hundir, y estrujar, y privar, y disminuir. Hasta poner en tela de juicio la existencia y la fe.

Nos despedimos de nuestro hogar; las ventanas se oscurecieron tras la prisa de las cortinas que se cerraban. Nos despedimos de la vida de ciudad que, aunque estaba regida por un exigente toque de queda y por escasez, al menos seguía siendo "nuestro lugar". Lo conocido y los conocidos dejarían de estar. Un desarraigo inapelable. Uno más.

Es increíble pensar que el hombre se puede habituar a todo. Un hacinamiento bajo horario claustrofóbico se había convertido en lo normal, en lo esperado. La ciudad, en toque de queda, parecía un campo seco que dormitaba por la noche esperando renacer. Por la mañana, ni un retoño. Comer poco. Ser del montón. Concebir la tranquilidad como un mito, como un rumor del cual se habla, pero en realidad no se recuerda. El insomnio como acompañante nocturno. Solapar el hambre con silencio. Pasaban los años y a todo nos habituábamos. Ahora, habría que acostumbrarse nuevamente a lo que nos deparaba. Hubo tiempo para cuestionarse. Para pensar.

Para cumplir con lo impuesto, con el nuevo deber ser. Nos convertíamos en una especie agonizante, carente de certezas. Ahora, desarraigo. Una despedida más. Otra pérdida. Sentí su puño en la cara y en el vientre. Como cuando se llevaron a mi padre.

Recuerdo la escena, mi madre se vistió. Al igual que nosotros, se puso capas de playeras, chalecos y suéteres debajo del abrigo que parecía haberla deglutido. Caminaba de un lado para otro con prisa. Entró a la cocina, miró alrededor. Salió. Volvió a la cocina. Como si hubiese perdido algo. Volvió a salir. Se puso las manos en los ojos. Volvió a andar sus propios pasos. Mi hermano lloraba. Estaba solo en la sala. Mi madre le echó una mirada. Volvió a la cocina. Las manos en la frente, en los ojos, en la boca. Apagó un grito que salía desde la profundidad de su desesperanza, y se tragó el miedo. No le quedó más remedio.

—¡De prisa, niños, debemos cumplir las órdenes! —entró a su recámara una última vez. Revisó cajones. Estaban llenos de sus cosas, de las de mi padre. Tomó entre sus manos su chaleco gris y lo metió a la fuerza en aquel maletín que estaba a punto de detonar. Abrió la puerta de mi habitación. Yo, en cuclillas recargado en la esquina. Aferrado a mi libreta marrón y a mi espada de madera—. Vamos, Alberto.

—No me quiero ir de mi casa, ¿por qué nos tenemos que ir?, ¿cuándo volveré a ver a mis amigos y al abuelo ruso?

—No lo sé, hijo, no lo s... rompió a llorar junto conmigo. Pegó la espalda a la pared. La dejó resbalar poco a poco hasta llegar al suelo. Me abrazó muy fuerte. Podía sentir su pecho dando pequeños saltos tratando de tomar aire entre sollozos. Le acaricié los cabellos.

—Vamos a estar bien, mamá. Vamos a estar bien. Yo te voy a cuidar. Papá dijo que soy el hombre de la casa.

Traté de reprimir mi propia incertidumbre. No sabía si estaba siendo valiente o cobarde.

Aquel día de invierno de 1942 Sofía, mi madre, cerró la puerta de nuestro hogar; la misma puerta, el mismo ademán, la misma luz, pero nada es igual. Maria Luiza número 15, nunca olvidaría esa dirección, esa en la que fui tan feliz, aunque fueran sólo mis primeros cuatro años. Siempre habíamos estado orgullosos de poder vivir ahí. Un sitio tan digno para una familia de clase media. Pero ya no recorreríamos esa calle, la nuestra, para llegar a casa, ya nunca más. Mi madre dio una vuelta al cerrojo, un suspiro; una más, contuvo el aire y las lágrimas cuanto le fue posible, la definitiva, ya no pudo más, esta vuelta de llave era la que cerraba y dejaba todo atrás. Dejaba el plato tradicional de Pesaj, dejaba los candelabros de Shabat, dejaba mis juguetes, la espada de madera, el baúl, la ropa de mi padre, la de ella. Dejaba los muebles cubiertos por sábanas blancas como mortajas de un lugar que, para nosotros, había muerto y que no volveríamos a ver. Dejaba el aroma a esencia de rosas, su aroma, que flotaba acariciándolo todo.

Frotó sus dedos sobre las llaves antes de guardarlas en el bolsillo izquierdo del abrigo. La sala, el comedor, la cocina y las dos recámaras se apagaron. Enmudecieron. Con la mano derecha acariciamos la mezuzá, ese pergamino donde se inscribe el Shemá Israel, la plegaria más solemne del judaísmo, así como el Vehayá im shamoa, otro versículo de la Torá. Lo alberga una caja alargada de plata que mi padre enclavó al marco derecho de la puerta de entrada, como dice nuestra ley. Llevamos los dedos a los labios. La mezuzá siempre nos había protegido, hasta ahora. Salimos de casa con apenas las fuerzas para cerrar la puerta. Ya en la calle, mi madre se quedó inmóvil. Frunció los párpados. Lanzamos una larga mirada a la ventana. Desde ahí habíamos observado el pasar de la vida, de nuestra vida en Varna.

Los vecinos nos vieron partir. Amigos que habían alzado la voz cuando comenzaron las prohibiciones para los judíos. Ahora, un exilio forzado, dejábamos puestos vacantes, hasta los de la amistad. Seríamos sustituidos muy pronto, supuse. Los que se quedaron, los que no llevaban la estrella amarilla cosida al pecho, se habituarían a ver el abandono en casas y negocios, en calles y parques. Con tristeza mal disimulada nos vieron partir. Grandes amigos todos ellos. El abuelo ruso y su esposa permanecieron en la calle, fuera de su casa ondulando las manos de un lado a otro en un adiós misericordioso.

Mientras caminábamos, no pude evitar ver hacia atrás, ver el jardín de rosas y al *gran papá Rusnaka* que lloraba mi partida. Mis ojos asustados hicieron olvidar a mi madre, durante unos segundos, su propio temor. Me dolió la despedida. Me dolió nuestra casa vacía. Nunca volveríamos a ella, y yo nunca volvería a ver al abuelo ruso.

III

Como muchos otros correligionarios, dejamos atrás la ciudad. Era el mes de febrero de 1942. La pequeña Preslav, en la provincia de Shumen, era nuestro destino. La luz de aquella luna invernal nos caía en la cara. Llegamos a la estación de tren de Varna. Una valija pequeña cada uno. No necesitaríamos gran cosa allá, había dicho mi madre; por no decir que no se nos permitía llevar más, y que nuestras pertenencias habían sido confiscadas. Aquellas vías se me antojaban eternas. Una perspectiva infinita de rieles que nos llevarían al siguiente versículo de nuestra historia. Llegó nuestro tren estremeciéndose en cada lento giro de sus ruedas. Alto total. Una voz sentenciosa gritó que podíamos abordar. Tomamos asiento en el vagón número cuatro. Mi madre en medio, abrazándonos tan fuerte como podía. Entre nosotros, el silencio. Sólo el silencio y un miedo cautivo. El silbato del tren nos atravesó las entrañas. Se anunció la partida. Nos vamos. Nos vamos. Las ruedas de la locomotora rasgando el metal de sus vías. Pegué la cara a la ventanilla. Traté de ver hacia atrás todo lo que pude. Quién sabe cuándo volveríamos a casa. Si volviésemos a casa. Todo se fue difuminando. Mi vida, como la conocí hasta entonces, se desvaneció en el humo de la locomotora. Nuestro camino, flanqueado de árboles platinados por el resplandor del plenilunio. Una imagen que, como postal, me quedaría por siempre como la tristeza que siento cada vez que me encuentro en una estación de tren. Las vías férreas mancharon con su óxido mi recuerdo.

Llegamos a Preslav. Ahí estaba esperándonos la sonrisa empática del campesino, tal como lo indicó el señor Denev. Nos hizo una señal con la mano. Lo seguimos. Caminamos un rato. Para distraernos, el agricultor nos iba contando que en la antigüedad este lugar había sido la capital del Primer Imperio Búlgaro y que grandes literatos como Juan el Exarca y Cernorizec Hrabar habían vivido el periodo de esplendor de la Escuela Literaria de Preslav, justo cuando se desarrolló el alfabeto cirílico. Yo no sabía de quién hablaba, ni me importaba, lo único que quería era resolver el gran misterio en mi cabeza: en dónde íbamos a vivir.

El hombre cargaba a mi hermano Salomón en un brazo, la maleta en el otro. Yo, sostenía con fuerza la mano de mamá acallando mi queja, ya no quería caminar más. Una muy modesta habitación con paredes en tiras de madera apolillada sería nuestro hogar. Entramos. La puerta endeble y ajada rechinó desde sus vísceras. Dos catres dispuestos cerca del heno; en uno, mi madre abrazando a mi hermano; en el otro dormiría yo. Un cristal roto hacía de ventana, la única. A través de ella observaría muchas veces una rodaja de la luna convertirse en faro de luz lleno. “Pasaremos un tiempo aquí”, dijo mi madre. Yo lo repetí en voz baja: “Pasaremos un tiempo aquí”. Luego lo repitió mi mente: “Pasaremos un tiempo aquí”.

IV

La ausencia de mi padre, una astilla que se entierra en la piel. Duele, pero después de un tiempo se acostumbra uno a llevarla, a tenerla. Por momentos ya no se siente, no lastima. Así sucede conmigo. Me dolió cuando se lo llevaron, cuando lo arrancaron de nuestra vida como quien extirpa hierba de la tierra. Él se aferró con sus raíces hasta que no pudo más. Mi impotencia creció y se convirtió en rabia; después, pasé tanto tiempo sin verlo que me acostumbré a tener ese vacío. Dejé de padecer su falta. Sus rasgos se fueron difuminando. Su tono de voz ya no resonaba en mi cabeza como los primeros días.

Ausencia. En lo cotidiano, puedo olvidar que la astilla sigue enterrada en mi piel. Hasta que la rozo. Entonces vuelve a doler. Dolor con el lamento de mi madre por las noches cuando cree que estoy dormido, cuando cree que no la puedo escuchar. Dolor con el roce de sus palabras: "Si estuviera aquí tu padre, si nos hubiéramos ido a México hace años con el resto de la familia, si al menos estuviera cerca de mi madre... si, si..." Dolor al rozar esa astilla, la de la ausencia, la de su falta.

Mientras no tocara el área, mis días podían tener algo de divertido. En una ocasión el granjero trajo bolsas de cuentas de vidrio. Nos inundamos de ámbar, rosa, azul plúmbago y carmesí. Cuentas de vidrio que habíamos de engarzar para hacer collares y pulseras. Podríamos decir que ése fue mi primer trabajo remunerado. El señor Denev había mandado esas cuentas para que nos sintiéramos útiles, para darnos dignidad al pensar que con ese sencillo trabajo le pagábamos lo que él hacía por nosotros. Cuando los terminábamos, se los enviaban y él los vendía en su tienda. El señor Denev remuneraba a los campesinos con una mensualidad para que nos dieran asilo, para que nos alimentaran, y aunque le quedaríamos en deuda por siempre, su preocupación fue la de hacernos sentir meritorios. Él tenía la sensibilidad necesaria para saber que no queríamos ser vistos con lástima.

Al menos por unos días no pensé en mi padre, no pensé en dirigir la banda militar en el kiosco de nuestra lejana ciudad. No pensé en nuestra radio. Pero el dolor volvía sin remedio. Tarde que temprano la nostalgia jugaba su partida y siempre ganaba. Se exacerbaba cuando recibíamos alguna carta con el sello aprobatorio del campo de trabajos forzados. Sabíamos para entonces que a los presos les permitían mandar correspondencia de vez en cuando, ya que era la segunda vez en un año que llegaba una carta de mi padre. De lo que no estábamos seguros era de que a ellos se les permitiera recibir misivas, por lo que escribimos una carta e hicimos una copia que guardamos para dársela el día que regresara si es que no había recibido la original. "¿Llegaría ese momento?", me preguntaba. "¿Volvería mi padre para leer nuestro mensaje?"

Lo recuerdo como hoy. Mi madre nos lee la carta una y otra vez. Repite la oración que más le gusta, como la que dice: "Ha habido noches en las que nos hacen trabajar, aunque hayamos picado piedra todo el día y estemos exhaustos, pero yo aprovecho estar fuera de las barracas para ver las estrellas. Con una pala y un pico en las manos miro la nuestra pensando en que algún día la veremos juntos". Le gusta oír lo que mi padre le escribe, por eso lo vuelve a leer, en voz alta, para escuchar su propia voz de cáscara de huevo e imaginar que es la suya, que Efraim le murmura al oído, que lo tiene cerca.

Hace esto como un ritual. Se lleva la carta al pecho, luego la pone en mis manos, como quien realiza una ofrenda de su bien más preciado. Mi hermano y yo permanecemos inmóviles, en silencio, simulando no haber oído bien para que nos lea otra vez. Ella se acerca el papel a la cara y lame suavemente la firma: *Efraim*. Es como si quisiera sentir en ese sabor a tinta el sabor de sus besos, como si quisiera mantener su aliento en la boca. Saborea su nombre y no quiere tragar para no perderlo. Lee esas palabras más de veinte veces; seguramente las ha memorizado. Antes de doblar el papel lo pasa nuevamente por sus labios.

"Te mando un beso, uno más de los que no he podido darte —dice murmurando—. Aguanta, vida mía."

Se va a descansar disfrutando el amargo sabor a tinta. Se acurruca en su dolor hasta quedarse dormida. Esa cuartilla abrazada a su pecho le ofrecía consuelo.

V

La libreta color marrón que llevé conmigo a la granja se iba llenando de mis bocetos. Mi mano se fue relajando al dibujar y noté que las figuras tomaban vida en la libertad de mis trazos. El lápiz ya desgastado se acortaba entre mis dedos. Mi mano derecha va delineando nuestra vida. La izquierda alisa el papel que va a ser estrenado. Esbozos que pretenden reflejar lo que veo; un cerdo revolcándose en el lodo, la cabeza del caballo que jala la carreta, la huerta plena de retoños tiernos, la pradera poblada de varas de trigo que se despeinan con la cálida brisa. Ya había llegado el verano. El sol nacía convirtiéndolo todo en espejismo. El granero se bañaba de una luz pálida que se colaba por entre las vigas cansadas. Una gama de dorados despertó nuestros párpados. Un día más en ese, nuestro hogar.

Algunas de mis páginas estaban atiborradas de garabatos. No podía desperdiciar ni un centímetro de papel, no fuera a ser que se me acabaran las hojas. ¡Eso sí sería terrible, de dónde iba a sacar otro cuaderno! No, no, debía aprovechar todo el espacio. Y así lo hice. Por las noches, a la luz de una tímida lámpara. Las sombras danzaban sobre los bocetos frescos. Debajo de cada apunte estampaba mi firma con mayúsculas, ABC, Alberto Bidjerano Cappón. Aquella cubierta de piel conservaría las huellas infantiles, las huellas de muchas noches de insomnio en las que dibujar sería la cura a un sentimiento que en aquel entonces no lograba describir; ahora sé que era una amalgama de miserias e incertidumbres. A través del tiempo las huellas crecieron, son del hombre que recurre a su libreta de dibujo para revivir momentos, para no permitirse el olvido de ningún detalle, de ningún instante. La piel conserva mis huellas.

Cuando termine la guerra..., cuando regrese tu padre..., cuando nos liberen..., cuando esto, cuando lo otro; yo ya no podía escuchar a mi madre hablando de cuando regresáramos a Varna. Era como si hubiera puesto la vida en pausa y el día a día no importara. Sólo esperaba, esperaba que pasaran los meses para, quizá, recuperar a su marido, para recuperar la alegría, pero sobre todo para recuperar su dignidad. Le dolía el tiempo, pero no el que llevábamos refugiados en aquel granero, sino el que había dejado de ser nuestro, como familia, con mi padre. Le dolía el tiempo que había dejado de ser libre. Le dolía. Por la mañana y por la noche. Después, le dolería por siempre. Pero yo era un niño y no podía dejar de vivir. Ella llevaba una herida más honda que la mía, o quizá la mía era igual, pero la inocencia de mis seis años entibiaba el horror, la impotencia, la lástima. Ahora entiendo que mi madre se negaba a aceptar que los tiempos de guerra formaban ya parte de su vida, y estarían ahí, en su memoria por siempre. Ésa fue la lucha que cargó en su alma hasta el final.

VI

Y así, así se escribió una página más; la deportación de los judíos de Tracia y Macedonia. Belev viajó a Berlín. Durante dos meses escuchó y fue parte de encuentros en los que se tomaron decisiones acerca de "la cuestión judía" y su solución final. Siendo tan cercano a la Gestapo y a las SS, Belev se enteró de la existencia de las fábricas de aniquilación en Belzec, Sobibor, Treblinka, Maidanek y Auschwitz. A su regreso, en febrero de 1942, Alexander Belev, el ferviente antisemita, propuso las cámaras de gas como destino para la población judía búlgara. Ivan Popov, el ministro de Relaciones Exteriores, y Bogdan Filov, de extrema derecha y notorio germanófilo, además de primer ministro de Bulgaria desde febrero de 1940, dieron la bienvenida a la idea de deportar a los judíos a Europa del Este. El Parlamento, formado por dóciles diplomáticos, mostró su debilidad al aceptar no sólo la confiscación de todas las propiedades de judíos, sino también permitieron que se estableciera el Komisarstvo za Eureiskite Vuprosi, KEV. Este comisariato para cuestiones judías estaría liderado, ni más ni menos, que por Belev, y apoyado por Peter Gabrovski y su servicio secreto.

La presión alemana para deportar a la población semita seguía creciendo. El rey Boris argumentaba que eran necesarios los brazos fuertes de los judíos, como los de mi padre, para seguir con las construcciones de ferrocarriles y carreteras. Cuánto tiempo más podría retrasarse la "solución final" para los judíos búlgaros. Qué nuevo pretexto inventar ante la insistencia amenazadora desde Berlín, ante las organizaciones de extrema derecha, quienes sostenían una cercana relación con la embajada alemana, y que criticaban al gobierno por ser, desde su punto de vista, moderado con el asunto de los judíos.

El 21 de enero de 1943 el ss Theodor Dannecker llegó a la embajada de Alemania en Sofía. Fue mandado por el mismísimo Eichmann, el coronel nazi encargado de la "solución final", para asistir al jefe de la Gestapo. Dannecker, un hombre agresivo e irritable pese a sus apenas treinta años, había deportado a cientos de miles, sobre todo desde Francia. Pronto se daría cuenta de que los búlgaros no eran antisemitas. Que la sociedad no entendía eso de la "cuestión judía", ni por qué habrían de discriminarlos, mucho menos mandarlos a campos en Polonia en donde serían exterminados. El racismo no era algo conocido para este noble pueblo que creció compartiendo su territorio con turcos, gitanos, armenios, griegos y con nosotros, los judíos. No existía el prejuicio, esa lacra que el hombre carga; fermento de odios y pugnas, y de la que no se ha podido librar a lo largo de su historia, como de virulentas luchas, masacres y persecuciones que poco tienen que ver con el sentido de justicia o con los derechos humanos.

Las presiones continuaban. Dannecker conoció a Belev, y encontró eco en este entusiasta y fanático aliado, dispuesto a trabajar y poner en marcha de inmediato los planes que tuviera en mente. Alimentaron sus mutuas hostilidades, y así lograron que el gobierno, a través de Gabrovski, accediera a deportar a los judíos de Tracia y Macedonia, las recién liberadas tierras. Esta población no era de ciudadanía búlgara hasta el momento, ya que durante la primera guerra balcánica en 1912, y mediante el Tratado de Bucarest, se le retiró a Bulgaria el territorio de Macedonia y Dobrudja. Por ello, Gabrovski intuyó que no habría reacción alguna de los círculos importantes de la sociedad ante esta medida antijudía. Pensaba que este acto sería visto con indiferencia y no provocaría disturbios, como había sucedido cuando se habló de deportar a la población de Sofía, Varna y otras ciudades importantes, en las que hombres y mujeres de todos los estratos sociales y religiones se opusieron a la medida.

Un detallado plan estaba en proceso. Todo era secreto para no dar oportunidad ni a escapes ni a que pudiesen unirse al movimiento de los partisanos, o a que se organizaran protestas por parte de los no judíos. Deportación. Aniquilación. Gestapo. Veinte mil almas habían sido prometidas para probar la lealtad de Bulgaria a los alemanes. Repulsión ante este acto, era lo que sentía Boris III, sin embargo, no se negó a ello. "El problema judío", nos llamaban los nazis. Simplemente éramos eso, un problema, y ellos conspiraban en "la solución final".

VII

"¡Solamente un pequeño bulto con lo más indispensable!" "¡La ropa puesta!" "¡Algunos víveres para el trayecto!" Éstas eran las órdenes que daban los oficiales después de entrar a los hogares judíos, rifles por delante. Golpes en las puertas, amenazas y gritos fueron el despertador de familias completas que se miraban con miedo sin sospechar lo que les deparaba aquel amanecer de ventisca escarchada. Se vestían de prisa, en la penumbra, esa que lo deglute todo, todo, menos el temor, menos aquellos rostros fragmentados y dolidos. Se refleja en los espejos el abandono. Muebles y cojines disectados por los filos de bayonetas en busca de joyas y valores escondidos. Neblina de plumas blancas como alas rotas; flotaban también el duelo y la agonía.

Procesiones de tristeza y desconcierto fueron llenando los campos de tránsito ubicados cerca de las estaciones de tren. Ahí se reunía a los que ya estaban muertos antes de partir. Seres atormentados recibían órdenes desde un altavoz. Se separó a hombres de mujeres. Muchos se preguntaban cuál era su delito. Una mujer se precipitó en los brazos de su esposo. Desde la caseta improvisada se escuchó un disparo. La joven cayó al suelo. Sus brazos estirados y los ojos fijos en los de su marido. La sangre palpitaba ensordecedora en su cabeza, pero cada vez más lento a medida que su corazón callaba. El hombre se desgañitó en alaridos. Un cachazo en la nuca detuvo su dolor. Sombra sobre todos, como fina ceniza. Nadie se movía. Nadie se atrevía. Para cuando el horror llegó al fin de la hilera, las mujeres ya estaban hacinadas en pestilentes bodegas que parecía se iban a gangrenar por el frío. Una vez disgregados, los cuerpos desnudos se escudriñaron sin piedad alguna en busca de objetos valiosos que hubiesen escondido en genitales y esfínteres. De igual manera hicieron con los hombres, y la brutalidad fue la misma. Aquella humillación les caló más que el intenso frío que pasaron esa noche sin ropa, cobijas o alimento.

Mes hostil el de marzo de 1943. El último mes para los judíos de Tracia y Macedonia. Hasta ese momento, antes de su anexión al país, estos ciudadanos no habían sido considerados como búlgaros; estas nuevas tierras de la frontera se suponía que iban a calmar la culpa, el remordimiento. Pero no fue así. Boris soñaba con vagones plenos de almas inocentes, escuchaba los gemidos de las madres abrazando a sus niños que lloraban asustados. El rey daba vueltas en su cama, sábanas empapadas en sudor lo envolvieron noche tras noche. Las culpas pendieron sobre él. Pájaros negros volando en círculos en su mente como rapiña, listos para desgajar los restos de su buena voluntad.

A empujones y con gritos amenazadores se formaron en los andenes del tren. Día tras día, sin descanso, se llenaron vagones destinados al ganado con hombres, mujeres, niños y viejos. Pronto serían fantasmas. Fueron doce mil. Con sus ojos inseguros y empapados de miedo. Fueron doce mil. Mortajas dolientes todos ellos. Nombres de infantes formarían parte, muy pronto, de una interminable lista. La de los muertos. Otros, serían reemplazados por un número tatuado en el dorso del antebrazo. Seis dígitos grisáceos como identidad.

Shem, la palabra hebrea para "nombre", tan importante en nuestra creencia que su valor numérico es 340, el mismo que la palabra *sefer*, "libro". Los nombres son un libro, cada uno una historia, cada uno una misión en la vida. Dejamos atrás nuestros nombres como un legado final, viven incluso después de que nosotros nos hayamos ido, por eso mi padre siempre dijo: "Hay que hacerle honor al nombre, ésa es la llave para conocer tu alma y ser recordados para bien". Esas almas serían un número, uno más de los que quedarían esparcidos en las cenizas de los crematorios, uno más flotando en el gas de las cámaras. Pero esto no lo sabían. Despojados de todo, no lo sabían. En aquella fetidez de vagones hacinados, no lo sabían. En la sofocante atmósfera de un espacio pleno de falsa valentía, no lo sabían. No lo sabían.

Sonó el silbato. Su timbre: un punzante aguijón. Atravesó oídos y espíritu. Nadie sobre la plataforma. El tren abandonó la estación. Lo hizo en varias ocasiones; día tras día hasta completar doce mil de carga. La muerte rondaba tácita en aquellos vagones plenos de almas sin sospecha. Las bocas les sabían a vinagre, y las despedidas sin pronunciar se quedaron en el andén. Nada de lo que estaban a punto de vivir se parecería tanto al infierno. Trazos de seis puntas que se encarnizaron en el pecho ya eran cicatrices; las habían cosido con sus propias manos años atrás, desde que el Führer lo había definido como insignia para la persecución. El hexagrama se frotaba cuerpo a cuerpo en ese confinamiento. Mientras el mundo dormía, frases inaudibles se pronunciaban en gritos pidiendo ayuda. Arrugas nuevas nacieron alrededor de miradas en duelo. Los más pequeños se aferraban a las faldas de sus madres. Las madres buscaban implorantes los ojos de sus hombres. Los hombres cerraban los suyos y se llevaban la mano a la estrella, como presionando la herida, como conteniendo el dolor.

Fueron doce trenes los encargados de llevar a la gente a "las fábricas de la muerte". Entre marzo y abril de 1943 salieron de Skopje, Bitolya, Dupnitza, Pirot, Djumaya y Radomir. Todos con el mismo destino, todos camino al exterminio. Los verdugos empujaban y golpeaban a los que serían deportados. La brutalidad de su sola presencia los hacía temblar. Los gemidos rebotaban contra las paredes de los vagones y morían ahí mismo. Algunos no respiran, no parpadean; difícil saber si siguen vivos. Y si no lo estaban, mejor para ellos, se evitarían el inmenso dolor de ver los horrores de Treblinka, Belzec y Auschwitz, y de ver a sus niños ser gaseados antes de recibir ellos un balazo en la nuca. Todos sin sepultura, sin alguien que les cerrara los ojos, que les lavara las heridas, que los entregara a la tierra.

Partieron los trenes, de madrugada todos ellos, y en todos, aún con la angustia colectiva atorada en la garganta y el frío instalado en sus huesos, se escuchó la misma plegaria, la más sagrada:

שְׁמַע יִשְׂרָאֵל יְהוָה אֱלֹהֵינוּ יְהוָה אֶחָד
Shemá Israel Adonai Elohéinu Adonai Ejád
Escucha, Israel, el Eterno es nuestro Dios, el Eterno es Uno.

Jamás había vibrado así este rezo hecho cántico; al unísono un cántico de despedida. El eco de las vías repitió en susurros: el Eterno es Uno… el Eterno es Uno…

Estaban muertos, pero aún no lo sabían. Y sus hijos y sus nietos no nacidos también morían.

VIII

Había pasado tanto tiempo. Tanto tiempo contando los días y los meses que transcurrían sin noticias de mi padre. Idénticos todos, los días y los meses; idénticos en silencio y añoranza. En ese eterno lapso me di cuenta de que el silencio también marca el tiempo. Ausencia, y pasa el tiempo. Vacío, y pasa el tiempo. Deseábamos una carta, la temíamos también. Pudiera ser una mala noticia. El cartero se marcha, un suspiro se escapa y nos deja con las manos vacías. Un día y otro. Y otro día. Un año entero, que se dice breve, corto, pero que significa toda una era. Un año ya sin saber de él. Mi madre lee repetidamente la carta, la única. La que ya ha leído tantas veces. Mide el tiempo a través de esas palabras escritas y de las que no ha recibido. Una eternidad había pasado desde aquella primera. Se pregunta por qué no ha vuelto a escribir. ¿Estará enfermo? Más angustiante aun, ¿seguirá vivo?

La esposa del campesino trató de disuadirla; le recordó los peligros de hacer algo así, pero ella carga con un solo pesar y es que mi padre no ha vuelto a escribir. Habían pasado los meses, y temía que siguieran pasando. Temía ver el tiempo deslizarse mientras ayudaba en la granja con la limpieza, mientras descosía dobladillos que mostraban, aunque fuera poco, lo que crecíamos. Cosía, pero siempre atenta al chirrear de la campanilla, por si viene el cartero, por si trae una carta.

Sonrió mirándonos. Llevaba su pesar, ese, el de que mi padre no ha vuelto a escribir. Sonreímos también antes de verla salir por la puerta de la granja. Una mano cargaba un pequeño bulto, la otra se acercaba a sus ojos para tapar el sol. Corrimos hacia ella, ella soltó el bulto y se arrodilló. Nos abrazó con fuerza. Nos llenó de besos y de sus lágrimas. Mi hermano escondió la cara en su pecho susurrando: "No te vayas, no nos dejes". "Volveré pronto —respondió—. Voy a ver a papá." Se incorporó nuevamente. Ya no dijo nada. La vimos desaparecer a lo lejos, casi llegando al pequeño río que cruzaba entre rocas. Supongo que ella sabía que la seguíamos mirando. No se dio vuelta. Lloraba sin que la viéramos llorar y temí que fuera la última vez que observara su espalda.

Caminó hasta la estación de tren. La tarde perdía su luz y el cabello de mi madre se confundía con la noche. Miraba a su alrededor con los ojos muy abiertos. Pasar inadvertida, ser invisible, es lo que trataba de hacer. Cargaba su pequeño bulto, el que preparó con esmero, con todo el amor que la espera le había aglutinado. Una bufanda tejida en dos días, un retrato de nosotros cuando aún vivíamos en Varna. Un pañuelo rociado con las últimas gotas que le quedaban de su perfume, del icónico extracto de rosas.

Esperó en el andén. Miraba a izquierda y a derecha, se mezclaba entre la gente; en fin, para ella, todas las precauciones eran pocas. Se había prometido llegar hasta el campo de trabajos forzados aun haciendo locuras, pero las indispensables, ni una de más. La tensión era tanta que temía se le notara hasta en el respirar, a veces pausado y por momentos acelerado; o le saltara la inquietud en una risa nerviosa, como le había sucedido alguna vez, o en tronarse los dedos en una compulsión que no pudiera frenar. Mientras trataba de mantener la calma dos hombres con uniformes de las ss llegaron a revisar papeles de identidad.

"¡A formarse!" Nadie preguntó por qué. La pareja de guardias hacía su ronda. El estruendo de sus pisadas la sacó de sus pensamientos en un salto de alarma. "¡Dokument!", exigieron los nazis con desprecio, con el que repiten una y otra vez cuando se dirigen a nosotros. Mi madre trató de responder diciendo sólo lo justo. Tenía preparado su argumento en caso de que esto sucediera. Lo había practicado en la mente muchas veces. Soy armenia, vengo de Plovdiv. En esa pequeña ciudad había una congregación bien conocida de esa antigua raza; además, mi madre tenía los ojos de un profundo marrón, el cabello oscuro y la tez dorada. Su aspecto estaba completo con un faldón largo y un delantal, como visten las mujeres armenias.

"Siempre llevo mis papeles conmigo, pero cambié de mandil y se quedaron en el bolsillo", dijo mi madre.

Midió sus palabras. Ni demasiada explicación ni muy poca. Uno de los oficiales movió la cabeza en negativa, de un lado al otro varias veces y luego volteó a ver a su compañero. La tomaron cada uno de un brazo y la metieron a empujones a un cuarto en la estación. A empujones también le ordenaron sentarse. Se acercó el pañuelo a los ojos enrojecidos. Lívida de pánico, pegó los ojos al suelo, siempre al suelo.

Iba tomando conciencia del peligro que corría cuando, desde el andén, llegó un rumor que se colaba por los cristales de la ventana a medio abrir. Los hombres se dijeron algo entre sí. Mientras, mi madre ahuyentaba la angustia como podía. "No debes parecer nerviosa —se dijo—, estos perros olfatean el miedo." Es posible tomar aire y evitar la asfixia, engañar a los perros. De pronto, cuando pensaba que ya no podría con la farsa, que la delatarían las punzadas en las sienes y en las venas del cuello, la puerta se abrió y otro ss entró como una tormenta inesperada. Con gritos y ademanes apresuró a los otros dos. Debían bajar de inmediato, había una familia completa sin papeles tratando de abordar el tren.

Mi madre levantó la mirada. Buscó a los oficiales a quienes habían interrumpido en su hambriento interrogatorio. Los vio salir y creyó que podría escapar del pánico que se le atragantaba en el pecho. Y no pudo, porque se le había metido en los huesos y en la piel, en los ojos y en los labios que no le dejaban de temblar. No pudo tampoco detener el llanto, un llanto aterrorizado pero discreto. Le tomó unos segundos, pero vio la oportunidad de salir de ahí mientras las ss amedrentaban a la familia. Tres niñas pequeñas, un padre que se declaraba culpable con la mirada, y su mujer que recibía el peso de una macana furiosa en la espalda. Todos con la estrella de seis puntas hilvanada al pecho; todos incumpliendo la ley de toque de queda. Mi madre podía apenas caminar, pero caminó; se alejó sin mirar atrás. Tuvo que reprimir cualquier reacción, cualquier intento de ayudar a esta pobre familia que estaba a punto de perder algo más que la dignidad. Escuchó los lamentos en cada golpe. A lo lejos, la atormentaron los alaridos que parecían los de un animal enjaulado. Los pómulos se le fueron pronunciando en cada paso. El hombre trató de proteger a su esposa, y al hacerlo cayó junto con ella quebrado por la espalda. Los guardias reían burlonamente con el espectáculo de ofensas y humillaciones que los despojados de dignidad ya no podían escuchar.

Huyó. En la oscuridad aplastante, huyó. Huye de los gritos en alemán. Se aleja del llanto desgarrador de las niñas mientras huye. Siente que se asfixia. Tose. Se tropieza y cae. Tose y se levanta. Ahoga el sonido que emite su tos en un pañuelo. Le falta el aire. Se aleja, o eso cree estar haciendo. Sus piernas ya no responden como al principio. Deja caer el pequeño bulto que había preparado para su reunión con mi padre. Corre y lo deja atrás. Se resguarda bajo un zarzal. Ya no podía correr, pero sabía que en cuanto recuperara el aliento, debía seguir, de prisa, sin mirar atrás. Si la sorprendían, los perros se le echarían encima en un juicio final que nos dejaría huérfanos. Seguramente le hubieran quitado los canes de encima para verla despedazada. Tan sólo pensarlo la hizo llenarse de una fuerza que no supo de qué lugar del interior de sus entrañas provenía.

Y así siguió, con el miedo a cuestas, huyendo. De los dóberman, del intenso frío, de los cegadores faros. Del eco de los gritos, de las amenazas, de las órdenes y los insultos. Descansó cuanto pudo, tan sólo unos minutos y retomó el camino. Cómo buscar rastro entre las sombras. Cómo distinguir nada en la penumbra del terror. Estaba desorientada, su respiración la tenía al borde del colapso, y un súbito temor la congeló. Confundió la senda y tuvo que desandarla cargando su tristeza. La osadía no había servido de nada. No había sido suficiente.

Regresó a la granja, la noté disminuida. Sólo dijo con una voz que reflejaba la sequedad en su garganta: “No pude verlo, no llegué ni a tomar el tren siquiera”. Creyó que le consolaría contar lo que se disponía a contar: que el llanto de las niñas, que el padre, que los golpes; pero no, nada. Trata de dominar la frustración de su fallido anhelo. La cabeza hundida en los hombros se llena de la acústica de los gritos feroces e intimidantes. Dice que por ningún motivo hubiese querido abandonar su misión; sin embargo, al haberse sentido tan cerca de que la descubrieran, se dio cuenta de que podría haber pagado muy caro su arrojo, y ahí sí, quién se quedaría con mi hermano y conmigo, ahí sí, ni padre ni madre.

Sentí un tremendo alivio en cuanto la vi entrar, pero ella, ella pensaba en mi padre, en sus ojos de ese verde inconcebible, en sus manos y en sus labios. Ya no recordaba haberse resguardado en la maleza, ni haber descansado un momento para dejar de toser, ni haber desandado el camino. Sólo recordaba haber corrido. Despavorida. Aterrada. Y se sentía culpable. Culpable por no haber llegado a ver a mi padre, por no estar presa como él, por haber regresado, por no haber dicho basta cuando las ss golpeaban a la madre en el andén. Le hago preguntas, ella apenas responde unos cuantos monosílabos. Descubrí en su expresión un terror que no le había visto nunca, ni siquiera cuando dejamos Varna.

La sed, el hambre y el cansancio la desplomaron. Más de una vez se le escapó un profundo suspiro. Yo también suspiré. Nos abrazamos; ella, yo y mi hermano que no entendía nada, sólo preguntaba por qué lloraba mamá. Nos fuimos a dormir. Mamá con los ojos abiertos, tratando de ahuyentar el miedo que se le adhirió al cuerpo, a la voz y a la mirada. Ahora, los ojos cerrados, para no ver lo que hubiera sido mejor que no vieran, una escena que, como madre, no podría olvidar jamás. Pero cerrados también ven y escuchan los gritos de las niñas; rugidos color cenizo.

IX

Por algún motivo que jamás entendí tuvimos que dejar la granja de Preslav. Nunca supe quién hizo los arreglos, o cuál fue la razón, pero sí recuerdo que lloré al despedirme del campesino y su esposa. Llevábamos viviendo poco más de un año en ese lugar que para mí ya era mi casa. Ahí había encontrado un poco de equilibrio, me había costado trabajo cuando recién llegamos; extrañaba a papá, pero aprendí a pasar el tiempo dibujando en mi libreta, interviniendo el espacio de sus hojas en blanco con composiciones simples pero que, en su sencillez, articulaban mi voz. Me gustaba arrastrar los pies en el corral para observar el polvo que se levantaba flotando a contraluz. Qué veía yo en el polvo, en ese juego que, como niño de ciudad, no hubiese descubierto, pero que lograba que las tardes pasaran sin pensar en papá, o en Varna, o en el abuelo Abraham, o en el kiosco desde donde hacía tanto que no dirigía la orquesta.

Me encariñé con aquella pareja que nos compartía su techo y sus alimentos. No importa si era porque el señor Denev, el jefe de mi padre, les pagaba mensualmente para que pudiéramos vivir con ellos, en realidad ya para entonces había un cariño desarrollado por la convivencia diaria, y sentíamos su solidaridad con nuestra situación. Nos tenían compasión, que no es lo mismo que lástima, y lo sentíamos en su generosidad, y veíamos que, a pesar de no ser gente de muchos recursos, se preocupaban por que no tuviéramos hambre. Recuerdo bien que en otoño mataban a los puercos que criaban durante el año, y de la piel hacían mocasines. Ese octubre me habían hecho unos a mí, de medidas exactas y piel suave, cómodos al usarlos con las calcetas que, aunque remendadas de la punta, hacían que mis zapatos nuevos se deslizaran por mis pies. Preparaban también tocino ahumado; la grasa ayudaba a soportar el frío, y aunque nosotros no comíamos cerdo, el crudo invierno de Preslav nos hizo probarlo.

No entendía a dónde íbamos ni por qué, mi cuerpo tampoco; sólo sentía el frío calándome hasta lo más profundo. La carreta que nos llevaría a Imrenchevo estaba jalada por bueyes. Desde mi asiento veía el sendero angosto e interminable, y al fondo las montañas que parecían enmarcar el pueblo próximo. El sol se apagó en un lugar lejano y un gajo de luna se mecía sobre nosotros. Nevaba. Observé los copos que caían sobre el abrigo negro de mi madre. Uno sobre otro. Todos iguales. Todos tan blancos, hasta que se derretían convirtiéndose en una gota de agua diminuta y fina que resbalaba por su hombro y moría ahí mismo. Blancura por todos lados.

El conductor golpeaba con una vara larga el trasero de los animales, al tiempo que hacía un rechinido con la boca. La luz de la luna proyectaba las sombras de los árboles sobre la nieve. El vaho de nuestro aliento se podía acariciar en el aire gélido. Atravesamos la llanura en una lenta procesión bajo el hielo cristalizado con forma de estrellas. Colinas como estatuas nos veían pasar. El camino entorpecido por la nieve hacía que la carreta se moviera como tambaleándose en cada fallido intento de los bueyes por avanzar. La fuerte nevisca enlodaba los caminos. Los rigores del invierno impusieron una pausa. Creí que nos quedaríamos rígidos, helados como una pieza más esculpida por la guerra.

X

No sé qué hubiera sido de mi madre si el cartero no hubiese venido aquel día. Justo ese día. Una semana después de sufrir el dolor del intento frustrado de ir a ver a mi padre. Después del arrojo, de la audacia de su misión sin completar. Y exactamente una semana después, el silencio se rompió, y fue, afortunadamente, un día antes de salir de Preslav hacia ese desconocido Imrenchevo. Llegó la carta. Mi madre se acariciaba los brazos escuálidos tratando de sofocar el escalofrío que la recorría. Apretó el sobre contra sus labios en cuanto vio que venía dirigido a ella. Cerró los ojos y lo besó en un acto casi sacro. Inmutable, como un maniquí, por un momento me pareció inanimada; sus ojos suspendidos en el vacío, su respiración asimétrica. Echó un vistazo al remitente. Era de él. Por la caligrafía, adivinó que estaba débil, cansado, enfermo. Sus trazos siempre firmes y vigorosos estaban exhaustos.

XI

Por fin la pluma en mano. Tanto que decir. Tanto. Decir que se acostumbró a hablar en voz baja. Que la cautela es su inseparable compañera. Que gesticular es hablar, y que los ojos, a veces, lo dicen todo. Que en el aire ya flotan hojuelas de nieve dispersándose como polvo que se arrastra a contraluz y que su lema es: "Trabajar para no pensar. Trabajar para no sentir. Trabajar para sobrevivir".

Cómo explicar su silencio sin alarmar a Sofía, cómo decirle que había estado muy enfermo, que estuvo a punto de fenecer y lo habían exhumado los cuidados de su amigo David. Que despierta con el corazón acelerado y un insípido sabor en los labios. Que no sabe si abrirá a la mañana siguiente las cuencas de sus ojos, esas dos profundas cavernas. Que vive bajo la sombra amenazadora de las ss en cada rincón y que los han tratado de despojar hasta de sentido. Que mirar a distancia es un desafío. Que no sabe qué le depara su delgadez barajando la suerte. Con el hedor que lo vuelve nadie. Con los moribundos vestigios del hombre que fue. Con el cuerpo escuálido, erosionado, y con una oquedad como estómago.

Prefirió no dilucidar, no entrar en el dolor y las carencias; prefirió decirle todo lo que sentía por ella. Decirle que mientras él la piensa, la luna emerge entre copos de nieve. Que extraña los pozos de sus axilas y el perfume de pétalos entre sus pechos. Que le hace falta sentir sus muslos y sus caderas. Que se siente segmentado, que vive dos latitudes; la de la fe cuando cree que, quizá, estarán juntos otra vez; y la del naufragio de un mundo en guerra, de un mundo de odios infundados. Aferrarse a volverla a ver es la balsa que lo salva de las miserias, del hambre cruel y de la sed. Que es en esos momentos cuando se imagina degustando el almíbar de su boca, que sueña con sus besos con sabor a cerezas y con su aroma a rosas recién cortadas. Que recorre la geografía de su mirada con todos sus tonos de miel y ámbar y que espera de nuevo la noche, la noche para pensar en ella.

XII

Mi madre paseó los ojos por esas líneas una y otra vez, una por una las líneas, hasta desgastarlas. Respondió a la esperada misiva. Escribió las palabras precisas, una a una las pensó para no preocuparlo, para no agregar a la angustia. Las palabras justas escritas despacio, como si al hacerlo la tinta dilatara los anhelos. Los acentos parecían besar cada vocablo y las comas daban un momento para exhalar.

"Ojos cerrados. Te observo. Aprieto nuestro olor y exhalo con valentía. Al pie de tu paciencia, pido al destino más amaneceres y subrayar en cada uno la entrega. Sólo contigo me convierto en viento, en mujer, en mar. Brillo con la luz de tu atisbo y soy lluvia, rocío y cerezo. Ansío la protección de tu cobijo. Afuera hace frío, pero no se compara con la soledad de nuestra cama si tú no estás. Te espero, mi amor."

Para mí, como para cualquier niño de la edad, mi papá era invencible. Sabía que iba a regresar. Estaba seguro.

XIII

Los vagones de carga llevaban el rebaño. A medio vestir, descalzos y hambrientos, recibían los latigazos de la lluvia que los laceraba. Sin un techo que los protegiera, desde la angostura de la caja que los hacinaba, miran el humo de la locomotora diluirse en el viento gélido. Un convoy maldito. Nadie podía desviar aquellos rieles de acero que los llevaban a merced de la noche helada a través de la ciudad de Kresna hacia su trágico destino. Nadie podía ya detener esas ruedas de metal oxidado que irían desgarrando la tierra búlgara dejando una estela de heridas. Doce mil que no cicatrizarían. Unos murieron en el camino, otros nacieron, tomaron una bocanada de ese aire respirado ya mil veces y sucumbieron ante la desesperanza. Mi padre los vio. "Me despertaron los lamentos como graznidos de aquellas aves enjauladas", nos escribió en una de sus cartas. Nos habían mandado a trabajar muy cerca de donde pasaban los trenes, en Kresna. Cavábamos fosas, picábamos piedra, un metro cúbico forzoso, ni un centímetro menos.

Los vimos pasar en aquellos vagones descubiertos. Quisimos ayudarlos, habíamos escuchado rumores acerca de los campos de concentración y lo que sucedía ahí: el asesinato sistemático. Quisimos bajarlos de aquellos trenes que los conducían a la fábrica de la muerte en Polonia. Los vimos, sin poder diferenciar a unos de otros. Todos eran rostros desfigurados por el miedo. Guiñapos de carne amontonados, sumidos en llantos sofocados. Los guardias nos golpearon en cuanto nos acercamos al tren que se movía lentamente. En ese momento temí que ése pudiera también ser nuestro destino; ése, el de los judíos de Tracia y Macedonia. Formamos una fila, al menos para darles nuestra bendición, al menos para mirarlos a los ojos y reconocer su existencia. Aves torturadas en la mirada.

Para cuando la congoja llegó al final de la cola, la fila había comenzado a deshacerse; no pudimos con nuestros propios sentimientos. Me tocó ver el tormento de padres y madres en un abrazo desesperado conteniendo a sus hijos, a ancianos vestidos con sus ropas campesinas tejidas de humildad, ahora salpicadas de sangre; venían de las montañas, de los pequeños poblados donde habían habitado por centurias, donde habían convivido pacíficamente con los griegos. Hablaban el mismo idioma, disfrutaban los mismos sabores y sus cocinas se llenaban de los mismos aromas. Sus amigos cristianos los extrañarían en Ksanti, en Kavala y en Giumurdjina.

No quedaría ni un judío, no quedaría ni un vestigio. Los oficiales mancharían sus manos, no sólo con el pavor de sus víctimas entre los dedos, sino con el robo; no había sido suficiente mancillar el honor, ahora lo harían con los hogares. Se robarían todo cuanto pudieran. Lo poco que había quedado abandonado a la fuerza. Se había ido gestando un odio que el poder alimentaba, en muchos casos de militantes de la causa, el sadismo de su propia educación salió para reflejarse en actos de extrema brutalidad. Una ideología que aspiraba a la perfección provocaba que oficiales y suboficiales pasearan su arrogancia. Golpeaban a todo aquel que se acercara al tren, ese tren con su estridente rugido de dolor. Puño cerrado. Primero en el vientre. La respiración se corta por un instante y aprovecha la curvatura de ese cuerpo raquítico para dar otro golpe en la espalda. Ya en el suelo, las patadas se acompañan de carcajadas y de un frío que congela la esperanza.

Entre los deportados más viejos se notaba el miedo recién adquirido, ese que no habían sentido nunca. Hablaban de diferentes versiones de su destino y las trataban de difundir para contagiar la esperanza y mitigar el horror de sus rostros transformados. Rumores de boca en boca. Unos afirmaban que serían llevados a los puertos del mar Negro para que los barcos surcaran los mares hasta Palestina. Otros que habían escuchado que trabajarían unos meses en las fronteras y después volverían, libres. Rumores de voces muy quedas. Formas de aferrarse a la humanidad del otro, a creer que su destino no podía ser tan cruel, y menos provocado por el prójimo. Ilusos que creían que con tener fe sería suficiente, pero hasta eso les arrebatarían.

La intuición de las mujeres advertía que el infierno les esperaba. En medio de la niebla, aterradoras sombras con metralletas las habían sacado de sus casas, apenas con ropas, con batas de noche, sin zapatos, a gritos. Les tocaban los pechos y la entrepierna, les forzaban besos de saliva despreciable al tiempo que se reían burlonamente. A empujones y patadas llevaban a los hombres. Esposos azotados por látigos que despojan de dignidad no pudieron proteger a sus mujeres. La indefensión hacía que la maldad agarrara fuerza propia. Ya no se podía parar. Ellas con su sexto sentido olfateaban su final; separarían a hombres de mujeres, a los niños los arrancarían de los brazos maternos y los encerrarían a todos para convertirlos en cuerpos a punto de descomposición. Iban a un lugar en donde la norma era morir. En donde darían su último respiro y sus miradas se extraviarían entre tantas. Un lugar en donde sentirían la ausencia de Dios y las respuestas a sus preguntas se diluirían en el humo de chimeneas, en las cenizas de crematorios y en el gas que después de hacerlas arañar el cemento en un ahogo desesperado, las llevaría a un lugar en silencio. Sin el dolor obtuso en los oídos de los gritos pidiendo auxilio. Sin las súplicas vanas de que se abran esas puertas para poder respirar. Aun así, alguna madre cambiaría su bufanda por un pequeño trozo de chocolate, la hija lo tragaría con avidez. Heridas más hondas que las nuestras.

Mientras, en los cuarteles del KEV en el bulevar Dondukov telegramas de Iván Popov e Ilya Dobrevski a Belev festejaban el éxito de las deportaciones.

Pero una segunda etapa debía comenzar. Las autoridades se habían comprometido con los alemanes a entregar veinte mil judíos y hasta marzo de 1943 eran doce mil de Tracia y Macedonia los que habían perecido. Doce mil excusas que el Parlamento trataba de absolver de su mente culposa bajo la premisa de que esas tierras no eran búlgaras; esas almas, tampoco.

XIV

Nuestra estancia en Imrenchevo sería corta. Un par de meses en aquel pequeño pueblo del distrito de Shumen, al noreste, a tan sólo siete kilómetros de la granja donde habíamos vivido los últimos doce meses. Pero siete kilómetros eran suficientes para tener melancolías dobles. Ahora, extrañaba no sólo nuestra vida en Varna, sino también la nueva vida a la que finalmente me había acostumbrado en Preslav. Me hacían falta los amables campesinos. Extrañaba a los becerros, los puercos y las vacas. Echaba de menos aquellos amaneceres anunciados al alba con el cacareo de los gallos y hasta los gritos nocturnos de la lechuza que creaban un ambiente espeluznante, y que tanto miedo me daban. Pero mi oído se acostumbró, y aprendí a percibir el sigilo de la noche y las más leves vibraciones del crepúsculo.

Recuerdo que cuando apenas habíamos llegado a la granja pensé que jamás podría acostumbrarme a todas esas cacofonías, tan distintas a las de la ciudad. Pero mis sentidos se amalgamaron con lo que me rodeaba. Los olores a estiércol se convirtieron en la normalidad en mi olfato. La piel dura y llena de pelo de los bueyes y las vacas fue curtiendo mi tacto, y el relinchar de los caballos, como el balido de las ovejas, eran la armonía de sonoridad que me rodeaba.

Las nostalgias de la ciudad, las de nuestro departamento en Varna, las que me hacían sentir un extraño cuando arribamos a Preslav, afloraban tan sólo mencionar cualquier mínimo detalle de Maria Luiza; la ropa tendida en aquel balcón de nuestra casa no dejaba de ondear en mis sueños, y muchas veces al despertar también. En mi mente reverberaban días felices. El sentir en la boca el sésamo de la jalá, el pan trenzado de Shabat, el aroma de los burmuelos en la nariz, o el de las kiftikas de carne, me contenía; en ese momento no lo veía, pero el apego al hogar es más fuerte e importante de lo que jamás imaginé. Extrañaba la liuteniza, aquella salsa a base de pimiento, ajo y jitomate que a mi madre le quedaba tan bien. Esos aromas y sabores eran recuerdo de las reuniones familiares de los viernes y de las visitas a los abuelos, el *gran papá* y la *gran mamá*. Esos aromas vibraban en mí y me transportaban a la bodega en el sótano de nuestro departamento, ese al que nunca volveríamos, ese donde mamá guardaba los vitroleros llenos de pepinillos encurtidos y el trushi de col.

Desde hacía más de doce meses extrañaba el crujir de la madera en cada paso, ese sonar era la voz de mi domicilio. Extrañaba mi recámara, y mis juguetes, y mi ropa, y hasta a *Belia Betko*. Pero no era yo el único a quien el desapego forzoso había afectado. A mamá le hacía falta sentarse en el taburete frente a su tocador, le hacía falta verse en el óvalo del espejo en su habitación. En ocasiones, reflejada en el vidrio de una ventana de la granja, la veía evocando el placer de pintar sus labios, como lo hacía en casa. Articulaba el movimiento, posaba el dedo índice sobre su boca semiabierta y seguía el contorno. Se imaginaba saturada de su fragancia a rosas, a punto de salir a un paseo con papá, y entonces le hacía falta él, con todo y su Vetiver.

La nostalgia por nuestro antiguo hogar no cesaba. Me preguntaba qué habría pasado con él en todo este tiempo. ¿Estaría la biblioteca de papá desnuda? ¿En dónde habrían acabado sus libros favoritos? ¿Y los candelabros de plata de la abuela? ¿Y mi espada de madera? ¿La que me convertía en caballero, quién la tendría ahora? Jamás la volví a ver. Imaginaba al hijo de algún oficial de las SS jugando con ella. ¿Qué habría pasado con el sillón de la sala desde el que saltaba poniendo nerviosa a mi madre? ¿Qué con el baúl en el que guardaba tantos secretos? ¿Y qué con el aroma a rosas que flotaba siempre en el tocador de mamá? Esperaba que no hubiese sido reemplazado por el humo intoxicante del cigarrillo de algún general. Extrañaba sus ecos, sus chasquidos, sus paredes y sus silencios. Quizá nuestro hogar, ahora ocupado por otros, nos extrañaba también.

XV

Una pequeña casa de campo nos alojó en Imrenchevo. De esas semanas guardo muy pocas memorias, pero recuerdo que a la gente del lugar le llamaba mucho la atención mi hermano Salomón. Sus rizos de un dorado imposible y la tez blanquecina le habían merecido el apodo de *Niño Dios* entre los habitantes. Para entonces, el pequeño ya tenía conciencia para preguntar por papá, un padre al que en realidad no conocía ya que se lo habían llevado a los campos cuando él apenas tenía un par de meses de nacido. Era entonces cuando mamá modulaba la voz, y con la euforia escapándole por los ojos le relataba historias, historias que ella misma quería creer tratando de abstraerse de la realidad; muchas de ellas fantasías en las que papá usaba un uniforme elegante y bien almidonado para luchar contra el enemigo y salir vencedor. Con estas fábulas ella refrendaba sus propias esperanzas de que algún día volvería por nosotros, y Salomón corría a abrazarse de las piernas de cualquier hombre en uniforme que pasara por ahí, el que fuera, creyendo que era nuestro padre. Ambos trataban, a su manera, de ignorar la necedad del destino. Al final, a los dos se les diluía la sonrisa.

Recuerdo también que solía quedarme dormido en el exterior; el invierno comenzaba a ceder y la noche se regaba de estrellas. Por momentos creía poder alcanzar la luna tan sólo estirar el brazo. En el cobertizo que nos albergaba había dos camas. Mamá dispuso que yo durmiera en una, la más angosta, y ella compartiría la otra con mi pequeño hermano Salomón. Aun así, en ocasiones amanecíamos los tres juntos, abrazándonos en defensa contra el miedo que de vez en cuando me visitaba por la noche, cuando las pesadillas de las ss golpeando nuestra *porta* y gritándole a mi padre me despertaban bañado en sudor. ¿El antídoto? Sentir los brazos de mamá a mi rededor. Ahora pienso, ¿cuál sería el suyo?

La puerta de madera de la casona, nuestro nuevo refugio en Imrenchevo, me recordaba a la de un filme: *Taikata balerina* (*El secreto de la bailarina*), la película italiana que vi con mi madre en la majestuosa sala de cine en Varna; claro, antes de la guerra. Cientos de hombres árabes (quizá no eran cientos, pero me lo parecían) con turbantes y dagas entraban a salvar a una damisela. Yo reproducía la escena con un trapo amarrado a la cabeza y una vara por puñal. Recordaba las palabras exactas del diálogo: "¡Presto, presto aprite la porta!", gritaba en mis tardes traviesas olvidando por momentos nuestra situación.

Imaginaba que yo era el héroe al que tanto admiré. Fue la primera película, mi primera vez ante la gran pantalla. Nos habíamos ataviado de manera especial, como la ocasión lo merecía. Yo con pantalones largos y zapatos tan bien boleados que se reflejaban en ellos mis facciones si me inclinaba hacia adelante. La camisa almidonada y blanquísima se sentía como hoja de papel de estraza sobre mi piel, pero no me importaba, aunque para cuando me desvestía al regresar de la función, mi cuello estaba lleno de salpullido; un costo bajo que pagar por asistir vestido como se debe a tan imponente lugar. El corbatín de moño color borgoña daba el toque final sobresaliendo de entre las estrechas solapas de mi gabán de seis botones.

Mi madre no se quedaba atrás, llevaba una blusa de seda en tono marfil debajo de su traje sastre de lana. Aunque de estatura menuda, la ropa le lucía en ese cuerpo armónico que tomaba altura sobre los tacones de sus botines de piel. Su cabello negro, prendido elegantemente en un chongo, estaba cubierto por un sombrero de ala pequeña parecido al Fedora, pero colocado de lado y hacia la frente. Guantes suaves protegían sus delgadas falanges del aire frío, como lo hacía su abrigo con cuello de astracán, el que le había regalado su padre años atrás. Un poco de rubor encendía su rostro oliváceo.

Rememoré la entrada del teatro y subí mentalmente sus escalones. Evoqué el elegante olor de las butacas aterciopeladas y el de las duelas del piso. Ese día, sin duda, había nacido mi profunda afición por el cine. Quería respirar el aroma de aquella sala mil veces más y admirar la magia que se desenvolvía en la pantalla. Quería sumergirme en la ficción, en la fantasía y el ilusionismo de los efectos ópticos. Escapar a un mundo distinto, mientras el nuestro se desmoronaba.

XVI

Jamás entendí por qué nos habían mandado a Imrenchevo. Antes de que pudiéramos acostumbrarnos a ese lugar, nos hicieron volver a Preslav. Estaba por extinguirse la tarde, y la nieve que quedaba de los últimos días de invierno se había tornado marrón sobre la carretera de grava. Creí que regresaríamos con los campesinos, con nuestros amigos, pero no fue así. Nos acomodaron con otra familia. Eran amables con nosotros, pero yo los quería a ellos, a los de antes. Comenzaba nuestro segundo año de exilio marcado por una luz casi nunca encendida en un pequeño cobertizo y el rítmico taconeo de los pasos jóvenes de quien nos había dado cabida en esta ocasión. Caminaban de un lado a otro, pisando fuerte sobre duelas de madera añeja que parecían no cansarse del repiqueteo.

Charlas de adultos sobre la guerra, voces que se colaban por la cerradura y que se suponía yo no debía escuchar, me provocaban imágenes que me acosaban. Que los presos defendían su espacio a empujones, que se limpian con saliva las manos porque no hay agua, que en los campos de concentración los guardias obligan a los prisioneros a ver cómo disparan contra su familia, que no se podían alejar, que cerraban los ojos para no mirar y que gritaban ¡basta, basta, por favor!, que los mandaban a sus barracas al terminar la matanza con la tortura en los ojos y el suplicio de no haber perecido también. Y la pregunta rondaba llenando de pánico: "¿Cómo vivir después de haber sobrevivido?"

Me preguntaba si el Morska Gradina, en vez de ser el Jardín del Mar, ahora sería un jardín agonizante. Pensaba en que quizá se habrían ido todos, todos nuestros conocidos, todos en Varna y que las casas estaban derruidas y vacías. Que la Ptchelá, la tienda de la esquina que tenía como símbolo una abeja, estaría desierta. Que ya nunca volvería a comprar una bozá, la bebida a base de cebada que, aunque fermentada, tenía un toque dulce que me encantaba. Que quizá no degustaría jamás otro guevrek, ese que me compraba mamá si me portaba bien. Una especie de galleta parecida a un pretzel que era el mejor premio en mi paladar. Mis ojos interrogaban a mi madre cuando se daba cuenta de que estaba tras la puerta escuchando las conversaciones acerca de la guerra. Ella bajaba la cabeza y me abrazaba sin decir nada. Entonces yo tomaba mi libreta marrón, la que siempre me acompañaba, la que contaría con imágenes esta historia. Y así pasaba el resto del día, creando dibujos a lápiz para huir de la emboscada en mi mente.

Pensaba en papá, y el simple hecho de hacerlo bastaba para que la bilis, en el fondo de mi esófago, recorriera con acidez mi garganta. Dos años ya desde la última mirada. Eran muchas las añoranzas, pero sin duda, lo que más me hacía falta, además de mi padre, claro, era ver el mar, nuestro mar Negro. Observar la cresta de la ola en su vaivén. La luz del sol provocando iridiscencias sobre la arena. Las olas rompen en la costa, lo hacen repetidamente, lo han hecho siempre, lo seguirán haciendo. Un romper infinito. La brisa cálida despeina el cabello. Mástiles somnolientos se mecen al ritmo del oleaje de los Balcanes. El silencio se extiende. El sol se mete tiñendo el cielo de fuego. Mar. Mi mar Negro. Los malos momentos venían solos, pero los buenos había que buscarlos en la espuma de la memoria.

XVII

Alexander Belev tenía prisa por seguir con las deportaciones. Había que desterrar ocho mil judíos más para cumplir con la promesa hecha de veinte mil almas. Belev escogió Kyustendil como una de las ciudades búlgaras que se quedaría sin raza semita. Los rumores comenzaron a inundar los hogares de terror. Un campamento de tránsito se establecería en la fábrica de tabaco, y los permisos para viajar a otras ciudades fueron suspendidos. La estación de tren en Radomir se preparaba con veintinueve vagones. No fue difícil adivinar que el KEV pavimentaba el camino a Polonia. No se podían calmar las ansiedades, el tiempo escapaba con celeridad y la fecha convenida para el exilio se acercaba.

Muy pronto, la población gentil decidió tomar acción. No permitirían que sus amigos, vecinos y colegas judíos fueran llevados como rebaño ciego a la muerte. Se formó una delegación liderada por Peter Mikhalev, abogado y miembro de la Sobranie, el Parlamento búlgaro, pero, además, gran amigo de la comunidad. En su momento se había negado a votar por la Ley de la Defensa de la Nación, la ley antijudía. Mikhalev debía actuar de inmediato y viajar a Sofía con la delegación. A ella se habían unido Assen Suichmezov, influyente hombre de negocios y director del banco local, Vladimir Kortav, maestro de historia, y el abogado Ivan Momchilov, entre otros.

La delegación sabía que la única persona que podría intervenir y ayudarles a que el gobierno escuchara esta súplica era Dimiter Peshev, hombre íntegro a quien todos ellos conocían y respetaban profundamente. Peshev había tenido el cargo de ministro de Justicia y en estos momentos era miembro de la Asamblea Nacional. Había que actuar de inmediato ya que, para muchos hombres y mujeres desesperados, el 9 de marzo sería su último día de libertad. Por fortuna, la conciencia de Peshev jamás se permitiría una atrocidad así, y mucho menos manchar la reputación búlgara con la vergüenza y la responsabilidad moral de haber permitido la muerte, casi segura, de sus ciudadanos judíos.

Años más tarde me enteraría por diversos artículos y reportajes que Dimiter Peshev junto con Momchilov, Mikhalev, Kortav y Suichmezov hicieron una cita con el ministro del Interior Peter Gabrovski. Peshev le entregó una petición en contra de la deportación firmada por cuarenta y dos miembros del Parlamento. De entrada, el ministro no sabía del plan de deportación y hasta llegó a negarlo en su dificultad por aceptar que algo así estuviera ocurriendo, pero éste era un acuerdo hecho por Belev y Dannecker, el cual se había mantenido en estricta secrecía. Finalmente, y ante su sorpresa e incredulidad, Gabrovski tomó el teléfono y llamó a Gerdjikov, gobernador de la zona de Kyustendil, ordenándole detener todo preparativo para la deportación.

La orden habría de llevarse a cabo de inmediato. Momento trascendente, uno de los más importantes en la historia de aquella ciudad. La gente que ya había sido desplazada al campo de tránsito en la fábrica de tabaco, para ocupar los primeros vagones en el tren de la muerte, desgranaba la esperanza de que les perdonaran la vida, de volver a casa a salvo. El miedo se reflejaba en el dolor obtuso que se les clavaba en la boca del estómago. Afortunadamente las reuniones y súplicas habían valido la pena, y los cientos de personas que fueron congregadas contra su voluntad serían liberadas. El grito ahogado que guardaban en sus gargantas los habitantes de Kyustendil se convertiría en un suspiro agradecido. Se acababa de evitar una fosa común más en el enorme cementerio en el que se había convertido Polonia.

Pero las órdenes de cancelar las deportaciones no llegaron con tanta rapidez a otras ciudades. Un ejemplo de ello fue Plovdiv, la segunda ciudad más grande de Bulgaria. Nuevamente, golpes contundentes en las puertas irrumpiendo la noche; los gritos y los insultos, el terror paralizante sembrado en cada rostro, en cada sombra. La vida secuestrada, personajes siniestros que asfixian con la mirada y con sus guantes negros, impunes y llenos de alevosía. Pronto todos se encontrarían en un lugar reducido, cuerpo contra cuerpo, hacinando el miedo, hablando en voz baja y tratando de controlar el presentimiento, el vaticinio de "la solución final". ¿Sería ésta la antesala de la temida realidad susurrada más de una vez entre incredulidad y desconcierto?

Las noticias de lo que estaba sucediendo en Plovdiv llegaron a oídos del metropolita Kyril, el líder de la Iglesia cristiana ortodoxa local. Kyril había escrito un texto llamado "Fe y Resolución" en 1938 en el que condenaba el antisemitismo. Fiel a sus ideas, escribió un telegrama al rey Boris pidiendo misericordia hacia los judíos que ya habían sido reunidos en una escuela para ser mandados a Polonia. Las manos de los detenidos quemadas por el viento nocturno se tomaban una a una. Sus delgadas falanges se apretaban con fuerza, al tiempo que los rezos envueltos en ininteligibles murmullos escapaban en un gélido vaho perceptible en aquella temible oscuridad. Imposible verbalizar el miedo. Sólo rezos en susurros, rezos que se desmoronaban en llanto.

Konstantin Konstantinov Markov, mejor conocido como el metropolita Kyril, amenazó con acostarse sobre las vías del tren si éste salía de la ciudad. Al mismo tiempo, en Sliven, Shumen, Haskovo y Pazardjik la policía ordenaba a los judíos dejar sus hogares y pertenencias. Acorralados en las estaciones de tren gritaban pidiendo ayuda a los clérigos y líderes de esas ciudades. Todo esto causó revuelo en Sofía. El metropolita Stefan, aprovechando su cercana relación con el rey, hizo un llamado a poner fin a la injusta persecución de los judíos. Finalmente la orden de detener la deportación llegó desde lo más alto; Boris III tomaba cartas en el asunto y sus ciudadanos recordarían siempre el 10 de marzo de 1943 como el día de la salvación.

XVIII

La capital búlgara, así como varias provincias, se encontraban en la mira de Belev y de Gabrovski. ¿El nuevo plan? La deportación de los judíos en la forma más rápida y secreta posible. Belev sabía que si sus intenciones eran conocidas, habría mucha gente haciendo revuelo. Ministros, escritores, religiosos, profesores y otras figuras públicas se declararían en contra de sus medidas. De hecho, la propia reina Giovanna había intervenido discretamente en varias ocasiones para ayudar a sus amigos judíos. A través del embajador italiano, el conde Magistrati, la reina había conseguido documentos para pasar por Italia, y visas para viajar a Argentina. El palacio había hecho todo lo posible para ayudar a sus más allegados; aun después, ya en el exilio, su preocupación por sus amistades judías seguía. De igual manera, el santo sínodo, a través de su patriarca, se había pronunciado en contra de las deportaciones. Pedían al rey no obedecer la doctrina extranjera que comprometía el amor a la libertad del espíritu búlgaro.

XIX

Una tarde de 1943 Abraham Asa recibió por equivocación un telegrama timbrado hacía tan sólo unos días. Éste iba dirigido al comisionado de asuntos judíos de Burgas. En esa importante ciudad portuaria residía una densa población judía. Muchos de ellos se dedicaban al comercio dada la cercanía de Burgas con Turquía. El telegrama provenía de Sofía, su remitente: Alexander Belev. Nuevamente ese hombre, nuevamente ese fanático nazi que había organizado algo muy similar a "la noche de los cristales rotos", el que promulgó la nueva ley que limitaba, sancionaba y perseguía a la raza semita basándose en las Leyes de Núremberg; la persona que estaba tratando de llevar a cabo la deportación comandada por Adolf Eichmann, teniente coronel de las SS, responsable directo de "la solución final", tramada en la Conferencia de Wannsee en 1942. Aun en contra de la voluntad de la población cristiana y del gobierno de Boris III, Belev tenía como cometido asegurar para Alemania una solución más radical sobre "la cuestión judía" en Bulgaria.

El cartero leyó la palabra *Hevreisky* en el sobre, lo cual quiere decir judío en búlgaro, y como toda la correspondencia que contenía esta palabra le era entregada a él como representante de la comunidad, pues no salió de lo común que el cartero dedujera que el mensaje era para el señor Asa, ya que desde hacía tiempo ocupaba ese cargo, el de presidente de la Comunidad Judía de Burgas. Le entregó el sobre en la puerta del comercio donde trabajaba y del que era dueño: El Elefante Azul, establecimiento de manufactura y galantería, como se les llamaba a las tiendas que vendían desde ropa, utensilios de cocina, blancos, todo lo que un ama de casa pudiera necesitar en un mismo sitio, una especie de tienda departamental.

Al *parnás*, palabra hebrea que usamos los judíos para dirigirnos al líder comunitario, no lo habían mandado a los campos de trabajos forzados debido a que rebasaba los cuarenta años de edad, así que seguía al frente de una congregación cada vez más disminuida ya que, poco a poco, los judíos habían sido obligados a abandonar las ciudades grandes y Burgas era una de ellas. Recibió el sobre con extrañeza. En realidad, el mensaje secreto era para el comisionado de asuntos judíos, la persona que reportaba a la Sección IVB4, división de la Gestapo, y a su vez subordinada a la Oficina Central de Seguridad del Reich, acerca de la ubicación y, en la mayoría de los casos, la deportación de los judíos en todos los territorios ocupados. El telegrama advertía que los preparativos para la deportación debían continuar:

> El traslado al Este es inminente.
> Seis semanas de plazo.
> Los judíos serán reubicados.
> Solamente podrán llevar consigo el equivalente
> a 15 kilos de sus pertenencias.
> Se confiscarán todos los bienes.

Asa abrió el telegrama. Leyó aquellas líneas. Cada una, una sentencia; cada una, una cicatriz en el papel. La maquinaria estaba echada a andar. Franz Novak, cuya función era la de coordinar los trenes desde cada país hacia los campos de concentración, estaría ya trabajando en la deportación búlgara. Belev y Gabrovski en constante comunicación con él.

Abraham Asa no pensaba asumir el destino. No pensaba poner a su comunidad en las fauces necias de quienes los perseguían sólo por existir, reos del único crimen: ser judíos. Lo primero que hizo después de leer fue guardar en su memoria las palabras exactas que sus ojos absorbieron, luego, introducir cuidadosamente el delgado papel de regreso en su sobre respetando cada doblez. Se dirigió a casa, pero antes pasó por la sinagoga en el número 24 de la calle Mitropolit Simeón. Ahí, con los ojos cerrados y lleno de fervor, pidió a Dios lo ayudara, le dijera qué hacer con esta revelación que había llegado a él equivocadamente. Le preguntó si Él había interferido para que así fuera, para que el cartero le entregara el secreto de Belev en la propia mano. Le preguntó si había pensado en que, salvando a sus hijos búlgaros, mostraría que sí está viendo cómo el resto de Europa es amordazado, y daría una señal de su grandeza a todos aquellos que se preguntaban en dónde estaba cuando los sentimientos de tirria, odio, fobia y aversión se vertían todos en un pueblo, en su "Pueblo Elegido". "¿Es que para esto fuimos elegidos?", era la pregunta que probablemente barrenaba el espíritu y hería una fe a punto de ser gaseada. Millones de almas de niños, de mujeres y hombres que no tuvieron siquiera una tumba para irles a rezar, tendrían la eternidad para tratar de hacer las paces con esta noción de ser los escogidos, tan arraigada en nuestra judeidad, y para hacerlas también con el Omnipotente.

Abraham salió de la sinagoga y a zancadillas llegó a su casa. En el tercer piso de su domicilio vivía el director de las oficinas postales de la ciudad. Ese hombre y él eran muy cercanos, de hecho, Asa era dueño de la propiedad y no le cobraba renta por considerarlo un buen amigo. Éste a cambio le permitía escuchar en la radio las noticias de la BBC, *La Voz de Londres*, hecho que estaba prohibido a los judíos, además de que ninguno poseía ya una radio, todas habían sido decomisadas. *¡Here is England! ¡Here is England! ¡Here is England! ¡Here is the BBC Midnight News!* Las noticias desde Inglaterra nos daban una mejor idea de lo que estaba pasando en el resto de Europa, ya que los periódicos búlgaros, supervisados por los nazis, eran a lo único que teníamos acceso en términos de información, datos sesgados, sin duda. Abraham tocó a su puerta. El director lo recibió con una cálida bienvenida, pero Asa no pudo disimular las tinieblas que llenaban sus ojos. Le entregó el telegrama explicándole que el cartero se había equivocado. El director abrió el sobre y leyó la sentencia, le cerró el ojo a Abraham preguntándole si él lo había leído, a lo cual respondió también con un guiño: "Por supuesto que no, no es para mí".

Se escuchaban las balas resonando en el eco de la noche, eran los partisanos; la resistencia que bajaba de las zonas montañosas enfrentándose a la policía. A la mañana siguiente manchas de sangre se filtraban por las grietas del pavimento. En las banquetas charcos de carmín y pérdida. Abraham Asa hizo una llamada a la Federación de los Judíos de Bulgaria o consistorio en Sofía pidiendo que convocaran a una reunión extraordinaria a la que él asistiría. Esto alarmó a varios de los integrantes de la Federación.

Afortunadamente las variables jugaban a su favor. Gracias a las extraordinarias relaciones que Asa sostenía con el mundo gentil, y en especial con un general, a quien no había conocido antes en su carrera militar y con quien luchó en Tracia y Macedonia durante la Primera Guerra Mundial desarrollando una estrecha amistad, consiguió un pase para poder viajar libremente por tren entre ciudades, cosa que muy pocos judíos poseían. Se puede decir que la frase que recita: "Un extraño es un futuro amigo que no has conocido", en este caso quedaba como anillo al dedo.

En esa reunión Abraham alertó a sus correligionarios acerca de lo que leyó en aquella carta que llegó a sus manos equivocadamente. Incredulidad en las miradas. Una creciente zozobra comenzó a presionarles el pecho. Finalmente una voz se dejó escuchar:

—¡Pero Bulgaria no es Polonia!

—¡Exacto! —dijo otro de los asistentes, nosotros somos ciudadanos búlgaros y tenemos nuestras raíces aquí desde hace cientos de años.

El barullo comenzó, opiniones encontradas recorrían el espacio. Asa se pronunció con firmeza:

—No me importa lo que digan, yo vi el telegrama, la orden de deportarnos a los campos está dada. Nuestra sentencia de muerte se ha dictado de un plumazo.

Se hizo un hermético silencio. Finalmente se escuchó un contundente puñetazo sobre la mesa.

—¡Yo sé que lo que dice Asa es verdad!

Era Nissim Levi quien hablaba. Levi tenía una cercana relación con Liliana Panitza, la secretaria personal de Belev. Ella sabía que el plan para mandar a los judíos de Bulgaria a Auschwitz estaba en marcha y se lo había hecho saber a Levi. Así se confirmó que la información que tenía Abraham Asa era correcta.

La movilización era urgente. Se formaron delegaciones para ir a hablar con el rey, así como con el metropolita Stefan. Se visitaron las asociaciones de literatos, médicos y abogados. Todo ese mundo gentil estaba en contra de la deportación, y se hizo escuchar ante el Parlamento. Bulgaria no permitiría que se llevaran a sus ciudadanos, a sus amigos y vecinos judíos. Las intenciones del rey jamás habían sido acatar los deseos de los alemanes; bajo la excusa de utilizar a la población judía como fuerza laboral, había logrado escabullirse de las órdenes del Führer durante mucho tiempo. "Los judíos son necesarios para la construcción de puentes, caminos y vías de tren, que se han convertido en un importante factor en la economía búlgara." Estas palabras le habían comprado tiempo. Impulsado, finalmente, por las peticiones del escritor más famoso y admirado de Bulgaria, Elin Pelin, Boris III llamó a Belev y le dio la orden definitiva de cancelar cualquier intento de deportación.

XX

Mientras, nosotros seguíamos en Preslav. Seguíamos preguntándonos cuándo volveríamos a ver a papá, cuándo lograría mi madre deshacerse de ese agrio sabor en su alma. Recuerdo que en esta nueva granja estaban también mi tía Maty, la hermana de mi madre, y mis primos Salomón y Iako, que, como nosotros, habían sido expulsados de la ciudad al campo. Estuvimos juntos una corta temporada, pero sin duda su presencia aligeraba el ambiente y templaba los miedos. Seguro ellos sentían lo mismo. El tío José estaba en un campo de trabajos forzados, pero no en el que habían mandado a mi padre. Las hermanas se convirtieron en un muro de contención una de la otra para no caer, eran la viga emocional que les permitió cargar con la responsabilidad de seguir criando solas a sus hijos. Se dieron mutuamente la resistencia necesaria para que pasaran los días y las noches, convirtiendo la oscuridad en aliada para contarse lo que sus bocas silenciaban frente a los niños.

La habitación en la nueva granja que nos recibió era fresca, pero la invadía una espesa penumbra. Aun así, mamá miraba por la pequeñísima ventana esperando siempre a ese alguien que no llegaba. Pero al menos tenía a la tía Maty, y en su complicidad eran capaces de descifrar lo que estaban pensando con tan sólo mirarse; el lenguaje de sus ojos podía mostrar miedo, alegría o dolor y las palabras salían sobrando. Ambas entendían que la guerra, la separación y la nostalgia las unirían para siempre, quizá más que las alegrías compartidas.

XXI

La noticia llegó a todos los rincones del país. Boris III estaba muy enfermo. Su condición era delicada y se deterioraba rápidamente. Los médicos, Daskalov y Alexandrov, ya se encontraban atendiéndolo. Nos mantendrían informados. Creo que no hubo un solo lugar en el que la gente no estuviera esperando con ansias saber algo más. El pueblo búlgaro al pendiente de lo que mermaba la salud de su soberano. "Se trata de un ataque de vesícula", fue lo primero que se informó. Pero al día siguiente su situación empeoraba, por lo que en el palacio se decidió llevar a la capital a los doctores Sajitz, de Berlín, y Crinis, de Viena, quienes ya habían tratado al mandatario en otra ocasión. Esto se conservó en el más estricto de los secretos, no nos querían alarmar de más. Durante días no se volvió a oír nada de la salud del rey.

Pasaron los días y las noches sin noticias, hasta aquella mañana. Yo, yo jamás la olvidaré. Era muy temprano ese 28 de agosto de 1943. La esposa del granjero tocó a nuestra puerta y, antes de esperar a que le respondiéramos, entró. Me incorporé cargado todavía de sueño y tallé mis ojos tratando de ver con claridad. La mujer hacía un enorme esfuerzo por respirar normalmente, pero noté que su pecho estaba a punto de explotar. Lo que estaba tratando de decir parecía una confesión forzada porque obstaculizaba sus propios vocablos con un llanto ahogado que expulsaba desde la faringe. Finalmente dejó escapar las palabras y el pánico le hizo sombra: "Nuestro querido rey ha muerto".

El día envejeció en un instante. Mi madre bajó la cabeza y se tomó unos momentos para recomponerse. Hacía calor. Mi hermano y yo nos quedamos a la sombra de un olmo; mamá fue a hablar con los mayores de "asuntos de mayores", como me dijo antes de pedirnos que nos entretuviéramos un rato en los establos. Pero qué niño hace caso cuando la curiosidad por escuchar de qué hablan los adultos se le enreda en la mirada pícara, esa que sabe que está haciendo una travesura; así que le dije a mi hermano que me siguiera. Sigilosos nos escondimos tras un mueble de madera justo afuera de donde se llevaba a cabo la escabrosa plática. Bien bien no entendí lo que dijeron, tendrían que pasar unos años para saber el significado de las palabras "extrañas circunstancias". La granjera otra vez lloraba; mamá intentaba consolarla cuando se dio cuenta de nuestra presencia, seguramente había escuchado los pequeños pasos de Salomón, pero con tal de seguir tranquilamente con su plática nos dio permiso de brincar en los charcos de lodo y chapotear hasta cansarnos.

Hasta el día de hoy se habla de la misteriosa muerte de Boris III de Bulgaria. Los rumores de que había sido envenenado se dispersaron; sus propios médicos no lo negaban, dejando así que las sospechas tomaran fuerza. Días antes de su fallecimiento el rey fue convocado a reunirse con Hitler en su cuartel general militar, en Rastenburg, Prusia, en vez de en el Eagle's Nest, en Bavaria, como lo había hecho anteriormente. Hitler esperaba a su visitante en un búnker de concreto bajo tierra. Para cuando finalmente salieron de ahí, después de varias horas de reunión, se les notaba molestos. La despedida se llevó a cabo en un ambiente tenso y hasta de enojo.

El rey le revelaría todo lo que se habló en esa fatídica reunión a su consejero Strashmir Dobrovitch. Hitler había insistido en que Bulgaria le declarara la guerra a la Unión Soviética, que se enfrentara como aliado de Alemania contra quienes los liberaron del yugo del Imperio otomano en 1878. Boris se negó rotundamente, no pensaba traicionar a quienes consideraba hermanos. El Führer no estaba acostumbrado a la negativa, a que no se siguieran sus órdenes y no escatimó en gritos y amenazas. Aun así, Boris no se dejó intimidar y sostuvo su postura.

A la muerte del rey se hablaría del uso de un veneno proveniente de la India, que surte efecto después de unas semanas de haber sido ingerido, y de que las manchas en la piel del soberano, antes de su muerte, indicaban la ingesta de veneno. Pero las sospechas aumentaron cuando se habló de los atípicos signos de desintegración que aparentemente presentaban sus órganos. Sin duda, la causa de muerte sólo hubiese podido ser establecida bajo una autopsia, pero la Corte Real jamás la autorizaría.

La controvertida idea de que Boris III, de tan sólo cuarenta y nueve años, pudo haber sido asesinado reina hasta hoy. El príncipe Kyril, su hermano, declararía que, durante el vuelo de regreso de aquella reunión con Hitler en Prusia, el piloto intencionalmente había volado a una elevada altitud provocando que las máscaras de oxígeno tuvieran que ser usadas. El rey inhaló el veneno sin sospechar que, al hacerlo, sus días pronto llegarían al fin.

Si fuera cierto que el rey fue asesinado, sería en realidad porque los alemanes descubrieron que Boris sostenía pláticas de paz con los Aliados. El temor de que Bulgaria le estuviera dando la espalda al Führer fue en realidad lo que lo envolvió en la mortaja.

Pronto se anunció la coronación del príncipe Simeón II, rey de Bulgaria, de seis años de edad. Mientras, el pueblo entero, incluidos nosotros los judíos, llorábamos la pérdida de nuestro monarca. El heredero sería ahora Simeón.

XXII

Mi libreta de dibujos estaba casi llena. Tan sólo un par de páginas quedaban en blanco para seguir contando nuestra travesía a lápiz, para atrapar los detalles de lo que habíamos encontrado a nuestro paso y, así, relatárselo a mi padre cuando volviéramos a estar juntos. Pero cuándo, cuándo llegaría ese momento. Si se pudiera espiar el destino lo habría hecho, sin duda, para ver que llegara por nosotros. Quería verme en mi hogar nuevamente y pensaba en esa posibilidad incesantemente. Llevábamos ya casi dos años fuera y casi tres sin verlo a él, desde que se lo llevaron a los campos y la puerta se cerró dejándonos solos. Lo echaba tanto de menos.

Cumplía siete años. Mi madre descosió para volver a hilvanar retazos de tela y convertir una falda suya en pantalones para mí y para mi hermano. Mamá tenía buena mano con la aguja, y ese 17 de enero de 1944 yo estrenaría una prenda después de meses de vestir lo mismo.

"¡Te ves guapísimo! —me dijo mamá mientras cortaba con los dientes los últimos hilos del zurcido—. Si te pudiera ver mi madre, hecho todo un caballero, estaría muy orgullosa."

Pero nos separaba el Atlántico, un obstáculo que a la abuela Raquel, desde México, le dolía tanto como a nosotros. Las cartas de ida y vuelta eran escasas, pero al menos habíamos podido hacerles saber nuestra situación; que estábamos vivos, que estábamos a salvo en la granja de Preslav, que los extrañábamos terriblemente. La abuela comentaba a sus hijas Becky y Billy que las cartas de mi madre le partían el alma y que sospechaba que en ellas no le contaba todo para no inquietarla, para no agregar a la angustia que la lejanía provocaba. De nada valía intentar someter al gigante de la preocupación que invadía constantemente sus pensamientos, una madre no puede dejar de mortificarse, y menos bajo las circunstancias de un mundo que sobrevivía apenas en un grito ahogado. De alguna manera, esas cartas intentaban acortar la distancia, la física, la emocional, aunque no lo lograran porque la penumbra del miedo se cernía sobre ella con su especial donaire, llenando de lobreguez cualquier intento de pensamiento positivo. Acababa de leer una carta, y en ese instante comenzaba a esperar otra. Lo mismo le pasaba a mamá, leía la palabra *México* en el sello, lo besaba, y guardaba el sobre esperando otro que cumpliera su misión de paloma mensajera.

Ahora entiendo lo importante que era para la familia al otro lado del horizonte recibir noticias nuestras, porque de no hacerlo, lo que escuchaban era que los nazis modelaban a su antojo una Europa acosada bajo lo que ellos llamaban el Nuevo Orden, el *Neuordnung*. Que poblaciones enteras eran deportadas y que la persecución de los judíos se extendía como la aterradora sombra que lo oscurece todo antes de una tormenta. Hubiéramos querido tomar una fotografía de ése, mi séptimo aniversario para enviárselas, para tranquilizarlos y que constataran, con la imagen, que no les mentíamos cuando les asegurábamos que nuestra situación era afortunada, si la comparábamos con lo que se estaba sufriendo en otros países.

Mis primos Iako y Salomón, uno a cada lado mío listos para ayudarme a soplar siete velas en un pastel improvisado. Ese día mis pantalones "nuevos" se convirtieron en una herramienta de expresión. De alguna manera la imagen que me devolvía el espejo me dio seguridad; era una apariencia festiva, de pespuntes con personalidad y carisma. Ya era grande, estaba cumpliendo años, y se perfilaba ante mí algo más que mi apariencia. En el espejo pude ver signos de identidad, un puñado de matices propios que asumí desde entonces y que me acompañan hasta hoy.

Ese día escribí una carta. Quería dejar plasmado lo que se siente tener siete. No quería olvidar ningún detalle. La carta se quedó en el bolsillo de mi recién estrenado pantalón. La escribí para papá.

Mis dedos la acariciaban deseando poder entregársela un día en la mano. Y se sorprenderá, al verme se sorprenderá tratando de reconocer mis rasgos. 17 de enero de 1944. "Querido papá, hoy cumplo siete años", así empieza la carta. Leerá uno a uno mis renglones sencillos de letras grandes y un poco deformadas. Una hoja escrita por ambas caras. Le pediré que la lea en voz alta, cuartillas que quizá le provoquen tristeza, por no haber estado aquí conmigo; pero también consuelo y orgullo por ver a su hijo hecho un hombre. Espero que llegue ese día, y se lo pido al que está en los cielos, si es que en los cielos hay alguien.

XXIII

Los días se arrastraban, y con ellos desgranábamos la esperanza de que la guerra no durara mucho más. Un caos de acero, de gas y de fuego era la embriaguez de triunfos de Hitler. Pero tendría que parar algún día y nosotros, como el resto de los países ocupados, humillados en su carne y en su alma, estábamos listos para que esto sucediera. Había que recuperar el honor y salvar lo que aún pudiera salvarse. ¿Acaso era este pensamiento aspirar a lo imposible? Era hora ya de que el mundo se sumiera en un conflicto de conciencia y que sus entrañas se desgarraran con el dolor de ver lo que se había permitido, lo que se había avalado. ¿Cuándo se echaría abajo el mito de la invencibilidad alemana? ¿Cuándo podríamos pensar en el fin de la guerra sin que fuera un absurdo?

Nuestro nuevo rey, Simeón II, y yo teníamos casi la misma edad; bueno, yo era un año más grande. Me lo imaginaba con su corona dando órdenes y portando su espada en todo momento. Qué divertido: ser rey y ser niño. Quizá sus ideas fueran sencillas, menos rebuscadas, y por lo mismo sus soluciones mucho más certeras que las de los adultos. Un niño no sabe de fanática ambición militar, ni su mente ha sido lisiada con ideas racistas. No conoce la retorcida dialéctica del ser superior, ni juzga al otro por sus creencias. No ha sido moldeado por la violencia ni por las recurrentes pesadillas. El niño cree en el espíritu humano; en ese de cualidades que no han sido contaminadas, ese que no se doblega ni se somete, ese, el inquebrantable, el que se levanta cuantas veces sea necesario. Pero cómo levantarse cuando se habla de "aniquilación sistemática"; cómo creer en el hombre cuando un frío implacable coagula y endurece la misericordia. Todo pierde significado entre las armas, y las manos vacías son lo que queda en común. Seguramente Simeón prefería jugar en los jardines del palacio.

El gobierno en Sofía se reestructuraba tras la muerte de Boris III. Cambios importantes se avecinaban, por lo que se formó un consejo, había que tomar decisiones. Un nuevo primer ministro fue nombrado, Dobri Bojilov. El recién estrenado gabinete contaba con Ivan Beshkov e Ivan Vazov, quienes habían estado entre los miembros del Parlamento que firmaron la carta de Peshev a favor de los judíos y en contra de su deportación. Este hombre no lo sabía, pero años más tarde, en 1973, sería reconocido como "Justo entre las Naciones" por haber formulado y encabezado la delegación de gente notable que presionó para salvar a la población judía.

Las políticas iban cambiando poco a poco, la intención era la de irse alejando de una Alemania que por fin comenzaba a oler a derrota. Las primeras medidas en el gobierno dirigido por Bojilov tuvieron un tremendo impacto en la comunidad judía. Bulgaria permitiría, aunque a contadas familias, la migración a Palestina. Así, algunos salieron, y aunque las restricciones de la ZZN no fueron derogadas, noventa niños se fueron al territorio que en 1948 se convertiría en el naciente Estado Hebreo; su nuevo hogar, el Estado de Israel. Unos meses más tarde Bojilov dimitió al cargo y su puesto de primer ministro fue tomado por Ivan Bagrianov, quien iniciara contactos secretos con los Aliados.

XXIV

El campesino traía a diario los periódicos. Inmediatamente los adultos se sentaban a revisar cada página, cada encabezado que dejaba entrever que estábamos muy cerca de que hubiera paz; pero yo me preguntaba si se podía siquiera hablar de paz cuando los hombres se matan unos a otros. La cruz gamada había desgranado ya este lado del universo. Hitler consideraba al judaísmo como una raza y no como lo que es: una religión. En Alemania se distribuía el periódico *Der Untermensch*, el subhumano. Ahí se describía a "la gente inferior"; al judío, al gitano, al hombre de color. Se hablaba de que éramos la antítesis del hombre cultivado. Su objetivo era alimentar con tinta negra un odio indefendible, ese que se fue colando en un alcantarillado por el que corría el fango degradante que desemboca en crímenes contra la humanidad.

Ese día, el 30 de agosto de 1944, mamá encontró un artículo que comenzó a leer en voz alta. Mientras leía se tapaba la boca, interrumpía para decir: "No, ¡no lo puedo creer! ¡Por fin, por fin la libertad! Escuchen, escuchen: 'El poder está en nuestras manos. A partir de ahora, una nueva política entrará en vigor en Bulgaria. El gobierno ha decidido derogar toda la legislación antisemita. Los judíos recobrarán todos sus derechos como ciudadanos. Las restricciones de movilidad, de lugares de residencia, así como las estrellas amarillas serán eliminadas junto con todas las prohibiciones de la Ley Antijudía' ".

Unos días después Alemania se replegaba en los Balcanes y Bulgaria declaraba su neutralidad en la guerra y el comienzo de sus pláticas de paz con los Aliados. La Unión Soviética se negó a negociar y le pidió a Bulgaria declararle la guerra a Alemania. Al no hacerlo, el Ejército Rojo cruzó el Danubio. Las tropas soviéticas ocuparon el puerto en nuestra ciudad de Varna como en la de Burgas. Bulgaria no se resistió. El 9 de septiembre el régimen colapsó en un golpe de Estado y un gobierno prosoviético fue establecido en la capital con Kimon Georgiev a la cabeza, habiendo sido éste, años atrás, uno de los líderes de la formación militar de extrema derecha del Zveno.

Los campos de trabajos fueron liberados y el *Devet Septembrie*, el 9 de septiembre, quedaría en la historia y en la memoria de muchos como el día de la liberación, aunque para otros sería recordado como el aniversario de la Revolución Socialista en Bulgaria. Lo cierto es que el país cayó bajo el poder de Stalin y el ejército búlgaro se unió al soviético en los últimos meses de guerra contra la Alemania nazi. Entre noviembre de 1943 y enero de 1944 los Aliados bombardearon Sofía, la capital, así como otras ciudades importantes, claro, entre ellas Varna, la nuestra.

XXV

La actividad del campo de trabajo comenzó como siempre. A las 5:30 de la mañana se levantaron los cuerpos extenuados para hacer lo de todos los días. Doblaron su manta raída sobre el catre contemplando la nada. En silencio y en orden pasaron por los lavabos. Abrieron las llaves que no dejaban de gotear agua helada y se lavaron el sudor de la nuca y los sobacos. Sorbían una sopa maloliente con cinco frijoles bailando en el agua turbia. David, León, Abraham y Efraim remojaban sus cincuenta gramos de pan viejo en aquel caldo destinado a tratar de aliviar el hambre en vano, cuando por los altavoces del campo se escuchó una voz. No la habían oído antes. No era la que daba las órdenes, la que les hacía sentir rabia cuando alguna injusticia se llevaba a cabo, la que los sometía con su timbre amenazante. Ésta tenía una cierta calidez. Unos momentos y la voz enmudeció de tajo. Se notaba una emoción evidente en las últimas sílabas que pronunció: "Los soviéticos han penetrado el país. Los invasores han sido desterrados. Todos ustedes son libres". Los guardias alemanes habían desaparecido, unos fueron apresados como criminales de guerra; otros, muertos de miedo al ver la entrada de los "rojos", lograron escapar.

Motores de aviones se perciben muy cerca. Algunos de la Luftwaffe sobrevuelan el campo tratando de rescatar a los alemanes. Otros, de la Fuerza Aérea Soviética, hacen su aparición irrumpiendo en el cielo con sus robustos Ilyushin y sus veloces Túpolev.

El soldado ruso anunciaba por el altavoz: "¡Vamos, son libres, pueden volver a casa!"

Efraim guardó silencio. Incrédulo miró a su alrededor escuchando los comentarios de sus compañeros. Volteó a verlos y se llevó el índice a los labios.

—Shhh, silencio, que no creo haber entendido lo que escuché.

—Escuchaste bien, Efraim, ¡somos libres! —gritó David, abrazándolo con euforia.

Efraim se dirigió a su barraca, en realidad no había nada que recoger. La línea famélica de su presencia aún se distinguía en su catre. Sacó de abajo del colchón las cartas de Sofía. Las metió en su bolsillo apretándolas con la mano. Miró alrededor. De ese lugar no extrañaría nada, salvo quizá la voz de barítono del preso que dormía en la parte alta de su litera. No sabía mucho de él, sólo que se llamaba Jacobo y que cantaba las horas para no enloquecer.

Ahí, solo, en aquel espacio del que soñaba algún día poder salir, donde los quejidos se confundían cada noche y las nostalgias se enjuagaban en la humedad de la oscuridad, no pudo evitar pensar en los muertos. No pudo evitar sentir el dolor de los deportados de los territorios restituidos de Tracia y Macedonia que vio pasar en los cajones abiertos del tren. Un laberinto de imágenes esculpido en su mente. Pensó en esa piel cetrina, en los rostros desfigurados por el miedo. Miraban suplicantes, se abrazaban en racimos. Un hombre rezaba mordiendo la oración junto con sus labios. Una mujer joven. Un último pujido. Un cuerpo sin vida. Ojos que nunca verían. Todo esto en el pasar de un vagón. Un convoy hacia los campos de exterminio. Valijas empacadas con prisa, equipajes que pronto quedarían sin dueño. Gemidos propios y ajenos que se marchitarían calcinados en un abrazo intoxicante. Miradas que se extraviarían al darse cuenta de que su andar es el de pasos que se hunden entre cadáveres hermanos. Almas que partían en un convoy hacia los campos de exterminio.

Siguieron su rumbo miserable, los trenes agonizantes. Angustia en el camino al infierno. Sus faros reflejaban todo lo que veían. El paisaje cristalizado por el frío implacable. La miseria del alma. Al llegar, en las fosas comunes no se alcanzaría a distinguir un hombre de una mujer, todos serían huesos sin nombre tras gritar y jadear en agonía. Cadáveres exhaustos que habrían de morir en el anonimato ante las masacres diarias, después de haber vivido tratando de dejar un buen apellido que enorgulleciera a la generación que nunca nacería. Cada vuelta de rueda un golpe, cada silbido una sentencia, y, aun así, rezaban. Si no hubieran tenido fe, qué tendrían.

Cuando desaparecieron en la lejanía, Efraim lloró. Fue lo único que pudo hacer en medio de una desolación semejante. Al llegar a su barraca rezó por ellos. Apretó los párpados, pero en sus ojos cerrados persistían los mismos fantasmas.

"¡Los reclusos pueden salir!", insistieron los soldados. El comandante del batallón de la URSS, al ver que nadie reaccionaba, gritó con la fuerza que le dio el horror de descubrir aquel panorama dantesco de hombres esqueléticos impregnados de un olor apenas soportable. La tan añorada libertad había llegado, pero para los prisioneros era difícil de creer.

La vida había transcurrido mientras ellos picaban piedra. Ahora podrían ser testigos de lo que pasaba fuera de los campos de trabajo. Fuera del *lager*. Fuera de aquellas barracas, mezcla de olores nauseabundos y confesiones entre sombras. Se escuchó el gemir del portón que los había hacinado. Esta vez era diferente, no hubo toque de diana ni se pasó rigurosa lista para responder, ni tuvieron que tomar su lugar en la formación convocada a gritos. Los espirales de alambrado de púas no se cerraban, esta vez, se abrían para dejarlos ir.

Cuando Efraim cayó en cuenta de lo que estaba pasando, el estómago cóncavo se le llenó de fuerza. Cada respiro fuego en pecho y garganta. Luchar nunca había sido una opción, tratar de huir había resultado en una paliza; el deseo casi desquiciante de que se abrieran las puertas que lo mantenían encarcelado y las palabras "estamos a salvo" habían sido, por años, una ilusión. Inconcebible, el momento había llegado. Se despidió de sus compañeros, del rostro de surcos de Abraham, de la inocencia del joven León, de todos, pero al ver a David, sus cuerpos se entretejieron en un abrazo. En silencio. Sin prisa. A Efraim se le dibujó una sonrisa generosa; David también sonrió. Recordó sus cuidados, recordó su mano sosteniéndole la nuca para poner agua sobre sus labios agrietados, y los lienzos de escarcha sobre la frente para bajarle la temperatura. Prometieron buscarse, prometieron contarlo todo, contar para que no se repita, contar la historia para que quede en la historia, y sobrevivir. Los dos entrañables amigos deshicieron el abrazo.

El sudor escapó de su frente y recorrió su cuello mientras daba unos pasos cortos y lentos hacia la salida. Efraim temió hasta el último momento que lo que estaba pasando no fuera cierto. Que le cerraran aquel alambrado de púas dejándolo confinado. Pero el portón seguía despejado en medio del inmenso cerco. Nadie en las torres de vigilancia; ni hombres ni metralletas ni capataces ni ss. Desde las garitas de guardia los soldados rusos observaban a los prisioneros que se alejaban de sus barracones. Sintieron alegría al ver que alcanzaban la puerta y que, esta vez, la jaula permanecía abierta. Fue ahí que Efraim apresuró el paso dejando sus últimos tres años en aquellos campos. No miró atrás. Avistó la lejanía. Un agosto amarillo y candente le daba la bienvenida. No se detuvo. No dejó de sonreír. Corrió, corrió y sintió la libertad entre los brazos. Tres años de asfalto y cemento. Tres años sin ver otro horizonte. Tres de no caminar del brazo de Sofía y de sus pequeños. Sonrió. Iba a verlos.

XXVI

Pensé haber oído la voz de mi padre, la que creía olvidada, la que hacía tanto no escuchaba. Inmediatamente después, los gritos eufóricos de mi madre lo inundaron todo, era un clamor de alegría que como una ola inmensa colmó el vacío y la plenitud, el aire y el espacio. Ese estruendo envuelto en llanto lo llenó todo. Me tomó unos segundos reaccionar. Temí que mis oídos me traicionaran, que esa fantasía auditiva fuera una provocación de mi propio deseo, que lo que sería para siempre el día más feliz, fuera un momento perverso que me jugaba la imaginación en su pugna con la realidad. Nuevamente su voz, tan masculina, tan cálida, tan familiar. Acerqué a la ventana el banco que el granjero usaba para sentarse a ordeñar a las vacas. Trepé en él y estuve a punto de perder el equilibrio, pero parado de puntas alcancé perfectamente. Lo empañado del vidrio no me permitía ver con claridad, así que hice uso de mi brazo para desenturbiar el cristal. Lo vi, era él, como un espejismo caminaba hacia mi madre que corría a su encuentro con una velocidad que no le había visto nunca.

¿Sería ésta una de mis alucinaciones? Debía cerciorarme antes de permitir que una falsa ensoñación dejara huérfana mi fe. Salté del banco de madera y salí del granero hecho un potro galopante; también desconocí mi rapidez y mi fuerza. Llegué a sus brazos vigorosos, mucho más robustos que como los recordaba. Su torso y sus hombros habían tomado protagonismo sobre un cuerpo mermado y pálido, pero con una acumulación de rudo trabajo. Me urgía decirle que había cumplido su instrucción, que había cuidado a mamá, que también cuidé de mi hermano, porque yo había sido el hombre de la casa mientras él no estuvo. Decirle que ya era grande, que ya había cumplido siete años. Decirle que lo había extrañado terriblemente, que me había hecho mucha falta y que, aunque fui valiente, tenerlo a él me quitaba el temor que siempre estuvo ahí escondido, tan latente como mi nostalgia. Papá había vuelto. Nada malo podía suceder ahora, y con su sonrisa desapareció la angustia de la espera. Esa tarde aprendí a distinguir entre un suspiro de tristeza y uno de alivio y quise eternizar el tiempo, quise perpetuar esa certidumbre.

De aquel día lo recordaría todo. Mi memoria infantil quedó marcada en los cinco sentidos. En el olfato conservo el olor a cemento y grava de papá, que aun después de un buen baño no se logró quitar, parecía tener ese aroma enquistado en la piel y en el cabello, y en ese regazo que recibió mi cara sollozante. En mis ojos se quedó su complexión, mucho más delgada que cuando se lo llevaron, pero también más corpulenta y con la misma fuerza que siempre arrojó su presencia. En el oído, el tono de su voz tenía un tinte fatigado, y en sus manos un tacto áspero, desconocido, desconocido.

Recuerdo que su mirada se ensartó en mi madre. Ella pronunció su nombre. Efraim. Una y otra vez su nombre. Le besó los ojos, y la frente, y los labios y los ojos otra vez. Repitió su nombre, repitió los besos. Durante unos minutos no se dijeron nada. Un silencio estruendoso les recorrió cada contorno. Así permanecieron no sé cuánto tiempo. La contempló, trató de reconocer su geografía, y ahora entiendo que la debe haber encontrado realmente hermosa, como era ella, aunque de cuerpo menudo y sin la elegancia que siempre la había caracterizado. No vestía uno de sus atuendos vaporosos, ni las perlas que bailaban sobre su pecho al vaivén de su cadera en el rítmico caminar, ni olía a rosas, pero de igual forma, toda ella era una invitación a abrazarla la noche entera y él recordaría de inmediato el aroma que se asilaba entre sus pechos. Ojalá ese abrazo hubiese podido borrar la estela necia de la melancolía, esa que acabaría siendo el lugar que ocupara ella en el mundo.

Mamá le rodeó la cintura y lo sujetó sobre su hombro para ayudarle a caminar; el dolor en la espalda baja parecía lacerar sus pasos. Creo que mi hermano no entendía nada de lo que estaba sucediendo, lo digo porque jaloneaba la falda de mi madre mientras ella parecía haberse moldeado al cuerpo de mi padre que la abrazaba tan fuerte que parecían una sola persona. Salomón tenía sólo unos meses cuando papá se fue, ahora, a sus casi tres, tendrían que empezar a conocerse. Fue como si él, a su cortísima edad, lo adivinara, porque sus lágrimas se le enredaron en las pestañas color arena. La voz de mamá sonaba tan dulce que me pareció casi infantil cuando dijo: "Míralo bien, tiene tus ojos. Dejaste a un pequeño bebé que descubrió las palabras y aprendió a caminar, como el ave a batir sus alas y piar cuando tiene hambre. Sus facciones se le han esculpido en estos años y veo mucho de tu semblante en él. Le hablé mucho de ti, para que no te olvidara, para que supiera quién es su padre cuando volvieras. ¿Por qué no le das tú de comer? —sugirió mi madre—. Así te irá conociendo".

Mi padre cargó a mi hermano y lo puso sobre sus rodillas. Tomó una cuchara y le dio la sopa. En cada bocado retiraba las sobras de las comisuras de sus labios pequeños, y volvía a ofrecerle una cucharada más, abriendo la boca al compás que lo hacía su pequeño. El verlo saborear, le llenaba a él también el paladar. Le acarició los rizos y sonrió, y continuó sonriendo mientras levantaba la mirada hacia mi madre. Ella no ocultó el llanto.

Escuché a papá narrando la entrada de los soviéticos al país. Los imaginé: gigantes, de dos metros o más, ondeando sus banderas liberadoras entre vítores, y desfilando su dignidad y patriotismo por las avenidas de Sofía aquel 9 de septiembre. En Varna colgaron sus estandartes rojos en los balcones de los edificios gubernamentales, con la hoz y el martillo, y sobre éste, una estrella. Marcharon con la euforia del éxito y cantando su himno.

El mundo sobrevivía. Después de los aullidos y las incesantes súplicas, el mundo sobrevivía. Las sospechosas circunstancias alrededor de la muerte de nuestro querido rey también ocuparon parte de la conversación. Creí escuchar que íbamos a poder volver a Varna, a nuestra ciudad, y que los judíos ya no íbamos a usar la estrella amarilla. Mamá se quitó el abrigo y lo tiró al piso con un gesto cínico y caprichoso a la vez.

La Estrella de David quedó mirando al cielo con sus seis puntas y su *Jude* raído. En ese momento pensé que mi padre había regresado y que el conflicto había terminado porque, finalmente, Dios había podido hacerse cargo del asunto. Quizá durante los años de guerra el Todopoderoso había estado enfermo, como yo, cuando tuve disentería. Seguramente se sentía tan mal que se había quedado dormido, y por eso no estaba enterado de todo lo que sucedía con sus hijos en esa Europa que llevaba tanto tiempo bramando. No había escuchado nada, ni los gritos de dolor, ni las súplicas, ni el llanto de las madres al ser separadas de sus pequeños, sin saber que terminarían juntos hechos cenizas en los crematorios. No había visto que los cadáveres eran arrastrados hacia una fosa común cavada por los propios muertos cuando todavía les quedaba un respiro, que se habían convertido en basura acarreada por una barredora. Ni una lápida sobre la cual poner un guijarro como evidencia de que se visita y se honra el recuerdo del difunto, como lo marca nuestra tradición. No percibió el calvario de los prisioneros al ser conducidos a mirar fijamente al vacío sin brillo en las pupilas, y recibir un tiro en la frente. Tiempos convulsos, y Él, indispuesto.

En mi mente de niño ésta era la respuesta al mutismo de Dios, pero aunada vino la duda: ¿Acaso cada vez que se sintiera desmejorado o estuviera muy ocupado con algo más una nube oscura de odio desencadenaría atrocidades perturbadoras? ¿Volvería a permitir que el hombre, hecho a su imagen y semejanza, demostrara el potencial de su crueldad y su tiranía? ¿Sería que nos estaba poniendo a prueba para ver hasta dónde puede llegar la maldad de sus hijos? Eran tantas mis preguntas y ya no estaba seguro de qué pensar; lo que sí pude imaginar fue la repugnancia que debe haber sentido cuando descubrió lo que en su ausencia sucedía. Quizá como cuando mamá nos pillaba en una mala travesura, y nosotros, nosotros con la mirada congelada, como la del conejo asustado al que se le sorprende con un destello de luz en la oscuridad.

Su presencia, indispensable. Y todo el dolor del luto humano no cupo en diez letras que identificarían para siempre la estría más profunda que se le marcó al mundo en las entrañas: Holocausto.

Ahora vuelvo a pensar: "¿Estaría enfermo o enfermó al vernos?"

XXVII

El reencuentro trajo lamentos amorosos y un llanto rítmico que como una canción de cuna nos arrullaba a todos. Las horas en su compañía transcurrían tan rápido que la tarde se hizo noche en un abrazo. Traté de mantenerme despierto para estar lo más posible con mi padre; recuerdo la sensación, era como estrenar algo nuevo, como haber dejado atrás una dolorosa orfandad. Nuestra pequeña habitación en la granja de Preslav se había llenado con la tibieza de su presencia. Por fin podía bajar la guardia, ya no era yo el hombre de la casa, ya había alguien que me protegiera a mí. Lo mejor que mi padre pudo hacer por mí fue dejarme saber que había cumplido sus expectativas. Un guiño cariñoso acompañó su aseveración: "Sabía que podía confiar en ti, hijo, que cuidarías de tu madre y de tu hermano en mi ausencia, tal y como te lo encargué". Aún lo guardo todo de ese momento, ese que duró un instante pero que fue para siempre. Por fin podía abdicar mi puesto y ser un niño otra vez.

Le enseñé mi libreta llena de dibujos. Hasta las cubiertas había usado para no caer en una aridez creativa por falta de espacio. La abrimos, y en la primera hoja se encontraba el dibujo que hicimos juntos cuando me la regaló como premio por haber tenido un hermano. Él guiaba mi pulso.

—Así, así, con suavidad. No aprietes el lápiz.

—No me sueltes, papá —recuerdo que le dije.

Le relaté con imágenes nuestros días y nuestras noches, desde el principio, desde que se lo llevaron; y debajo, siempre estampada mi firma: ABC. El viaje a Imrenchevo estaba delineado con un poco de torpeza por lo accidentado del camino. La escarcha que lo cubría todo, hasta el vacío de su ausencia impuesta. Papá tomó mi cara en sus manos. No dimos tiempo a las lágrimas, pero ni todos los abrazos ni todas las caricias me eran suficientes. Ahora que lo tenía, me daba cuenta de cuánto me había hecho falta, pero no debo llorar, y no lloro porque ya tengo siete. Eternizar el momento, eso es lo que quería hacer y utilicé mi lápiz casi sin punta para hacer un retrato en el único lugar que quedaba libre.

Pasamos tres gloriosos días juntos. Pero en el cuarto, mi madre temblaba como llama de vela. Había que despedirse una vez más. Papá iría a Varna a conseguir una vivienda y trabajo para poder regresar por nosotros. Tomados de la mano pronunciamos Varna, como liberando todos los suspiros retenidos; y nos abrazamos, nos abrazamos como náufragos a los que llevarán a su hogar después de años en una isla en medio del mar. A poco menos de dos horas en tren, atardecía en nuestra Varna, tan cerca ahora que se nos permitía regresar, tan lejos durante los años que estuvimos en el exilio de Preslav.

"Volveré en unos días", dijo volteando a vernos y sin dejar de caminar.

Alargué el brazo lo más que pude. Pero cuánto tiempo es "unos días" cuando ya hemos estado separados más de tres años. El corazón era el que gritaba. Mis motivos para temer su partida no eran infundados, y el pasar del tiempo no me era muy claro a esa edad. Unos días podían ser eternos, otros pasar inadvertidos sin dejar recuerdo. Lo que sí me quedó grabado fueron las nubes hirviendo en figuras de tul y encaje cuando miré al cielo en reclamo. No sabíamos cuánto iba a tardar, pero lo que fuera, no estaba seguro de poder soportarlo. Nunca se acostumbra uno a estar lejos, a las despedidas, a decir adiós una vez más.

Mamá prolongó el momento lo más que pudo. Retener el tiempo y atrapar los últimos minutos. Preguntas como: "¿Ya llevas lo que te preparé de comer?" "¿Quieres una bufanda por si llega a enfriar?" "¿Ya te despediste de los niños?", eran pretextos para alcanzarlo y volver a tomar su mano, para buscar su hombro y apoyar sus angustias. Tan sólo pensar en no verlo le partía el alma, no podía evitarlo; ni por nosotros. Papá le dio un beso en la frente y retomó su sendero, ella caminó hacia él y él de espaldas a su camino, mirándose de frente. Ella sentía que existía sólo si él la miraba, él la miró. Saboreó el verde de su atisbo, así encontró la fuerza para dejarlo partir. Las lágrimas consolaron sus ojos cuando nos abrazó a mi hermano y a mí. El viento estival se llevó a mi padre, las laderas tibias nos contuvieron y una imagen salina me quedó de aquella tarde.

TERCERA PARTE

Agonizante pensar, ser solsticio de polvo. Vendrá un día el viento, y al soplar una vez, desapareceremos, y al soplar la segunda, las huellas se irán en el aire sin reclamo, sin trascendencia, como si nunca hubiéramos existido, ni amado, ni escrito.

Soportar con resignación que no somos más indispensables que un puñado de tierra sin secuela, existencia que derramada en una grieta quedará esparcida y se reducirá a nada. De ser así, entonces para qué pensar, para qué luchar, para qué haber querido devorarse al mundo y pintar un lienzo con tinta de luz de estrellas.

Vacío sostenido, intolerable demanda de perversa persistencia. ¿Habremos sido intrusos sin nombre, sin aliento? ¿Habremos pasado inadvertidos? Y cuando el instante haya terminado, ¿habremos sido sólo un canto, una palabra, un verso que al dejar de pronunciarse muere?

La memoria se echará a correr. No sé si se extrañará la ausencia, quizá no se note, quizá ya habrán nacido otros que suplan el espacio, que canten nuestro canto y llenen los huecos, hasta que llegue su turno y se diluyan en el viento.

La permanencia es una idea decantada de la fragilidad, y la taciturna angustia del hombre, padecer el no hacer falta.

I

"¡Papá regresó, regresó por nosotros!" Yo me alegré de ver la felicidad en el rostro de mi madre. Volvía a ser la de siempre bajo la mirada de "su" Efraim. Esperó el reencuentro, esperó impaciente los días que hubo que esperar, pero cuando él llegó, se le cayeron las lágrimas, y con ellas se le desvanecieron el abandono y el miedo a no volverlo a ver.

Estábamos listos. Una maleta pequeña cada uno. No teníamos más. Nos despedimos de quienes nos alimentaron y dieron cobijo. Nosotros los nutrimos con palabras afectuosas y de profundo agradecimiento. Llegamos a la estación. Abordamos el último vagón y minutos después el tren se puso en marcha. Yo observaba el paisaje por la gran ventana que dejaba entrar la luz de verano bañándolo todo con sus tonos de azafrán. Mi hermano se durmió sobre el regazo de mi madre, ella, aferrada al brazo de mi padre y él, con el otro, apuntaba números en una libreta. Me imagino que trataba de hacer ciertas cuentas para calcular cuánto necesitaría ganar para darnos una vida digna. Mientras, yo me entretenía viendo los puentes por los que entraba el tren. Todo se oscurecía durante unos segundos para después volverse a llenar de luz.

Llegamos a la Estación Central Ferroviaria, Tsentralna Gara. Bajamos de nuestro vagón después de haber viajado los ciento cinco kilómetros que nos habían mantenido alejados de Varna. La torre de madera del reloj nos dio la bienvenida. El recorrido de sus manecillas había sido lento, pero finalmente nos traía de regreso. Recordé el día en que nos habíamos ido, el día en que habíamos tenido que dejar la ciudad; la magnificencia del edificio central me había impresionado, pero mi estado de ánimo defensivo y temeroso no me había permitido apreciarlo. Las vías que salían de él, serpenteando hacia diferentes destinos, me habían parecido infinitas. Claro, entonces, la angustia de no saber exactamente a dónde íbamos y cuál sería nuestra situación había formado una neblina en mis ojos, además de la que se esparcía a causa del frío azuzado por la tormenta. Ahora era diferente, volvíamos a casa, los cuatro, juntos. Había terminado nuestro peregrinar y me llené de anhelos y de certidumbre.

Creí que volvería a tomar mi lugar de *Chernia Betko* entre los vecinos, que volvería a ser un rey con mi espada de madera, pero vi la nueva fisonomía de Varna con tristeza, y la frustración de darme cuenta de que la guerra había borrado las huellas de mi niñez me abatió. Algunos edificios reducidos a escombros, la herida de la ocupación en todas partes, y el olor a plomo en el aire. Las tiendas vacías, las calles también. Ya no ondeaban las banderas búlgaras. Primero las habían quitado para que las rojas con esvásticas desfilaran en las plazas; ahora, habían sido sustituidas por las de la hoz. Todas se mecían en lo alto, hacia el cielo, reflejando su poderío.

En las avenidas ya no había soldados alemanes ni oficiales de las SS, ni uniformes de la Gestapo, ni el ¡*Heil Hitler*!, ni el brazo recto hacia adelante a la altura del pecho, ni la Luftwaffe sobrevolando nuestro territorio, pero nada era igual, nada era como antes de la guerra. Ahora nos tendríamos que acostumbrar a un mutismo que sería interrumpido por palabras como: camaradas, expediente, partido, conciencia revolucionaria, paranoia y la peor: "enemigo del pueblo". Bulgaria se convertía en un país de silencios y caía en un profundo autismo.

Recordé aquel día de 1941, cuando desde nuestro apartamento en el bulevar Maria Luiza vimos a las tropas de cascos y botas relucientes seguidos de los tanques que hacían retumbar cristales y paredes, como un terremoto que entraba a ocuparnos. Esa tarde, todavía no sabíamos cómo, pero lo que presenciábamos cambiaría nuestra vida para siempre y sería el detonador de todo lo que habría de sucedernos hasta llegar a hoy.

II

Yo miraba hacia todos lados, quería reconocer mis calles, mis rumbos, pero a pesar de ser verano todo me parecía haber tomado un tono grisáceo que reflejaba el ambiente que se respiraba y que no estaba antes. Antes. Antes. Escucharíamos esta palabra diariamente, en cualquier conversación, todo en la vida se reducía a antes, antes de la guerra. Antes, cuando la felicidad residía en lo cotidiano, en la normalidad de una vida sin eventos extraordinarios; cuando ocurría todo en un domingo junto al mar Negro.

Mi hermano, desde los hombros de mi padre, lo observaba todo; no recordaba las avenidas y los lugares que solíamos frecuentar, pero aun así sus ojos expectantes se abrían descubriendo la ciudad. Estábamos cerca de nuestra nueva dirección: Ivan Vazov número 20. Varios de los edificios desplegaban flejes y letreros en sus ventanas que decían: "Diese wohnung ist versiegelt", este departamento está bajo precinto. Serían los hogares de los que se habían tenido que ir, por años no habían pagado la renta y ahora no podían volver a sus hogares. Como nosotros.

"¡Unos metros más y llegamos!", exclamó papá. Subimos las escaleras. "¡Vamos, tres pisos más!" Jadeamos todos mientras se abrió la puerta. No puedo decir que aquello se pudiera definir como un apartamento, más bien era el ático del edificio. Era un tapanco que el primer jefe de mi padre, el señor Bejmoram, había usado por un tiempo como departamento de soltero. En un acto de solidaridad y cariño por la vieja amistad, Bejmoram nos cobraría una modesta renta en cuanto papá tuviera un trabajo y pudiera pagar.

Un solo dormitorio y un espacio que haría las veces de cocina en cuanto compráramos una parrilla y una mesa con cuatro sillas. Una llave de agua pegada a la pared semidespellejada. Una lámpara un poco corroída por el óxido que cuelga del techo; sus bombillas parpadean incesantemente antes de lograr por fin iluminar. Mamá suelta el pequeño equipaje improvisado. Vuelve a recorrer el espacio con prisa, como si no planeara quedarse. Después, se detiene un instante y se sienta en la cama. Acaricia con las palmas de las manos abiertas las sábanas y acepta la realidad.

—Está muy limpio —dijo con voz dubitativa mientras perseguía con la mirada el trayecto irregular de una grieta en la habitación. Papá le agradeció la complicidad con un beso en los labios. Seguramente trataba de convencerse a sí misma de que era lo mejor que mi padre había encontrado bajo las circunstancias.

—¿Y el baño? —pregunté frotando mis piernas una contra otra. Papá se agachó y de debajo de la cama sacó dos bacinicas. La precariedad ineludible de la vida que nos esperaba comenzó ahí. La respiración quedó en suspenso. Papá tendría que bajar las interminables escaleras cada mañana, cada mañana buscaría una alcantarilla y se desharía de lo que descargaban nuestras vejigas.

—Pero lo más importante lo tenemos —dijo mi padre—: un techo para todos, juntos.

No podíamos reprocharle nada al destino cuando el de otros era vestir tan sólo su piel para desintegrarse hasta los huesos en el anonimato de una fosa colectiva; cuando la existencia se había reducido a una sombra famélica arrastrándose en la nieve; cuando otros habían sido apilados en convoyes para viajar al lugar del que no se vuelve, el del exterminio, el que desgarra el aire con su fetidez a carne calcinada. Suerte y gratitud, palabras despojadas de significado para todos ellos, vocablos que quebrantan, que desgajan por dentro cuando se ha sido un condenado sin juicio. Hay un refrán nuestro que dice: "Cada hombre es un instrumento y la vida la melodía", vaya melodía la que a mi pueblo le tocó entonar.

Ivan Vazov número 20 era el lugar en donde ya no me sentiría huérfano. La calle honraba al poeta y dramaturgo nacional de Bulgaria. Era el lugar donde volveríamos a soñar, y a mantener esperanzas y a acariciar deseos. Nos adecuaríamos a estas nuevas circunstancias, íbamos a encarar la vida, porque otros, otros habían tenido que encarar la muerte; porque otros buscaban guarecerse de los bombardeos alemanes. La guerra no había terminado. Adolfo Hitler había engañado a Stalin, había autorizado la invasión a la Unión Soviética, había introducido el filo brutal de la traición a su aliado y ahora pagaría las consecuencias. El escenario bélico y el ansia conquistadora seguían manchando de sangre a Europa, pero Bulgaria ya no era un país ocupado por los alemanes, ahora lo era por los soviéticos.

Habíamos conseguido esquivar la muerte, era tiempo de reconstruir, y también de construir nuevos recuerdos que nos ayudaran a olvidar. Olvidar la ocupación, olvidar a los kapos, y a la Gestapo, y la escasez, y el hambre. Debíamos crear nuevos recuerdos para tener presente nuestra humanidad. Teníamos que dejar atrás tanto, tanto que tratar de olvidar porque estábamos vivos y habíamos de sentirnos felices. Pero el pasado y el presente siempre colisionarían; aunque sonriéramos, siempre cruzaríamos miradas conspiratorias y nuestras memorias estarían siempre partidas en dos.

Haríamos de este sitio un hogar. La vida nos había dado la oportunidad de volvernos a reunir, y era suficiente. Y cuando se pudiera, llegaría también el remedio más eficaz, sobre todo para mí: el olor a rosas de mi madre. Ese recuerdo aromático, el que lo cura todo, el que, como un guiño, me da la seguridad de que todo va a estar bien. Esa fragancia, la suya, eco de tiempos felices, de mi infancia, esa infancia que me quedó lejos porque a mis siete años había madurado de golpe.

Mamá se dio unos leves pellizcos en los pómulos para darles color, como para recibir con buena cara el nuevo lugar. Puso un poco de carmín en sus labios y con ello parecieron resaltar las ondas de su pelo azabache y brillante, definiendo su hermoso óvalo facial. Todo ayudó para esconder su flaqueza, ahuyentar la lividez de su rostro y mostrarse fuerte ante nosotros y agradecida ante papá.

Yo, yo había vuelto a la ciudad donde nací, la que se extiende por las costas del mar Negro, del Cherno more que compartimos con Odesa y con Estambul, con Sevastopol y con Constanza. Había vuelto a donde di mis primeros pasos, donde aprendí a dirigir la orquesta del Morska Gradina, del Jardín del Mar, donde mi espada de madera me defendió, donde las hojas de los árboles se mecen con el frescor de aire marítimo y parecen murmurar una suave melodía salada. Había vuelto a encontrar mi lugar en esta brújula vital, mi ciudad.

III

Mamá se fue a dormir. Su cabello negro se perdió en la noche, en una noche sin luna, pero llena de estrellas. Descubrí que me gustaba la oscuridad así, con esos esbozos de resplandor, como sugerentes pecas de luz. Salomón y yo en una cama, mis padres en la otra, junto a nosotros y todas las penumbras ocupadas por los contornos de nuestras poquísimas pertenencias.

Hoy, a tantos años de distancia, me doy cuenta de la poca intimidad que podía haber entre ellos; mis padres, una joven pareja que seguramente buscaba algún momento para acercarse y recuperar los años perdidos. Me doy cuenta de que mi padre había extrañado de mamá el leve arco de su cuello, que había echado de menos sus pómulos pronunciados, sus ojos profundos. Mamá lo extrañó todo de él, todo. Sus brazos musculosos, su porte a la Clark Gable, su carisma, su protección. Recuerdo que bastaba una mirada en ese lenguaje cifrado que sólo ellos sabían decodificar. Papá recorría con el dedo índice las sobresalientes clavículas de su Sofía, ella entrelazaba sus dedos con los de su esposo en cuanto se percataba de que seguíamos despiertos. Todo quedaba dicho entre los pliegues de las sábanas. Se amaban sin tocarse y con las distancias necesarias bajo la cautela de que compartíamos el mismo espacio.

Apenas podíamos cubrir las necesidades esenciales, pero aun así le daríamos la bienvenida al Shabat aquel primer viernes que pasamos ya reunidos. La luz de la lámpara parpadeó, se apagó, volvió a parpadear dos veces para lograr permanecer encendida. La mesa no estaba cubierta con manteles recién almidonados, blancos y largos como antes, ni flotaba el efluvio del gyuvech que tanto me gustaba, ni el de la jalá recién horneada, y mucho menos teníamos vino para hacer el kidush con su especial bendición y santificar la llegada del día en que Dios descansó. Lo que papá sí pudo conseguir en un trueque clandestino fueron dos velas blancas. Con una solemnidad que jamás había sentido, vi a mi madre prender las luminarias. Antes de la puesta del sol, como lo manda la tradición, puso sus manos a una distancia prudente sobre las llamas y movió los brazos tres veces como atrayendo la luz hacia ella, después se cubrió la cara con esas palmas tibias y dijo:

Baruj Ata Ado-nai Elo-heinu Melej Ha-Olam
Asher Kidshanu Be Mitzvotav,
Ve-Tzivanu Lehadlik Ner Shel Shabat.

Bendito eres Tú, Dios nuestro, Rey del universo,
que nos ha santificado con Sus preceptos
y nos ha ordenado encender las velas de Shabat.

Esta bendición alusiva al encendido de las luminarias adquirió todo un nuevo significado, un valor simbólico que nos atañía a todos, que nos daba sustancia y sentido. Nos contentábamos con estar juntos, con estar vivos y sentir que había vuelto la normalidad, aunque fuera sólo una noche. Evidente esplendor era tenernos, y cruzar miradas y acunar la tarde estival. Indagar comienzos, encender luceros y robarle un instante al tiempo.

Le pregunté a mamá si yo podía prender las velas. "Además de que estás muy pequeño para prender los cerillos —me dijo—, es privilegio de la mujer de la casa traer lo bueno al mundo con la luz; tal y como lo dice la Torá: 'La luz fue creada en el primer día, y fue bueno'." No me quedaba muy claro; cómo podrían dos llamas titilantes dar claridad al oscuro mundo que vivíamos en 1944.

Papá tomó a su Sofía por la cintura, como en un paso de baile; su mirada de ese verde imposible la traspasó con una ternura que no buscó esconderse en ninguna parte. Sonrieron y se dieron un beso en los labios, lo recuerdo porque fue la primera vez que los vi hacerlo. Delante de nosotros se daban un beso; el que no se habían podido dar porque les faltaron los labios, los besos y las caricias, y los labios nuevamente en esa separación de angustia, de soledad y de miedo que desgarró para siempre el corazón de mi madre. Papá no la dejaba de observar. La vio dar unos pasos hacia la estufa sobre la que hervía la cena. Vestía una falda floreada de la que parecían caer capullos de colores con el movimiento de sus caderas al caminar.

Mamá preparó una sopa poco sustanciosa, hecha de las escasas legumbres a punto de la putrefacción que pudo encontrar en el mercado, pero papá cenaría algo caliente, no recordaba cuándo había sido la última vez que ingirió algo caliente. Y eso nos llevaría, como en toda conversación, al "antes", antes de la guerra. Mamá le llenó el plato casi hasta desbordarlo, y a él poco le faltó para chuparse los dedos, al tiempo que aspiraba y suspiraba aquel aroma que le olía a gloria. Nosotros habíamos tenido la fortuna de ser bien alimentados en Preslav, así que no comíamos con la prisa del que tiene hambre. Lo vimos disfrutar y disfrutamos también.

Acabando de cenar apagamos las velas de Shabat. Yo no recordaba que lo hubiésemos hecho cuando cenábamos en casa de la *gran mamá* Raquel, incluso alguna vez la *gran mamá* Reyna me regañó cuando estaba yo a punto de soplarles para apagarlas como velas de pastel.

"Eso no se debe hacer, está prohibido. Las velas deben consumirse naturalmente", dijo. Claro, otra vez, eso fue antes de la guerra.

En esta ocasión había que guardarlas para tener velas blancas el próximo viernes.

IV

La crisis económica, las expectativas truncas y el deseo de encontrarse con la familia en México fueron formando un caleidoscopio en melancólicos tonos pardos. Mamá pensaba en su gente, en mi abuela y en mis tías Becky y Billy. Recordaba la despedida, recordaba la expresión en sus rostros y el quebranto en su voz, natural entre mujeres sensibles. Las extrañaba, mucho, pero no hubiera querido que sufrieran lo mismo que ella; se alegraba de que estuvieran en México, a salvo, de que estuvieran en un país libre que no había sido víctima de esta feroz matanza.

Papá quería adormecer de alguna manera la nostalgia, y el pesar, y la tristeza de su esposa. Sabía que, en ocasiones, mamá se sentaba frente a la única ventana, la única por la que entraba el sol y a la que nunca le pusieron cortina. Se sentaba a releer, una y otra vez a releer las palabras escritas de su madre en cartas que se habían espaciado inevitablemente a causa de la "maldita guerra", pero que estaban destinadas a tratar, al menos, de vencer la distancia. Sus ojos recorrían sin tregua la última frase en la que se despedía su madre con la esperanza de que se volverían a ver, y lloraba, lloraba hasta que no le quedaba una lágrima.

Habían pasado ocho años, ocho años para añorar, para asomarse al abismo de la pérdida y estar a punto de caer en él sin regreso, años para enfrentarse a su realidad y para sentir cuánta distancia le sobra, y cuánto le faltan los cariños protectores de su madre. Años de no abrazarla, de no abrazarse.

Papá sufría al ver cómo mi madre luchaba contra el dolor de la añoranza; rara vez conseguía vencerlo. Su estado de ánimo se tornaba luctuoso cuando pensaba en su familia. Sus intentos fallidos por reunir a mamá con su parentela habían comenzado en 1939, pero cada vez era otra la circunstancia que se lo impedía. Después estalló la guerra y ya no hubo ninguna opción. Lo único que podía seguir haciendo era tratar de evitarle la tristeza, y no se le ocurrió más que hacerle una promesa; la de que volverían a ver a su mamá y a sus hermanas. No sabía cómo cumpliría lo prometido, pero estaba decidido a respetar su palabra, como siempre. Su elocuencia logró acotar la nostalgia, aunque sólo por un tiempo.

¡Qué carga la de mi padre! Además de querer consolar a mamá, sufría sus propias obsesiones. A veces, también sus demonios lo atormentaban. Llenaban sus noches con pisadas calzando botas negras bien boleadas. Su retumbar hacía que sus pupilas se sobrecogieran incluso cubiertas por los párpados cansados, y un ejército de sombras se cruzaba sitiándole el sueño. Él, como los judíos de los viejos territorios, había sobrevivido, se había salvado y se empeñaba en recordar lo que otros querían olvidar. Había sido víctima, no verdugo, pero, de alguna manera, lo acechaba la culpa, la de haberse salvado, la de no haber podido ayudar a los que perecerían. Una especie de traición a su gente era el haber tenido la fortuna de sobrevivir. Años después papá leyó el relato del escritor Zvi Eyzenman: "En la noche de guardia". Una sola frase de esa obra literaria fue suficiente para entender lo que aquella tarde de la liberación había sentido: "Le parecía que por error estaba vivo y tendría que pagar una deuda que había quedado sin saldar". Papá tendría que reconciliarse consigo mismo, con las incógnitas venideras. Manejar sus propios dilemas morales, sus culpas autoimpuestas, tendría que dejar de sentir que nada de lo que hiciera sería lo suficientemente bueno para haber merecido sobrevivir. Trabajo determinante para encontrar la felicidad después de lo vivido. Las penas de la época eran capaces de destruir sueños.

Yo, yo me tomé a título personal alegrar a mi madre. Hice lo que pude. Traté de provocarle la risa para que sacudiera las penas de su pecho; mencionaba el nombre de mi abuela y el de mis tías y mamá sonreía, quizá sentía que al pronunciarlas las reunía por un instante. El rítmico sonido de sus tacones nos indicaba el estado de ánimo del día; un *allegro*, lleno de energía, o un *adagio* que, como en una partitura antigua, marcaba apenas cincuenta y cuatro negras por minuto. Con su *tempo* lento o de prisa predecíamos su disposición emocional; después venía el tono de su voz que lo alegraba o lo desteñía todo, en él se confirmaba también su semblante.

Sin saber por qué, pensé en mi abuelo Salomón, en el padre que adoraba a su *morenika* linda. Pensé en que a mí me hubiese adorado también porque llevaba el tinte de mi madre. Me hubiera encantado escuchar el timbre de su voz y ver su expresión al mirarme. Hubiera querido que mi abuelo me viera así, tan parecido a su hija. No me conoció, no lo conocí, pero apreté su mano sin sentir sus dedos y le dediqué ese momento.

En la escuela Pension Francais.
De izquierda a derecha, última de la izquierda: Sofía. Rustschuk, Bulgaria, 1919.

De derecha a izquierda, segundo en la primera línea: Efraim. Instituto del Corazón Generoso. Bulgaria, 1928.

Recuerdo de los 25 años de casados de Raquel y Abraham Bidjerano.
De izquierda a derecha: Efraim, Abraham, Belina, Marco, Suzana y Raquel.
Bulgaria, 1929.

Efraim. Fotografía para identificación de la Escuela de Comercio. Varna, 1931.

Boda de Sofía y Efraim. De derecha a izquierda: Billy Cappón, Suzana, Belina, Abraham y Reyna Bidjerano. Al centro: los novios, Efraim y Sofía, Raquel Cappón, Maty, José y Iako Behar, Moisés y Becky Cappón. Varna, 1934.

De izquierda a derecha en segundo lugar: Raquel Cappón, Sofía, Efraim, Maty y Iako Behar en El Jardín del Mar. Varna, 1935.

Sofía y Efraim de paseo por Varna en 1936.

De izquierda a derecha: José Behar, Maty Cappón de Behar, Iako y Salomón Behar, Billy Cappón, Raquel Pappo de Cappón, Becky Cappón, Sofía y Efraim Bidjerano. Varna, 1936.

Sofía embarazada de Alberto. Varna, 1936.

Sofía, Efraim y Alberto. Varna, 1937.

Alberto de un año de edad. Varna, 1938.

Alberto y Sofía de paseo antes de la guerra. Varna, 1940.

Efraim recién rapado para entrar a los campos de trabajo. Bulgaria, 1941.

Sofía, Salomón y Alberto. Varna, invierno de 1942.

Primera página de cartilla de estudios de Efraim.

Alberto, Sofía y Salomón. Varna, 1942.

Campos de trabajos forzados o *lager*. Segundo de derecha a izquierda: Efraim. Bulgaria, verano de 1942.

Primero de derecha a izquierda: Efraim. Campos de trabajos forzados o *lager*. Bulgaria, primavera de 1943.

De izquierda a derecha: Efraim. Campos de trabajo forzados o *lager*. Bulgaria, 1943.

Salomón, Efraim y Alberto. Varna, otoño de 1945.

Sofía y Salomón en El Jardín Del Mar. Varna, 1946.

Отпускно удостоверение

№ 394

№ по ред	ПРЕДМЕТИ			ЗАБЕЛЕЖКА

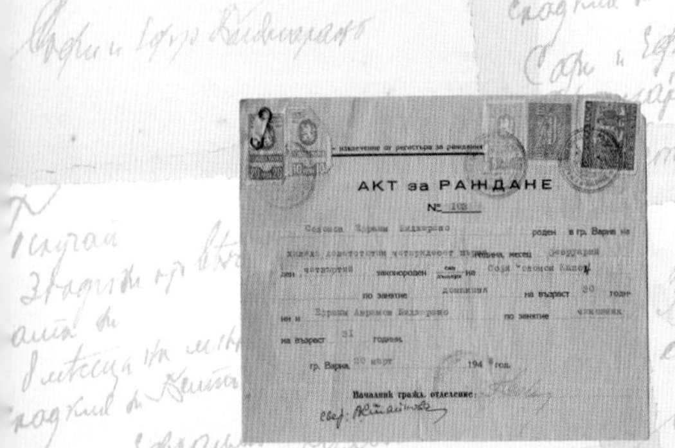

извлечение от регистъра за раждания

АКТ за РАЖДАНЕ

роден в гр. Варна на

месец

ден

законороден

по занятие

на възраст

години

гр. Варна

194 год.

Началник гражд. отделение:

Extracto de registro de nacimiento de Salomón Bidjerano. 1941.

Constancia de estudios de Alberto Bidjerano en búlgaro. 1948.

Efraim, Alberto, Salomón y Sofía recién llegados a México, 1948.

Reyna y Sofía. México, 1950.

Efraim, Salomón, Sofía, Reyna y Alberto. México, 1952.

Efraim y Sofía en el centro de la Ciudad de México. 1953.

Reyna y Efraim. México, 1955.

Guerson Pappo vistiendo fez y banda con emblemas de la organización Shriners International o Antigua Orden Árabe de los Nobles del Santuario Místico. 1959.

Sofía y Sophie de un año de edad. México, 1961.

V

El tío José no recuperó su trabajo en el Banco Italiano, el Italianaskatan Banka, en el que había tenido un muy buen empleo antes de la guerra. Por otro lado, mi papá contaba con toda la experiencia que le habían dado sus años de trabajo con Bejmoram y Córdova, como con el señor Denev. Lo lógico fue dedicarse a lo mismo, a manejar una tienda en la que se vendiera de todo. Y así nació la primera sociedad entre los Behar y los Bidjerano; la *kinkaleria*, una especie de tienda de mercancías en general que servía para hacer intercambios de cualquier tipo. Se vendía lo que se consiguiera: a veces miel, a veces telas, otras, si había suerte, el preciado tabaco.

Recuerdo mi primer trabajo en la tienda. Papá había conseguido un lote de clavos usados, estaban chuecos y deformes, pero en la mayoría la punta aún estaba afilada y la cabecilla íntegra. Mi oficio fue el de enderezarlos. Papá me dio el martillo, y uno por uno los fui dejando casi como nuevos para que se vendieran. Y así fue, poco a poco fueron llegando los clientes, y unos días más tarde habíamos acabado con los clavos. Papá me remuneró por un trabajo bien hecho y yo guardé esas monedas para iniciar mi primer ahorro. No sabía qué me iba a comprar, pero la idea de tener ese dinero me hacía sentir importante, me hacía soñar con algún día poder comprar platos rebosantes de comida, o unos pantalones nuevos, o más osado aún, una pistola de vaquero, como la que recordaba que usó John Wayne en *La diligencia*, la primera película que vi con mis padres después de la guerra.

Así pasaban los días, en intercambios comerciales que lentamente nos fueron dando un poco de estabilidad. A las manos de papá llegó una cámara fotográfica que intercambió por herramienta que usaba en la tienda. Mi madre se enojó, ya que hubiera preferido que consiguiera algo más necesario como alimento o vestido. Nuestra ropa se hacía de la de mis padres. Mangas, puños y tiros se reformaban constantemente, y mamá había adquirido la habilidad que se obtiene con la práctica, con la repetición de los actos, con el ir y venir de la aguja sobre la misma tela que, como por arte de magia, conseguía una nueva personalidad en cada metamorfosis. La comida variaba dependiendo de lo que se pudiera conseguir o intercambiar, y las cosas se veían mejor cuando llegaba la ayuda del American Jewish Joint Distribution Committee, una organización humanitaria estadounidense con base en Nueva York, y que, desde su fundación en 1914, asiste a comunidades judías y no judías del mundo que se encuentran en situación de hambre y pobreza o bajo condiciones de crisis, como nosotros. Nos mandaban ropa, algunos víveres y medicinas. También ofrecían asistencia en el hogar y cuidados para los ancianos.

Me viene a la mente, como si fuera ayer, que en una ocasión me tocaron unos botines para el invierno, no importaba si me apretaban, o si me quedaban grandes, si estaban ajados o les faltaban agujetas, me habían tocado unos botines para el invierno, eso había sido lo más trascendente de aquella gélida temporada. En otro golpe de suerte, y gracias a que mi madre fue de las primeras en formarse en lo que se convirtió en una fila que serpenteaba infinita por las calles, le dieron un par de chocolates oscuros y una chamarra negra de piel con botones. Estaba bastante desgastada, pero me tocó a mí. Es curioso cómo un evento que representa un parpadeo en el transcurrir de la vida puede convertirse en un preponderante detonador de nuestra sustancia, de lo que nos define y nos demarca; porque todo lo que nos sucede en los primeros años de vida no sólo es aprendido, sino que nos acentúa; sí, sin nosotros tener una conciencia del efecto que más tarde surtirán esas experiencias nos convertimos en individuos que llevan una rúbrica adquirida sin querer. Ese día nacieron dos gustos que inevitablemente me acompañarían por siempre: el amor por el chocolate oscuro y por las chamarras de piel.

Poco a poco entramos en una nueva "normalidad". Los domingos volvimos al Morska Gradina, a mi añorado Jardín del Mar, y volví a dirigir a los músicos en mi afán por ser director de orquesta, pero ahora, lo que interpretaban era un amplio repertorio de melodías y coros del ejército ruso. Un sonsonete marcial, estrofas bélicas de compositores soviéticos. Notas autoritarias, instrumentos emitiendo susurros dictatoriales en re mayor. Vítores patriotas cerraban la función. Para algunos, los rusos eran nuestros salvadores, para otros, tiranos conquistadores.

Yo empecé a ir al colegio, uno distinto al anterior. Ahora tenía ya ocho años y me correspondía el de "los grandes", aunque el tiempo que vivimos en Preslav no hubiese acudido a la escuela. De hecho, me pusieron en un salón especial; los maestros notaron en mí un talento único cuando en el examen de admisión me indicaron copiar sobre papel un florero que adornaba el escritorio de la directora. Sumergí los pinceles en malva y carmesí. Con destreza en el pulso y delicadeza en los dedos garabateé unos manchones impresionistas muy al estilo de Claude Monet, aunque nunca había visto sus pinturas. El pincel se dejaba llevar dócilmente y mi inesperada iniciativa les sorprendió. Claro, ellos no sabían que practiqué mucho en aquellos años en la granja, que había soltado la mano y que perdí el miedo, ese que todos los que incursionamos en lo creativo sentimos al principio. Mi libreta de piel se había convertido en el testimonio de mi infancia, un testimonio más allá de la sola memoria, y gracias a esos bocetos de ocasos interminables en los que el anaranjado del sol cegaba mis ojos antes de ahogarse en el horizonte, me hice merecedor de una buena educación.

En cuanto a papá y la nueva tienda, hubo semanas buenas y otras muy malas, pero cuando había qué vender, fluía un poco de dinero. El valor de las cosas cambiaba cada día dependiendo del azote del hambre, la poca oferta y la escasez. El trueque se convirtió en la forma común de comerciar. Yo veía a mi padre guardar los billetes en los tubos que servían de desahogo a las estufas del edificio. Todas esas tuberías desembocaban en nuestro tapanco. Papá decía que no era seguro acudir a los bancos, así que el efectivo que parecía no servir para nada porque no había nada que comprar, inútil envejecía escondido en el fondo de los cilindros de cobre y hierro fundido que se iban llenando poco a poco. Faltaban víveres en las tiendas, y en nuestros estómagos. Las cartillas de racionamiento siempre insuficientes, los estantes vacíos, la escasez escociendo sobre heridas abiertas. A veces un poco de café, otras, unas cucharadas de azúcar o unos gramos de mantequilla que eran celebrados por días; medio tarro de mermelada de rosas para acompañar una hogaza de pan tiesa lograba, en ocasiones, engañar las tripas.

Y en esta nueva normalidad, en lo cotidiano, perdimos el miedo a ser perseguidos por ser judíos, pero descubrimos uno nuevo, uno que vino acompañado de palabras que yo nunca había escuchado: desarticulación de actividades clandestinas, subversivo, delación, palabras que en cada letra llevaban una sentencia. Las listas de nombres no eran de los deportados, ahora se engrosaban con los de la población reclusa, con los que no eran camaradas, con los considerados enemigos del pueblo, y digo considerados porque subjetivamente un dedo índice podía acusar sin necesidad de pruebas. Nos acostumbramos a hablar en voz baja, a que se sospechara de todos, a que desapareciera gente en la mitad de la noche, cuando todos dormían; a las sombras, a los silencios no previstos, y a tener un par de ojos pegados en las espaldas. Habíamos cambiado el hierro de las ruedas en los vagones que se llevaron a nuestros hermanos de Tracia y Macedonia por el del pesado puño de Stalin.

VI

Era un día inusualmente caluroso. Llegué de la escuela sediento y queriendo tomarme un balde de agua fría. Puse la mochila en el piso y me dejé caer sobre el sillón como un bulto. Mamá cargaba a Salomón mientras preparaba la comida. Unos momentos más tarde se abrió la puerta, era papá que la cerró con un golpe de cadera. Me pareció extraño que viniera a casa a esta hora, normalmente no era hasta que cerraba la *kinkaleria* que llegaba a descansar. Me le abracé a la cintura entusiasmado de que llegara cuando todavía era de día. Eso no pasaba casi nunca. Tomó mi cara entre sus manos tibias y dijo con una sonrisa que le ocupaba todo el rostro: "¡Les traje una sorpresa!"

Nos sentamos a la mesa, mamá y yo no podíamos ocultar la expectativa inundándonos los ojos. Hacía mucho tiempo que no recibíamos una sorpresa.

"Acércame esa bolsa de plástico", me indicó papá, a lo que yo obedecí de inmediato. Del envoltorio, como en un truco de magia, apareció una naranja. Su color brillante reflejaba frescor. Papá comenzó a pelarla, con suavidad, con lentitud, como si la estuviera acariciando, como si quisiera prolongar el momento. Permanecimos inmóviles viendo el espectáculo. Un capullo rompiendo al sol en primavera, la naranja abrió sus gajos. La mirada adherida a la fruta, mi boca abierta salivando. Papá nos dio uno a cada quien. Mordí. Su jugo estalló reventando la delgada piel que lo contenía, resbaló por mi mano dejando dibujado un riachuelo aromático en mi muñeca. Lamí aquella pátina de mi piel, no quería desperdiciar nada del preciado fruto, ese que se había convertido en leyenda porque hacía años que no veíamos uno. Hice una pausa antes de aceptar el siguiente bocado.

Metí el gajo completo en mi boca. Cerré los ojos saboreando con calma la pulpa y disfrutando el chorrear del jugo que escapaba por mis comisuras. Mi hermano y mamá hacían lo mismo, paladear. Alcanzó para que cada uno comiéramos un gajo más. Las gotas de fruta resbalaban en mi lengua, eran casi una ofrenda. ¡Éste sí que había sido un regalo especial, haber conseguido una naranja, qué afortunados!

Quedaban sólo las cáscaras despedazadas sobre la mesa. Mamá no se atrevía a tirarlas. Era como si quisiera conservar el espejismo de aquel manjar. Ahí permanecieron con un respeto solemne la tarde entera, hasta que decidí guardármelas en los bolsillos del pantalón, y con ellas me fui a dormir. Pasaron los días, las cáscaras se fueron secando. Yo metía la mano para sentirlas, me gustaba estar seguro de que siguieran ahí. Las llevaba a mi nariz. Todavía conservaban el aroma cítrico que me cautivó. Inspiraba lento, profundo. Mis glándulas salivares se activaban de inmediato con su exquisitez. Imaginaba tener la boca llena de jugo, los labios húmedos. Tragaba la saliva que se aglutinaba en mi garganta. Sabía que ese sabor existiría mientras lo pudiera mantener en el recuerdo de mis papilas gustativas, y me prometí que alguna vez, no sabía cuándo, pero alguna vez disfrutaría nuevamente de una naranja, de la fruta que parecía haberse extinguido, como tantas otras cuyos sabores habíamos desterrado del paladar.

Me iba a dormir con el aroma a fruta entre los dedos y soñaba que mamá tenía un canasto lleno de los preciados cítricos. "¿Puedo comer todas las naranjas que quiera?", preguntaba ansioso. "Todas las que quieras", respondía mi madre con la satisfacción de haber apartado para siempre al fantasma de la desnutrición que se cernía sobre nosotros. Con los ojos clavados en el canasto yo calculaba cuántas sería capaz de comerme. Ése se convirtió en un sueño que se repitió una y otra vez, y el recuerdo olfativo que poco a poco fue supliendo las pesadillas que aún se anidaban en mi mente en cuanto caía la noche.

VII

Continuó la lucha hasta el 7 de mayo de 1945. Esa noche se firmaba la rendición de Alemania dando término a la guerra en Europa. Tuvieron que pasar unas semanas, hasta el 2 de septiembre, un día soleado para la capitulación de Japón. Después, se hizo el silencio. No más disparos de una enfática metralleta, ni la lluvia necia de las pistolas. No más el rugir de una granada que lo ensordece todo. Se agotó la capacidad defensiva. Un hondo suspiro de alivio. El mundo presenció el fin de la Segunda Guerra Mundial. La que dejó una estela de cenizas, de huérfanos, de cuerpos rotos, de súplicas que nadie escuchó. La que desangró a Europa. La que soportó lo insoportable.

La peor guerra de la historia había terminado, pero su conclusión pendía de una frágil paz que habría que fortalecer. El duelo del mundo era por lo que se supo, por lo que ese final develaba; por descubrir que matar había sido una industria, por Auschwitz y Treblinka, por la pasividad, por la cobardía, por lo que se prefirió ignorar, por los lamentos, por tener que asumir responsabilidad, por los ciento cincuenta mil japoneses incinerados de un solo ataque atómico, convirtiendo las ciudades de Hiroshima y Nagasaki en los crematorios más grandes que se hayan conocido. Cuánto tiempo olería a piel calcinada, a cuerpos descompuestos, a la ira de los hombres y su poder mortífero. Cuánto para desarraigar lo que fue sembrado en un terreno fértil de desprecio a la hermandad, de prejuicios, de odio y rechazo, de repudio y demonización, del derecho a perseguir la otredad.

Yo creí que, porque se había declarado el final, las cosas iban a cambiar instantáneamente. No fue así. Vimos regresar a prisioneros de guerra que apenas podían valerse por sí mismos, de pies envueltos en jirones de tela como vendajes; hombres apoyados en muletas y bastones, la cabeza ensangrentada, el corazón destrozado. Volvieron los sobrevivientes, y de qué valía haber sobrevivido si no se podía vivir, si los fantasmas amedrentaban la memoria, obstinados en no dejar olvidar. Volvieron los rostros, pero no su expresión; volvieron los ojos, centinelas sin mirada. Volvieron los que no hubieran querido volver. Los que a punta de pistola vieron morir a los suyos; los que hubiesen preferido levantar los brazos y ser fusilados a quemarropa ante una pared manchada ya de sangre. Pero volvieron. Sin un sentido, sin un porqué o para qué, volvieron. Principios y finales que murieron ahí mismo. Padres sin hijos. Hijos sin padres. Volvieron.

La guerra terminó, pero seguíamos con la misma hambre, con la misma escasez. Con la devastación. Con el alma desmembrada. La guerra terminó. Lo deglutió todo, nos convirtió en sombras, en fantasmas sin rumbo. La guerra terminó. Nos robó el semblante, nos destripó y nos desgarró, y nos rompió. La guerra terminó. Sólo nos dejó la memoria, la memoria que sería lo único que nos quedara de los muertos, de las tumbas anónimas y las sonrisas extintas, de los cadáveres abandonados en los campos de exterminio. El que sobrevivió, volvía con un terror calcinante en las entrañas por todo lo visto, volvía con haber querido amanecer muerto, con tener que darse al abandono emocional para disociar el intelecto del sentimiento, y así poderse dar permiso de seguir viviendo.

Aprendimos que los liderazgos pueden unir o segregar. Que el delirio del "animal de histéricas pezuñas", como llamó Thomas Mann a Hitler, pudo contagiar y envenenar el alma de hombres que por doctrinas enloquecidas fueron capaces de cometer bestialidades de un goce enfermo. Que necesitamos descubrir y reconocer la humanidad del otro. Que es mucho lo que el hombre puede aguantar. Que, con el tiempo, inevitablemente, las consecuencias de la violencia, para muchos, se convertirían en lugares comunes; aunque para otros, las miradas suplicantes de sus víctimas estarían presentes en sus sueños para siempre.

Las palabras del capellán Kayser de la 7ª división del ejército alemán fueron muy sonadas: "La historia de Stalingrado no puede ser narrada o escrita; sólo puede ser rezada". Yo diría lo mismo, pero para Europa toda, y para Japón una plegaria, para Rusia y para el pueblo judío, para los habitantes de Manchuria, para los gitanos y los homosexuales. Para los muertos y para los sobrevivientes. De toda esa barbarie, de todo ese sufrimiento, de entre las cenizas, nació el término *genocidio*; una palabra que no debimos haber conocido nunca, y que es definida como: "Actos cometidos con la intención de destruir, en parte o en forma total, un grupo nacional, étnico, racial o religioso". Lo triste es que aunque el término sea reciente, no lo son su historia y sus testigos. Desde el Antiguo Testamento han estado presentes todo tipo de masacres. ¿Podremos algún día deshacernos del ángel exterminador, ese que se ha alojado en lo más profundo de la humanidad?

Uno esperaría que las lecciones aprendidas a través de la historia nos inocularan, nos dieran la fuerza para no reiterar los errores, pero no es así. La capacidad de olvido del ser humano se demuestra una y otra vez. Las agresiones en masa no son un aspecto superado, y creo que no lo serán en mucho tiempo. Repetimos los mismos errores, provocamos las mismas tragedias y echamos a un lado la promesa de que esos actos genocidas no volverán a suceder. Lo han vivido los zulúes y los camboyanos, los armenios y los judíos, los moros y los indios yana, los vendeanos y los tutsis. En Ruanda, en Sudán, en Yugoslavia, en Esmirna y en África del Sur. Aun con los ecos punzantes de bombardeos, del fuego que devora y de gritos llenos de terror, la ferocidad de un plan de eliminación sigue persuadiendo la mente del hombre que se muestra débil ante la seducción del poder y de las ideas supremacistas.

Ciudadanos carentes de maldad son forzados a decidir hacia qué lado de un compás de odio visceral se piensan alinear, y sin querer se convierten en asesinos que lucen gestos ajenos y no se reconocen a sí mismos. El auge y la caída de imperios completos ha tenido que ver con un racismo que echa abajo la idea de un origen común, que nos ha hecho dejar muy atrás a Adán y a Eva, que exalta nuestras diferencias. Y cuando el mundo se cree sólido nuevamente, cuando cree que ha encontrado puntos de convergencia, la aberración, como la capacidad de olvido, nos sabotean; nos hacen caminar a ciegas, a hacer caso omiso de las lecciones del pasado, evidentemente, lecciones no aprendidas. El hombre se convierte otra vez en carnada para las aves de carroña, para el hombre mismo, y repetimos el infierno.

Las voces todas, en el vibrar de un rezo que por fin dejaba de ser nómada. Aquel 2 de septiembre se declaró oficialmente el final de la guerra. Llegó la paz. Seis años y un día para que la manda de odiar y de una higienización racial tomara un respiro. Hubo quien agradeció a Dios, hubo quien dejó de creer en su santidad y su grandeza, hubo quien, con el tiempo, volvería a hacer las paces con el Todopoderoso, después de todo, había sobrevivido. Ahora, comenzaban los testimonios. Ahora, las pesadillas suicidas. El tolerar los recuerdos, las imágenes del sufrimiento propio y las del ajeno. Ahora, es la mente la bala enemiga, la que desploma, la que perturba, la vociferante, la de los retazos, la de las secuelas. Ahora, los escombros. Ahora, la posguerra.

Ahora, diría Elie Wiesel: "¿Cómo se llora a seis millones de muertos? ¿Cuántas velas se encienden? ¿Cuántas plegarias se oran? ¿Sabemos cómo recordar a las víctimas, su soledad, su impotencia? Partieron sin dejar rastro, y nosotros nos convertimos en ese rastro. Contamos estas historias porque sabemos que no escuchar ni desear saber lleva a la indiferencia, y la indiferencia nunca es una respuesta". En un tiempo en que el orbe está hecho pedazos, nuestros sabios dicen: *Letaken olam bemaljut Shadai*, reparar el mundo para que sea un Reino de Dios; era lo que nos quedaba por hacer; y al mundo, al mundo, trabajar y luchar por los ideales de paz y justicia.

VIII

En México los diarios tenían todos como encabezado "¡Terminó la guerra!"

TIEMPO DE MÉXICO

Golfo de Tokio, 2 de septiembre de 1945

Hoy, a bordo del acorazado *Missouri*, las fuerzas japonesas firmaron su rendición incondicional. Termina así la guerra iniciada hace seis años y un día con la invasión de Polonia por los nazis.

Después de haber capitulado el gobierno fascista de Italia, el 8 de septiembre de 1943, los ejércitos alemanes resistieron todavía largo tiempo en ese país, y los Aliados hubieron de disputarles palmo a palmo Génova, Venecia, Milán y Turín. Finalmente, esos nazis se rindieron el pasado 29 de abril. Entre tanto, los Aliados y los soviéticos invadieron la propia Alemania, y avanzaron sobre Berlín; el 1º de mayo Adolfo Hitler y sus más cercanos colaboradores se suicidaron en esa capital, mientras los últimos cuerpos aislados del ejército alemán se rendían. El día 7 se firmó en Reims la capitulación del ejército germano, la cual se confirmó un día después en Berlín.

En el Pacífico, los estadounidenses liberaron las Filipinas del yugo japonés, mientras los australianos invadían Borneo. El 9 de agosto la Unión Soviética declaró la guerra a Japón, avanzó luego sobre Manchuria y capturó Shenyang.

El 6 del pasado agosto la ciudad japonesa de Hiroshima sufrió por parte de los estadounidenses un bombardeo atómico, y en Nagasaki sucedió lo mismo tres días después. En vista de la inmensa mortalidad que esos inusitados ataques produjeron entre la población civil japonesa, hoy el ejército y el gobierno del emperador Hirohito se han rendido incondicionalmente.

Las cartas de la familia no se hicieron esperar. Podíamos escuchar su euforia en la tinta de cada palabra escrita. Estaban felices por nosotros, estaban felices por Bulgaria, y por Europa. El horror vino después, cuando se enteraron, como el resto del mundo, de lo que en realidad había pasado. Dimensionaron entonces el peligro bajo el que habíamos vivido todos esos años. Supieron de la destrucción, y se contabilizó el terror quedando convertido en una suma de números sin rostro. Las cifras desfilaron en los periódicos durante semanas cada vez que se descubría algo más del infierno en el que, además, se había llevado un registro perfecto para orgullo de los nazis. Tumbas invisibles estremecían el suelo europeo convirtiéndolo en un enorme cementerio.

Los diarios eran contables de lo sucedido, pero cada uno de esos números representaba una historia, una persona con sueños, un hombre o una mujer que fue de carne y hueso reducido a un número de seis dígitos tatuado en el brazo izquierdo. Se habló de los que defendieron la vida, de los que ayudaron exponiendo a sus propias familias, pero también de los que sometieron y de los sometidos. Imaginaron las noches enteras de insomnio, el murmullo tenebroso del miedo bajo la amenaza de las SS.

Mamá apenas podía controlar la agitación en el pecho cada vez que recibíamos una misiva con timbres mexicanos.

"Quiero verlos, necesito verlos. ¡Los extraño tanto!", decía mi madre al doblar el papel acariciando sus pliegues al tiempo que guardaba la carta con sutileza en un pequeño cajón. Luego se quedaba unos minutos absorta en sus pensamientos. Su cabeza se llenaba de encuentros, de abrazos y sonrisas, de futuras historias. Había imaginado la escena mil veces. Lo mismo pensaban al otro lado del océano sus hermanos Aarón y Moisés, lo mismo sus hermanas Becky y Billy, y su madre que evocaba los ecos de las risas de su hija, aunque resonaran solamente en susurros.

Papá iba cada dos meses a la capital esperando poder conseguir pasaportes para todos, pero regresaba de Sofía con la imagen de los oficiales rígidos y serios dándole una negativa. El silencio acompañaba sus pasos y su rostro lívido era como una bofetada de realismo que derrumbaba a mamá, le vaciaba las ilusiones, las fuerzas y la voluntad durante un par de días, hasta que él le prometía, con un gesto cómplice, volver a intentar. Ella forzaba una sonrisa.

IX

Desde el 9 de septiembre de 1944, el día, para muchos, de la liberación de Bulgaria, y para otros, el de la conquista, había pasado un año hasta la declaración del fin de la guerra. Digamos que llevábamos una ventaja sobre los países que apenas se empezaban a recuperar, sin embargo, se trataba de reestructurar al país bajo ideales comunistas; la recuperación económica de Bulgaria no llegaría en mucho tiempo.

Recibimos la noticia del fin de la guerra entre vítores y desfiles, entre redobles de tambor e izamientos de banderas ondeando al compás del viento. En todas las radios del país y en todas sus estaciones se hablaba de que lo que Hitler, *el Águila Alemana*, había iniciado con ese apetito de una hegemonía germánica grandiosa y pura, llegaba a un estrepitoso final. Que lo que el Führer había logrado con su maestría en declaraciones atemorizantes y el adoctrinamiento de su pueblo era ahora visto con repudio por el mundo, que bajo el clamor de las bombas atestiguaba la aniquilación de millones de inocentes en escenas apocalípticas. Un animal, sediento de sangre y atraído por el olor a pólvora, había puesto en entredicho la dignidad del hombre. Los Aliados habían luchado contra la tiranía, habían doblegado al enemigo.

Cantábamos el himno nacional en las calles y en las plazas, nuestro *Shumi Maritza* resonaba, tal cual su nombre lo dice, como el rugido del río Maritza. Así rugían nuestras voces al cantarlo, así parecían engrosarse las estrofas pronunciadas con restos del sabor a ciruela del slivovitz en la garganta. La felicidad y el orgullo nos salían de las vísceras. Éramos judíos, pero también éramos profundamente nacionalistas. Éramos búlgaros, sentíamos la pertenencia a esa tierra y amábamos nuestro país, lo habíamos amado intensamente durante cinco siglos, y ahora aún más, después de haber sido testigos de la protección del ciudadano común, de las élites intelectuales, de la Iglesia ortodoxa y de nuestro rey.

Shumi Maritza okarvavena,
Plache vdovitsa, lyuto ranena.

Marsh, marsh, s´Generala nash,
¡V´boy da letim vrag da pobedim!

Balgarsky cheda, tsyal svyat ni gleda,
Hai kum pobeda, slavna da varvim.

Se dieron a conocer las brutalidades cometidas por los nazis durante la ocupación de nuestro país. Muchas fueron las historias que escuchamos, muchos los horrores hasta entonces no sabidos, pero a mis nueve años, lo que más me impresionó fue oír la detallada narración de la tortura que le hicieron a una joven partisana. El locutor decía: "La tomaron de los cabellos arrastrándola hasta el centro de la plaza, para entonces se los habían arrancado desde la raíz. Esperaron a que se juntara la gente, a que todos miraran; en ese momento, un hombre de los que la llevaron ahí la levantó empuñándole con fuerza la barbilla y acercándole con una expresión lacerante su feroz aliento a tabaco".

Yo imaginaba la escena con horror. Cerraba los ojos, los volvía a abrir, ahí seguía la pobre mujer desafiando su destino entre golpes y sangre asomando por cada poro de su cráneo desnudo.

El que narraba continuó: "Ya que la mujer se incorporó, un golpe brutal en la nuca la hizo caer sobre sus rodillas. Ése era apenas el preludio del infierno. 'Así, de rodillas, pedirás perdón por tu deslealtad', le decía el oficial mientras se sacudía de las manos los cabellos rojizos que le arrancó en el último impacto. Uniformado hasta los dientes y con una actitud implacable, se paró ante ella pisándole los nudillos con sus botas perfectamente lustradas. Se escuchó el crujir de aquellos huesos ahora fragmentados. Un par de hombres más entraron al cuadro. La acostaron boca arriba. Uno le sujetó los brazos, el otro las piernas con sus rodillas sangrantes".

Como en un segundo acto, la descripción continuó: "El oficial desenfundó un cuchillo de su cinturón de piel gruesa. Ahí, frente a todos, como en un espectáculo, le guillotinó el estómago, del esternón al pubis de un solo corte. Con una orden que más bien se asemejó a un ladrido, exigió se le entregara la bolsa transparente que se encontraba en una pequeña mesa cerca de él. De inmediato, uno de los hombres que sostenía las delgadas y blanquecinas extremidades de la joven se levantó soltándole las muñecas amoratadas por su fuerza. El oficial extendió el brazo, la palma abierta esperando el paquete. Era sal de mar".

La voz proveniente de la radio titubeó, se quebró incapaz de seguir describiendo el horror, y entre sollozos sólo mencionó: "Imaginan a dónde fue a dar la sal, ¿verdad?"; no pudo decir una palabra más. Sabíamos que habían querido convertir a esa pobre muchacha en ejemplo de lo que le sucedería a cualquier traidor, no habría misericordia. La transmisión continuó, pero todo era silencio. Yo corrí a expulsar la náusea rabiosa que se me había acumulado.

Las noches subsecuentes a la crónica estaban llenas de fantasmas y bramidos. Temía que en cualquier momento la Feldgendarmerie se materializara cumpliendo su oficio cotidiano: operadores de sacrificios humanos. Soñaba con el abdomen destajado de la joven pelirroja. De sus entrañas escocidas por la sal, salían gusanos que se arrastraban por su cuerpo dejando un rastro pastoso y sanguinolento. En mis pesadillas podía escuchar el llanto aterrorizado de la mujer y los gritos enconados del oficial. En su mirada una profunda saña, mientras observa riendo las abruptas contorciones del cuerpo joven y frágil de la prisionera. Pasarían varias semanas para dejar de tener la misma pesadilla, para que aquellas imágenes atrapadas en mi cabeza se pusieran en pausa y dejaran a un lado su insistencia, aunque nunca olvidaría las escenas de aquel "animal herido" rodeado de multitudes de hombres convertidos en asesinos simplemente por mirar sin ver.

X

Los días comenzaban temprano. Mamá nos despertaba con el ruido del agua hirviendo en la tetera para preparar el café de papá. A mí me encantaba observar sentado desde mi cama, en la tibieza de las sábanas revueltas. Me tomaba unos minutos dispersar el letargo al recién amanecer. Entre bostezos, veía a papá colocar una toalla vaporosa alrededor de su cuello. La dejaba unos momentos en su piel y después llenaba de espuma toda su cara. Con una navaja iba retirando suavemente el blanco borboteo. Sus movimientos se interrumpían para meter la navaja en una tina de agua donde enjuagaba sus barbas. El espejo pegado a la pared le devolvía una imagen cada vez más limpia de su rostro. Finalmente pasaba su mano por la piel recién afeitada dejando escuchar su roce. "¡Perfecto!", exclamaba al tiempo que aplicaba su Vetiver con ligeros golpes. Yo, desde la cama, imitaba cada maniobra sobre mis mejillas esperando ya ser grande como él.

Nos sentábamos a la mesa. Mi madre tenía ya listas algunas cosas del desayuno dependiendo de lo que pudiese haber conseguido. A veces un poco de azúcar de betabel para el café de papá; esos gramos de dulzura eran más codiciados y valían más que kilos de oro. Los vegetales y frutos propios de la tierra eran un poco más fáciles de encontrar, aunque dependía siempre de los precios y de no despilfarrar si no se trataba de una ocasión especial. "El mercado negro" que tanto mencionaban mis padres era en mi mente un lugar oscuro donde de vez en cuando mamá compraba algún slatko o conserva de pétalos de rosa o de cerezas negras. El tema entre ellos era, incansablemente, los víveres, sus precios tan fluctuantes y el tener cuidado al comprar para no adquirir falso café, engañoso tabaco o hasta azúcar simulada. Cuando todo falta, las palabras clandestino, racionamiento y mezquindad forman parte del vocabulario común, aunque sus significados no me quedaran muy claros. El estómago se encargaba de recordarnos lo que la mente trataba de olvidar y el paladar ambicionaba, pero, aun así, a mí me parecía que comenzábamos a ser felices.

Casi siempre había una shopska salad, aunque a veces carente de tomates, otras, privada de pepinos, champiñones o aceitunas. Un poco de yogur, que en tiempos difíciles o no, era uno de los únicos productos que siempre había en la mesa.

"¡Faltaba más! —decía mamá—, si nuestro kíselo mliáko es el mejor del mundo, además, ¿qué no los *lactobacillus bulgaricus* sólo se encuentran aquí, en Bulgaria? ¡En una casa búlgara siempre tiene que haber yogur!"

Y sí, en la nuestra siempre había leche agria. También lyutenitsa de tomates y pimientos para embarrar sobre el pan tostado y calientito, que era lo que acostumbrábamos, y ya cuando corríamos con mucha suerte, mamá conseguía queso sirene, de textura y sabor muy parecidos al feta griego, para preparar banitsa, un bollo redondo hecho de pasta filo, que a mamá le quedaba delicioso y crujiente, relleno de queso y espinacas. Pero si no faltaban los huevos, faltaba el aceite, y si no, la mantequilla; total que cuando todos los ingredientes se conseguían, se daba el milagro de desayunar banitsa.

Recuerdo con tanto cariño esas mañanas. Me fascinaba platicar con mi padre, descubrir nuestras afinidades, observar su singular manera de moverse. Sería quizá por los años en que no lo tuve, en que me sentí huérfano. Poco a poco se iba gestando complicidad en nuestra postura garbosa, en nuestra forma de hablar desenvuelta, y en nuestra apariencia, claro; yo me paraba siempre erguido imitando su gallardía. Disfrutaba de su charla, de sus mimos y sus caricias. Muchas veces le pedía que no fuera a trabajar y a mí no me mandaran a la escuela, así podríamos quedarnos juntos todo el día, pero nunca lo logré persuadir; la respuesta era siempre la misma: "Tú debes aprender muchas cosas importantes en el colegio y yo, yo debo trabajar. El negocio es como las piedras, hay que pegarle muchas veces a la misma para que se rompa". Ésa era su manera de hacerme entender la importancia de la tenacidad.

Mamá volteaba a verme, sus manos envueltas en una taza de té humeante. Observaba con insistencia el reloj, con esos ojos enmarcados por negras pestañas, y cada vez que el minutero avanzaba una rayita más, yo sabía lo que continuaba; su mirada era la señal de que debía vestirme para ir a la escuela. Yo recargaba los codos en la mesa y dejaba caer la cabeza sobre mis manos en señal de fastidio, pero no había opción, debía obedecer. Papá descolgaba su saco, tomaba su sombrero de fieltro y emprendía su diario camino, no sin antes recoger las bacinicas y vaciarlas en el alcantarillado para devolvérselas limpias a mamá. Quizá hubo imágenes que quedaron vagando en la arenosa memoria, pero ésta, ésta de mi padre jamás me abandonaría.

Y así pasaban los días y los meses, yo en el colegio, papá en el trabajo, mamá cuidando de Salomón y los soviéticos ya muy acomodados en nuestra tierra.

XI

Gracias a que el negocio comenzó a ir cada vez mejor empezamos a tener algunas cosas muy apreciadas como ropa que ya no era de segunda mano o un pequeño mueble para que mamá guardara los platos y los vasos de la improvisada cocina. Entre las nuevas adquisiciones, para orgullo de mis padres, me compraron un violín. Para ellos, como para la mayoría de los europeos, tocar un instrumento y hablar más de un idioma era esencial para considerarse instruido. El violín no era muy fino, pero tenía la voluta en forma de león y eso me había llamado mucho la atención. La mentonera estaba un tanto desgastada, pero ello era indicio de que quien había poseído el instrumento de cuerdas antes que yo lo había hecho vibrar con constancia. Mi violín sirvió para acercarme a la música clásica que tanto disfrutaba como director de la orquesta del Jardín del Mar. Ahora me convertía en un intérprete de las piezas que los domingos se desarrollaban bajo mi batuta de rama de árbol. Las clases eran en la casa de la maestra Grágeba; a decir verdad, no me gustaba ir, ella era malencarada, intolerante con los niños y sumamente severa. Para mí, una tortura pasar la tarde entre sus enojos y las partituras del Divertimento en re mayor de Mozart. Pero lo que hizo que dejara de quejarme con mamá cada jueves que tocaba la clase fue lo que descubrí en casa de la maestra.

Jamás había visto una pieza igual; se trataba de un reloj de péndulo de piso. La caja de madera medía casi dos metros, pero a mí me parecía, a mis nueve años, un enorme monumento al tiempo. La madera de caoba barnizada en un color un tanto rojizo estaba tallada a los costados. Su alargada ventana dejaba ver las dos pesas doradas pendiendo de sus cadenas. El péndulo de bronce dorado también se mecía de un lado al otro con su rítmico tic, toc, tic, toc. En la parte superior, otra ventanilla mostraba las manecillas marcando los números romanos pintados sobre una carátula blanquecina. Cada quince minutos unas ligeras campanadas repicaban tocando parte de la melodía. Al cumplirse cada vuelta, la composición completa sonaba ininterrumpidamente, seguida de las campanadas que marcan la hora. Así aprendí a medir el tiempo; infatigable, como la maestra Grágeba. Fue tal mi fascinación con el reloj que me prometí que cuando fuera grande tendría uno. Pasaron muchos años, pero jamás se me olvidó el sentimiento que me provocaba escuchar aquel campaneo. Ahora no dejo de jalar sus cadenas para darle cuerda cada ocho días sin falta, y su repique me recuerda aquellas tardes de mis clases de violín.

XII

Octubre llenó de hojarasca azafranada y cobriza las aceras de Varna. Nuestra reducida vivienda había ido tomando carácter con los meses. Mamá colocó al centro de la mesa una planta de ramas pequeñas que crecía buscando la luz de la única ventana. Esa por la que se introducían los delgados rayos de sol que decantaban la penumbra. En la estrecha cómoda junto a su cama, una fotografía mía y de mi madre caminando por la calle. Recuerdo perfectamente el día en que nos la tomó papá. Íbamos al cine a ver *Zoya*, una película rusa sobre la vida de la partisana y heroína soviética Zoya Kosmodemiánskaya, quien muriera ahorcada a los dieciocho años en manos de los nazis. Mamá llevaba su abrigo de lana, el que le regaló mi abuelo, y yo vestía pantalón largo, como siempre que hacíamos algo especial.

En otra imagen, el registro de un domingo feliz. Mamá al centro con un vestido ligero de algodón tomándonos la mano, a mí de un lado y a Salomón del otro. Las sonrisas en esa fotografía llenaban nuestro pequeño ático al que apodábamos "hogar". Tan sólo mirarla me generaba gran emoción. Era como si el retrato fuera una máquina del tiempo que me llevara nuevamente a ese día, ese en el que no hubo preocupación, en el que papá y mamá pasearon por el Jardín del Mar como enamorados. Se habían sentado en una banca, en la de siempre, a vernos corretear por entre los árboles. La serenidad reinaba por fin y una música ausente llenaba mis oídos.

Mamá estaba contenta ese día. Parecía al fin haber dejado en la intransigencia con la que la trataba el olvido el castrante recuerdo del toque de sirena que por tanto tiempo la hizo temblar presa del pánico; el que prohibía la libertad de andar, el que hacía que deseáramos pasar desapercibidos, ser transparentes, no existir. El que apagaba la luz y nos dejaba tras ventanas oscuras, y bajo cortinas que en realidad eran velos que no alcanzaban a cubrir el miedo. El maldito recuerdo siempre al acecho, el que recrudecía las consecuencias de no obedecer y llevarse una buena paliza, el de las miradas que fulminaban, el que le jugaba una redada en la mente con el rechinar de los frenos de los jeeps, el de la espesura de la bruma que se llevaba a gente de la que no se volvía a saber nada.

Sí. Ese día fue diferente. Lo rememoro a la perfección porque noté que el semblante de mi madre no era el de casi siempre, el apesadumbrado, el que me astillaba el alma. Ese que hubiese querido despedazar blandiendo mi espada. No, ese día fue como si la felicidad se hubiera dibujado con un halo en la fotografía. Como si su eterno estado de indefensión se hubiese esfumado. Papá lo notó también, y apretó el disparador para captar la exquisitez de ese soplo, estaba conmovido, inmerso en el momento.

Más allá de ser una bella composición, él volcó sus sentimientos en lo que observaba a través del visor. Interpretó el instante como el traductor de su identidad. Era el esposo de esa hermosa mujer a la que el obturador había iluminado y que le sonreía directamente; con ojos y dientes, con una sonrisa diferente, una que no dolía. Era el padre de dos pequeños que, tomados de la mano de su madre, conformaban su familia; lo más preciado, lo que tanto había extrañado en los campos de trabajos forzados. Pero, sobre todo, éramos todos sobrevivientes de una de las peores catástrofes que se hubiesen cernido sobre el mundo.

Saber leer esa imagen fue la clave para acabar de comprender su realidad. Esa fotografía se convirtió en un poderoso motor, en el detonador que robusteció su energía y sus ganas de vivir. Testimonio visual, síntesis de tantas emociones. De lo percibido, de lo simbólico y de la posibilidad y el deseo impostergable de ser feliz, a pesar de los recuerdos y las atrocidades nunca imaginadas, de los tiranos, de los cuerpos rotos, de los enjambres humanos calcinados mientras piden compasión. Aprendería a vivir con los fantasmas, a domarlos, porque no se iban a ir, con los despojos de su memoria y con las estrías que para siempre habían dejado una huella de amargura.

No sería rehén de todo ello, no sería prisionero de sus pensamientos. Lo decidió ahí mismo, cuando vio a través de la mirilla un sentido de vida, la conciencia de sí mismo, de asumir su existencia. Ésa era la riqueza de la imagen que quedaba impresa en la fotografía; la belleza del momento radicaba en la inesperada reflexión, era lo que la contenía. Una invitación a ser feliz, a ya no dejarse mecer por la tristeza hasta quedarse dormido. Se sintió vibrar en otra frecuencia, era como si viviera un momento de iluminación. Solamente había que desearlo, desear ser feliz. Mi padre había leído a Spinoza: "El deseo es la esencia del hombre". El deseo tendría que ser mucho más que el reconocimiento de su esencia; tendría que ser lo que lo empujara hacia un devenir digno, hacia la completud y la significancia, pero, sobre todo, hacia la felicidad por elección. Como dijera el gran Robert Misrahi después de haber vivido la guerra: "Hagamos todo por ser felices, reconciliémonos con la vida".

XIII

Lo que dio el toque especial a nuestro hogar fue que mamá trajo la primavera en ella, con el aroma del óleo de rosas que empezó a usar de nuevo. Lo comenzaron a hacer al término de la guerra, y mi madre estaba muy al pendiente de ello. Encontró las botellas de madera con la rosa pirograbada, las que siempre había comprado. Con ese efluvio volvió también el sentimiento de estar segura en su abrazo. Desaparecían las dudas, las inseguridades, el haber echado de menos a papá. Todos los pétalos parecían tomar vida en las gotas que con delicadeza deslizaba en su cuello y detrás de los oídos. Yo seguía la huella de su olor, de sus poros exhalando el reconfortante aroma, del misterioso elixir que llenaba todo de encantamiento, y que daba la apariencia de una belleza inesperada.

Los sábados íbamos al Malkoto Café, un pequeño restaurante donde mis padres se reunían con sus amigos y yo jugaba con sus hijos. En realidad, la comida la llevábamos nosotros a la fuente de sodas; después de la guerra no había nada que servir en el establecimiento, salvo unas bebidas que tenían un tapón que se sujetaba mediante una liga, se abrían y salía el gas desparramando parte del líquido. Con ésas brindaban los adultos por la amistad, era ya una tradición beber aquel refresco que hoy consideraríamos artesanal en su sencillez. Nosotros calmábamos la sed con una boza, una especie de malteada de trigo fermentado que me encantaba. Los niños jugábamos *chelik sopa*, el juego más popular en ese entonces. Yo era el más pequeño del grupo, sin embargo, era quien llevaba el *sopa*, el palo grande que era la parte principal del juego, así que todos los amigos deseaban siempre que yo asistiera a esas reuniones.

Había hecho el *sopa* yo mismo cortando un bastón de alpinismo de mi padre. Recuerdo haber recibido un buen regaño cuando se dio cuenta, pero sin duda valió la pena porque me convertí en *Betko*, el popular.

Aquellas tardes de otoño transcurrían entre paseos en bicicleta, la actividad preferida de mis padres, y los conciertos dominicales en mi Jardín del Mar. Mamá se sentaba en una banca y, desde ahí, me guiñaba un ojo, y yo se lo devolvía con un tono travieso. Observaba mis enfáticos movimientos dirigiendo la orquesta o la banda de la Marina. Ahora, con los soviéticos al mando, la música que se interpretaba había cambiado mucho. Solamente compositores rusos. La atmósfera opresiva se respiraba también ahí. Acudíamos a todas las funciones de ópera, teatro, cine o ballet que llegaban a Varna. Las artes se habían convertido en una parte central de nuestro acontecer, y quizá nos pasaba, sin tener conciencia de ello, que el arte era, como escribiera más tarde el gran Robert Misrahi en su filosofía de elaborar su propia "doctrina de vida", la alegría activa, la felicidad que da tanto la creación, como la contemplación creativa. Después de haber vivido la guerra y de sus encuentros con Sartre, terminaría por decir: "Hagamos todo por ser felices, reconciliémonos con la vida a través del arte y la filosofía". Sin saberlo, y no a un nivel filosófico, era eso precisamente lo que hacíamos; disfrutar una ópera de Mozart, contemplar y comprender una pintura en el museo de las artes, en una contemplación creativa que, de un modo u otro, parecía darnos sentido y reconciliación.

Un día especial, sin duda, fue haber ido a ver mi primera película a color en el cine. Mamá encargó a mi hermano Salomón con una vecina a la que conocíamos bien. Papá llegó temprano con los tres boletos en mano. Nos pusimos las ropas que, sin ser lo elegantes que hubiésemos querido, guardábamos para las grandes ocasiones. A veces, al vestir con ellas, me preguntaba para qué guardarlas si los momentos, grandes o pequeños, se nos podían ir de las manos, escabullirse en un respiro, ya lo habíamos vivido, ya lo habíamos sufrido. Por ello me dije que cuando fuera grande disfrutaría de mis ropas como de todo lo que pudiera poseer, aun sin tener una ocasión especial, lo particular se lo daría yo al momento, honrándolo con el buen vestir. Nunca se me olvidaría hacerlo.

El elegante vestíbulo nos dio la bienvenida. Observé las filas de butacas perfectamente alineadas esperando que nuestros lugares estuvieran en el centro. Y así fue, nos sentamos exactamente en medio de la sala. Yo estaba feliz. La función dio comienzo a las seis de la tarde en punto. Aún puedo sentir la emoción en el estómago cuando se apagaron las luces. Apareció el título de la cinta: *Kamennyy tsvetok* (*La flor de piedra*). La película, rusa por supuesto, me tuvo sin parpadear los setenta minutos de su duración. Con enormes letras, en un rango de colores vivos y brillantes, salieron proyectados los nombres de Vladimir Druzhnikov y Yekaterina Derevshchikova, los protagonistas que interpretaban a Danilo y a su novia Katinka. Yo miraba aquellas iridiscencias que se filtraban a través de un prisma que reflejaba rayos de luz. Seguir su recorrido desde la cabina del proyeccionista hasta la pantalla me cegaba, pero no podía dejar de observar tratando de comprender cómo era que, a diferencia de las películas que había visto antes, ésta mostraba todo un espectro visual que me tenía hechizado.

Imaginando la acción fuera de la pantalla me convertía en parte de la trama, era un personaje más que luchaba, sufría y salvaba a la damisela con valentía, además de descubrir el secreto de la flor de piedra. Una hora y diez minutos después, y con letras muy pequeñas, aparecían todos los créditos; apenas entonces pude cerrar la boca. Adaptada del cuento del gran Pável Petróvich Bazhóv, el secreto de la flor de piedra y la montaña de cobre me marcaron para siempre. La fidelidad, la paciencia y la perseverancia son valores que, a pesar de que la cinta estaba hablada en ruso, comprendí de una forma sublime, sin necesidad alguna de traducción. El filme venía de ganar en el Festival de Cannes como mejor película a color, y el orgullo ruso nos había beneficiado con tenerla en toda Bulgaria en funciones constantes. La maravillosa historia, llevada a la pantalla por Aleksandr Ptushko, inspiró más tarde a Serguéi Prokófiev para componer un ballet que se estrenaría en 1950.

En esa sala de cine viajé a lugares remotos y desconocidos, viví aventuras del oeste y también entrañables historias de amor. Los días parecían hacerse cortos, y las montañas con sus cumbres de nieve anunciaban el comienzo de las heladas. El olor a humedad se arrinconaba en nuestro cuarto convertido en casa. Las frías corrientes invernales nos limitaban en todo lo que un par de meses antes disfrutábamos tanto, y las palabras parecían quedarse congeladas en el vaho apenas pronunciadas. Pasarían las semanas con tardes de un invierno seco, ventoso, nublado y muy frío hasta bien entrado el mes de marzo. Entonces, la lluvia se convertía en aguanieve y despuntaba el deshiele que por centurias había sido observado por la luna de nácar. Los árboles del Morska Gradina, titanes de merengue, hijos de Gea y Urano que se empezaban a derretir.

XIV

La primavera de 1947 llegó y las nubes bailaban con el viento. El 1º de marzo, como es la costumbre búlgara, intercambiamos *martenitsas.* Esta especie de amuleto formado por un estambre rojo y otro blanco torcidos en conjunto, marca el comienzo del nuevo año en la agricultura. El rojo, de acuerdo a las creencias, tiene el poder del sol y puede dar vida a toda criatura. Los estambres trenzados que rematan con dos pequeñas borlas se llevan en la ropa de niños y adultos para traer buena salud. Los animales domésticos, como los árboles frutales, son adornados con *martenitsas* para atraer la fertilidad. La costumbre popular dice que hay que usar el amuleto hasta ver un árbol con sus primeras floraciones, o una cigüeña o una golondrina. Entonces, nos quitamos la *martenitsa*, la amarramos a un árbol o la ponemos debajo de una piedra. Nueve días más tarde, la gente trata de adivinar su suerte dependiendo de los insectos que se hayan arremolinado alrededor del amuleto. ¡Cómo me gustaba esta tradición! Significaba el cambio de un clima glacial a uno con el sol en las espaldas. Ver a la gente calentar también el alma y dejar atrás el desafío de hacer lo rutinario bajo ásperas condiciones. Significaba que, con los cálidos aires, muy pronto comenzarían los conciertos dominicales de la banda municipal.

Bulgaria aparentaba ser la misma pero el cambio en su interior se sentía. Para empezar, ahora nos llamábamos República Popular de Bulgaria y nuestro nuevo gobierno era presidido por Georgi Dimitrov. Actuábamos en alianza con la Unión Soviética y nuestra constitución cambió para estar más en concordancia con el Estado Socialista.

El régimen, ya bien asentado para entonces, había formado, en cuanto tomaron las riendas del país, lo que llamaron la Corte del Pueblo, organismo que se encargó de llevar a juicio a los líderes del antiguo régimen por crímenes de guerra y persecución de los judíos. Sesenta y cuatro oficiales del KEV, así como comandantes de los campos de trabajos forzados y propagandistas antisemitas fueron sentenciados a muerte o a padecer el mismo tormento que sus víctimas en campos de labor. Por su parte, muchos miembros del Parlamento, quienes apoyaron a los alemanes en su acoso y hostigamiento y, finalmente, en la deportación de los judíos de Tracia y Macedonia, fueron arrestados, pero cumplieron penas insignificantes. Este hecho fue causa de enojo y frustración. La muerte de esas 11 343 personas quedó sin castigo, sumergiéndose en las aguas de la indiferencia. Nadie intervino, nadie los defendió y su martirio fue presa fácil de la máquina del Holocausto.

Beckerle, el embajador alemán, había sido tomado por el Ejército Rojo en cuanto terminó la guerra, y pasaría once años en un campo soviético, donde fue maltratado y forzado a realizar extenuantes trabajos. Belev, que hubiese firmado el acuerdo para enviar a los judíos de Tracia y Macedonia a los campos de exterminio, trató de escapar hacia Alemania por Kyustendil. En la estación de tren fue reconocido por un grupo de partisanos que decidieron llevarlo a Sofía para enjuiciarlo, sin embargo, en el camino, le dispararon y tiraron su cuerpo en una zanja. El cadáver de quien simbolizó la persecución de los judíos búlgaros se pudriría sin que nadie lo reclamara, aunque en realidad su muerte no significó justicia.

En cuanto a Simeón, el heredero del trono, con tan sólo ocho años de edad para entonces, fue rey hasta que en 1946 se celebró un referéndum que abolió la monarquía. Él, la princesa Maria Luiza, su madre la reina Giovanna, así como el resto de la familia real, fueron exiliados a El Cairo, y más tarde a Europa. No se les permitiría regresar a Bulgaria hasta principios de los años noventa, cuando el régimen cayera. Al metropolita Stefan, quien se había convertido en el patriarca de los búlgaros, la máxima autoridad de la Iglesia, le fue revocado el puesto y fue enviado a un pequeño poblado hasta llegada su muerte.

Los desfiles por las calles eran recurrentes, en realidad, despliegues intimidantes de poderío. Cientos de hombres marchaban en uniforme por las avenidas que parecían no tener fin. Con la mirada clavada en un punto, no se dónde, en un vacío lejano que no se alcanzaba a vislumbrar, pero que pareciera ser su destino, se abrían paso entre las multitudes arrebañadas sobre las banquetas de las plazas para verlos serpentear bajo el sol abrazador. Nuestro *Shumi Maritza*, el himno que cantamos en derrotas y triunfos, el que ruge en sus aguas ensangrentadas, fue interpretado por última vez el 1º de enero de 1947, *Shumi Maritza okarvavena, planche vdovitsa luto ranena*; a partir de entonces cantaríamos el que nos impusieron: "Te saludamos, República nuestra". Lo cantábamos frente a la bandera de franjas horizontales en blanco haciendo alusión a la paz; verde, representando la fertilidad de nuestra tierra, y el rojo, el que más me gustaba por simbolizar el coraje del pueblo. Un escudo de armas había reemplazado al emblema monárquico.

Ahora todo era de la propiedad popular, pero las gestiones se hacían por medio del Estado. Había que comulgar con los ideales comunistas si no se quería desaparecer en la noche sin dejar rastro. No se necesitaban pruebas, el criterio de una persona al mando era suficiente para que la sombra del delito cayera sobre cualquiera, cualquiera que mirara con tendencias capitalistas, que sonriera con democracia o no agachara la cabeza; símbolo irrespetuoso ante cualquier entidad. Se podía ser culpable en un instante, por lo que había que convertirse en sombra.

XV

Verano. 1947. Lo evoco con cariño. Las oleadas de aire caliente y denso eran una invitación a la playa. La temperatura parecía tejer una cúpula en la atmósfera que lo cubría todo de sofoco. Las clases habían terminado y la época de vacaciones nos llevaba al mar casi diario. La bahía en forma de herradura parecía abrazar las aguas tibias del mar Negro y yo daba la bienvenida a la brisa marina que por momentos templaba el ambiente.

Un descubrimiento maravilloso marcó aquel especial estío. Jugando en la playa con mis amigos, una patada enfurecida mandó la pelota al techo del pequeño edificio de vestidores que se encontraba a la entrada. Mi agilidad física fue determinante. Trepé por un costado recargando los pies en las hendiduras de los peldaños de metal. Desde allá arriba pude ver la bahía en todo su esplendor y belleza, pero cuando dirigí la mirada más cerca para tratar de encontrar la pelota, lo que avisté fue el lado de la playa al que nunca íbamos, el lado nudista. Mis amigos gritaban desde abajo: "¿Encontraste la pelota? Vamos, baja ya, ¡sigamos jugando!" Yo estaba boquiabierto; fue como ver un espejismo bajo los intensos rayos de sol. Me asustó que pudiera ser una trampa de mi imaginación. Me tallé los ojos, los cerré deseando que cuando los volviera a abrir, la imagen dorada siguiera ahí. No me atrevía a mirar, no me quería desilusionar. Abrí los ojos, me sorprendió que todo seguía tal cual; la arena, el mar y los cuerpos de hermosas mujeres meciendo sus pechos en las olas.

Después de este afortunado hallazgo los días en la playa se volvieron aún más atractivos. Yo desaparecía por algunos minutos y podía escuchar a mi madre gritándome: "¡Ya nos vamos!, ¿dónde estás, Beto?, se hace tarde, ¡te dije que no te alejaras!", pero yo no estaba lejos, sólo había trepado al techo para ver a aquellas diosas de todas edades bronceándose bajo el sol ardiente y saciar la curiosidad que a mis diez años parecía elevarse igual que la temperatura que marcaba el termómetro. Éste se convirtió en mi lugar secreto, el mirador privado donde me aislaba del mundo por unos momentos y observaba el resplandor del sol desapareciendo, devorado por el horizonte. Los colores malvas barnizaban el cielo con pinceladas caprichosas. Yo no mostraba ninguna urgencia por irme, y mamá seguía buscándome a gritos. Yo respiraba profundamente, echaba un último vistazo a las curvas semidesnudas en la magnífica luz dorada del atardecer.

Durante esos meses de verano en que el adoquín de las avenidas de Sofía parecía transpirar vapor, el tío José y mi padre seguían tratando de mover todos los hilos posibles en la capital para obtener los pasaportes y papeles necesarios para salir de Bulgaria. Empresa sumamente difícil la que se habían impuesto, sin embargo, yo sabía que papá no descansaría hasta conseguirlo. Se lo había prometido a mi madre y con haberle dado su palabra era suficiente para no doblegarse ante las negativas de oficiales de cabello engominado y gesto esculpido en mármol; aunque a veces se sentía incapaz de evitarle a mamá la tristeza y el momento desalentador en que perdía esa mirada de esperanza que la mantenía recia, aguerrida.

Las frases cariñosas de papá eran la mejor medicina para reanimarla, y su silencio hermético se rompía para decirle: "Yo sé que lo lograrás, querido, confío en ti". Mi padre permanecía de pie frente a ella. Perdía la cuenta de los minutos que se quedaba ahí, presa de la frustración y sin poder articular más palabras. Mamá salía de la habitación desmoralizada y no tardaba en derrumbarse. Podía sentir una escarcha helada que la envolvía en una convulsión de temblor incontrolable. A solas, sin que él la viera, se amparaba en la oscuridad sin poner en evidencia que sentía que la pesadumbre se le desbordaba. Recordaba nuevamente las despedidas que debieron ser más largas, los besos truncados por las prisas, los abrazos que se dijeron se volverían a dar pronto, y lo más doloroso, las promesas que se habían convertido en imposibles. Imágenes imborrables alimentaban recuerdos que dolían, ausencias que creaban vacíos a veces incontenibles.

XVI

Celebraríamos Rosh Hashaná en un par de semanas, y la tradición dice que, de ser posible, se estrene alguna vestimenta o calzado en señal de renovación. Pasábamos por una tienda cuando papá avistó desde la calle en el aparador unos lustrosos zapatos de piel negra. Nos detuvimos a verlos desde el cristal.

—Para ti —me dijo.

—¿De verdad?, ¿me los vas a comprar, papá?

—Sí, hijo, quiero que este Rosh Hashaná estrenes calzado.

Decidimos entrar al local, en realidad un lugar sin personalidad, como la mayoría de los comercios que se establecieron durante el comunismo. Gris como todos, con muy poca mercancía y una dependienta con cara de pocos amigos. Sonó una campanilla que anunció nuestra presencia cuando abrimos la puerta. Me emocioné cuando la señorita asintió a la pregunta de si tenían mi talla, de hecho, al parecer era el único par y justo parecía estar esperándome a mí. Me lo probé, deslicé mi pie enfundado en un calcetín remendado deseando que me quedara. Y sí, papá comprobó que mi dedo no chocara con la punta, debían estar holgados para que me quedaran un buen tiempo. Me iba a dar el lujo de estrenar estos zapatos comprados especialmente para mí. En ese momento me di cuenta de que ya no vestiría prendas de segunda mano heredadas por la Joint Organization, como antes. Ahora vivíamos el privilegio de tener sustento, hasta donde el régimen lo permitía; vestimenta, un humilde hogar y poder estrenar.

En esos días de introspección, de perdonar y ser perdonados, de decidir ser mejores personas y de rezar por un año de bendiciones y salud, estar en familia nos ayudaba a olvidar por unos momentos lo vivido, los sentimientos humanos más enconados, y parecía abrirse nuevamente el diálogo con Dios. El tío José, la tía Maty y mis primos Iako y Salomón pasarían la primera noche de Rosh Hashaná con nosotros. El hogar se llenaba de gente y de aromas, y parecía que siempre había sido así, parecía que los años anteriores habían sido una terrible pesadilla y que habíamos despertado justo a tiempo para disfrutar. Tendrían que traer sus propias sillas para agregar a nuestra limitada mesa y la tía había ofrecido deleitarnos con su delicioso pescado con yogur, si es que conseguía la preciada proteína en el mercado negro, aunque yo hubiese preferido una ishkembe chorbasi, esa sopa caliente de panza de oveja, especias, ajo, vinagre y chile, que le quedaba como a nadie y que me sabía a sonrisas y tiempos felices.

La tarde del domingo 14 de septiembre del año 5708, en nuestro calendario, comenzaba el año nuevo. Nos empezamos a preparar. Mamá daba los últimos detalles a la mesa festiva. Papá, como siempre, iría en la cabecera, en el lugar de honor, aunque en realidad nuestra mesa cuadrada no denotaba ese lugar en especial como lo haría una rectangular. Era mamá, por un lado, la que daba a ese espacio la importancia y el distintivo adecuado para el jefe de familia, y papá, por el otro, lo hacía con su presencia única y su fuerte personalidad. Sí, la cabecera estaba bien definida y por eso la copa para hacer el *kidush* estaba dispuesta ahí, frente a su plato.

El menú, escogido cuidadosamente, comenzaba con un tarator para abrir boca; con su deliciosa frescura de pepinos, yogur, eneldo y ajo, sería lo más indicado para el clima que seguía caluroso. Después un delicioso gyuvetch, la especialidad de la casa. Mmm... el aroma de aquel ragú de verduras cociéndose a fuego lento había llenado el ambiente de cebolla, jitomate, pimiento, papa, col, berenjena y angú. La carne de cordero había costado una fortuna, pero la festividad lo valía y las ventas en la tienda iban bien. Yo veía llegar a papá con los bolsillos abultados de levas y guardarlas en las tuberías, que poco a poco se habían ido llenando.

Los postres eran lo que más me gustaba. Las manos de mi madre habían amasado, desde la tarde anterior, huevos, mantequilla, harina, leche, nueces picadas y pasas para formar una enorme trenza que llamábamos kozunak. Los mekikes fritos con miel ocupaban un lugar importante dado que, a pesar de ser un postre muy sencillo y no especial para fiesta, en aquellos tiempos convulsos no era fácil obtener los ingredientes, así que se convirtió en un antojo decantado del racionamiento de alimentos.

"¡Vamos, niños, alístense ya que no tardan nuestras visitas!", ordenó mi madre categóricamente. Salomón y yo obedecimos de inmediato. Me puse la camisa blanca, la de siempre, pero ahora bien almidonada, mis pantalones largos y un chaleco que ya me quedaba un poco corto. Me peiné de raya de lado restirando bien mis cabellos con una goma que usaba en ocasiones especiales. Ahora vendría el toque final, ponerme mis zapatos nuevos, esos que habían estado esperando debajo de mi cama para ser estrenados. Me los puse con prisa, emocionado, con gran ilusión. Llamé la atención de papá y mamá para que voltearan a verme.

—¡Qué guapo te ves con esos zapatos, mi niño! —exclamó mi madre emocionada—. Camina hacia mí.

Entusiasmado traté de hacer lo que me indicó, pero no podía dar un paso, algo no me permitía caminar con los tan deseados zapatos nuevos. Frustrado volví a intentar, pero nada, no lograba doblar el empeine para avanzar. Papá, que estaba muy al pendiente de la escena, me preguntó:

—Anda, ¿por qué no caminas?

Una vez más les di la orden a mis pies, pero era imposible, no obedecían; me sentí como una figura de hielo sin movimiento. Rompí en llanto con una frustración que me hizo parecer un niño de tres años, pero no podía avanzar de mi sitio, no podía, y no sabía si la desilusión era la que me estaba quitando la sensibilidad en las plantas de los pies. Papá se acercó y desató el moño de las agujetas que había yo hecho tres veces hasta que me quedó perfecto. Me quitó el zapato y lo revisó minuciosamente. Mientras, yo moví cada dedo tratando de recuperar la sensación en mis adormiladas extremidades. Hizo una mueca con la boca, como quien prueba algo ácido, después dijo unas palabras sin en realidad pronunciarlas. Volteó a ver a mamá y le enseñó la suela; era de madera sólida pintada de manera que parecía cuero. Jamás iba a poder caminar con ellos por más que tratara, por más perseverancia que quisiera poner en la hazaña. Sin quedarme otra opción, volví a los zapatos viejos, a los que mostraban su uso heredado en cada pliegue, pero con los que al menos podía caminar.

Llegaron los invitados. Nos sentamos ante aquella mesa que se veía más linda que nunca. Mi padre comenzó por levantar la copa y recitar, mirándonos a los ojos, la *berajá Sheejeianu.* Fue un momento de silencio absoluto, de gran emoción. Pronunciada con cadencia, como un rezo, con ritmo, como una canción; jamás había escuchado aquella plegaria con el alma.

Baruj Ata Adona'i,
Elohenu melej haolam,
Sheejeianu vekimanu
vehiguianu lazman haze.

Cómo no sentirnos agradecidos,
si bendito eres Tú, Dios nuestro,
Rey del universo, que nos diste vida,
nos sostuviste y nos permitiste llegar a este momento.

CUARTA PARTE

En mi saliva habrá trazas de tus esencias seductoras.
Entre la espesura, la genuina sencillez de una ermita se me ofrecerá.
Perfiles de mujer, tus montañas rozarán con sus labios el río.
Desgarraré con mis dedos cenotes sinuosos para respirar la luz.

Inmersa en mitos y creencias,
las ruinas me invitarán a revelar enigmas
de aquellos que cincelaron la piedra dejándole cicatrices.
Testimonios palpitantes que aún respiran.

Me aferraré a la fortaleza de tu gente.
Manos dignas que esculpen porvenires
buscando entre constelaciones el sol quinto.

Tierra fértil, nunca te fatigas.
Abanico ornamental la piel y las arterias de tus suelos.
Rocas volcánicas,
testigos del bilioso magma que deshiela y luego se adormece.

Dorado atardecer, al son de marimbas y guitarras moveré las caderas.
Como semillas, florecen proverbios en tu boca.
En serenatas escondes un beso.
Con tu rebozo de colores nos cubriremos, tierra del quinto sol.

I

El teatro de Artes Dramáticas de la ciudad, el Stoyan Bachvarov, era quizá el lugar más visitado por mi familia. Los domingos por la tarde, ya fuera ópera, ya fuera un concierto o el ballet, Efraim y Sofía, mis padres, estaban ahí. A menudo me llevaban. Recuerdo que, para asistir a tan elegante recinto, tenía unos pantalones de color azul marino; sólo los adultos usaban pantalón largo, los niños siempre vestíamos pantalones cortos con tirantes, salvo en invierno, claro. Tenía también la camisa blanca que mi madre almidonaba con extrema paciencia cada vez que la iba a portar y un corbatín de moño, todo ello exclusivo para ir al gran teatro.

Mis padres se ataviaban también de manera especial. Tan especial como era posible. Ella usaba su abrigo, el único recuerdo que le quedaba de su padre y que logró conservar cuando se fueron a Preslav gracias a que lo llevaba puesto. Le hubiera gustado lucir sus guantes largos de piel y sacar del cajón con llave sus aretes y sus perlas, pero en la posguerra no nos quedaba nada de eso. Él vestía el único traje que tenía, el gris a rayas y su gastado sombrero de fieltro. Nunca olvidaré el estreno en Varna de *Madame Butterfly*, de *La traviata* o de *De hoy a mañana* (*Von heute auf morgen*), ópera en un acto, de Shönberg. Había escuchado hablar a mi padre de esta obra, de su estreno en Fráncfort en 1930, de que su director había sido William Steinberg, en fin, pareciera que él mismo había estado ahí esa noche. Como todo lo que tenía que ver con Viena, en casa se admiraba a Shönberg y sus invenciones, sus diseños, sus pinturas, sus óperas y sus sinfonías.

Saber que tan notable compositor fue violinista a los nueve años de edad hacía que pusiera toda mi atención en mis clases con la malhumorada maestra Grágeba a pesar de sus métodos impacientes y dictatoriales. Íbamos a tantos conciertos que la música me entraba por ósmosis, y los días de la semana no me eran suficientes para practicar y demostrarle que, poco a poco, mis pequeños dedos sobre las cuerdas podían ir perfeccionando la melodía que estudiábamos esa semana. Practicaba con las cuerdas al aire; sol, re, la, mi, en orden de arriba abajo. Le ponía cera al arco ya tenso, frotando con cuidado, pero con fuerza de arriba abajo a lo largo de las cerdas. Después de acomodar mis partituras frente a mí, tomaba el arco con suavidad, la sección media de mi dedo índice recargada en la parte ligeramente acolchonada de la vara, unos centímetros por encima del tornillo de ajuste. La punta del meñique un tanto curveado en la parte lisa de la vara. El anular y el medio descansaban alineados con la punta del meñique, finalmente el pulgar bajo la vara. Al principio me sentía sumamente incómodo. Recuerdo que la maestra Grágeba se sentaba recta en su sillón de tapiz antiguo y un tanto decolorado por los rayos del sol y me corregía la posición de los dedos con miradas que no necesitaban palabras. Ella demandaba excelencia y yo estaba decidido a demostrarle que podía ser aún más testarudo que ella. Con el tiempo, mis manos se relajaron, la posición se convirtió en un hábito y le perdí el miedo a la maestra. Todo se complementaba en este gusto que me habían inculcado por las artes. La música, la ópera y el ballet eran parte de nuestra vida cotidiana, y fue ahí, en el gran teatro de butacas tapizadas en terciopelo color granate, que me familiaricé con Gustav Mahler, con Wagner y con Brahms.

El teatro, fundado en 1921, habita un magnífico edificio barroco diseñado por el gran arquitecto Nikola Lazarov. Desde que cruzábamos la Ploshtad Nezavisimost, la Plaza de la Independencia, asomaba su tono rojizo de la fachada haciéndose notar con elegancia. Entrábamos al recibidor y mi cabeza se dejaba caer hacia atrás para admirar su techo en bóveda pintado a mano y sus lustrosos candiles.

En ese sobrio lugar vi por primera vez fuera de la escuela a la niña que hacía que me ruborizara. Ella iba también con sus padres. Llevaba un vestido rosa con ondulantes bordados en las mangas y en el cuello. Se llamaba Rumyana. Nos conocíamos por la clase de la maestra Mara Kamburova; cursábamos el cuarto año de primaria. Nunca la había visto sin uniforme, nunca fuera del ambiente escolar. Mi manera de hacerle saber que me gustaba era jalándole las trenzas, esas de cabello grueso y brilloso a las que daba fin un moño tieso de almidón. Con frecuencia le enseñaba mis dibujos que poco a poco había ido perfeccionando en técnica y que a ella le gustaba observar y darme su opinión.

Rumyana y sus padres se sentaron varias filas adelante de nosotros. Yo podía observar su cuello apenas asomando de entre los bordados de su vestido y haciéndose lugar entre las cabezas de los asistentes al espectáculo. Veríamos una de las principales obras del ballet clásico: *La bella durmiente*. "Tres actos. Tres actos para mirar la nuca alargada de Rumyana", pensé. Comenzó aquella espléndida música compuesta por Tchaikovsky, la coreografía de Marius Petipa daba vida a las hadas habitantes de una irrealidad romántica; exacto, una irrealidad como la que yo imaginaba. La princesa Aurora tenía el rostro de Rumyana, y yo, el príncipe Florimond, la despertaba del sueño centenario al que había sido condenada. Nuestro amor triunfaba sobre el maleficio de la satánica hada Carabosse. Al finalizar la obra nos encontramos en el *foyer*, mis padres saludaron a los suyos y nosotros simplemente nos miramos sin decir palabra. Sus ojos claros mostraban su lado misterioso y, por más que los había visto tantas veces en el colegio, esa noche me sorprendieron llevando mi imaginación a lugares inesperados.

Cuando acabamos el cuarto año de primaria Rumyana se despidió de mí. Una traicionera punzada. Mi corazón, un mar agitado al escuchar que la secundaria, la cual comenzaba en el equivalente al quinto año en el sistema educativo búlgaro, la cursaría en otra escuela. No podía ni siquiera pensar en que no la volvería a ver. En que no la molestaría jalando sus trenzas de cabello azabache. Debía hacer algo, lo que fuera para seguir cruzando un par de palabras todos los días. Averigüé a qué colegio se iba y decidí seguirla; supliqué a mis padres que me inscribieran en esa misma escuela. Ellos reconocían mi curiosidad intelectual y mi ambición en cuanto a perfeccionar mis técnicas de dibujo. Mi gran suerte fue que habían escuchado hablar de la institución y de su calidad educativa. Intercambiaron miradas en un diálogo silencioso; después de unos segundos, aceptaron.

En un principio me costó trabajo relacionarme con los nuevos compañeros, no me conocían y les importaba poco hacerme sentir bienvenido; no tenían malas intenciones, eran sólo niños y a mí, a mí, con estar cerca de Rumyana me era suficiente. Con frecuencia nos reuníamos para prepararnos para los exámenes. Estudiábamos. Ella me hacía las preguntas que seguramente vendrían en el examen acerca de Vasil Levski, nuestro héroe revolucionario, o sobre el yugo otomano bajo el que estuvimos cinco siglos, o sobre Hristo Botev, quien organizara la resistencia contra los turcos. Yo la interrogaba sobre los tracios, nuestros pobladores más célebres, o sobre Alexander Stamboliski, el líder agrario y reformador social. Ella siempre contestaba correctamente, lo que hacía que yo me esforzara para impresionarla demostrándole que también sabía todas las respuestas. Seguramente, por esas tardes de estudio juntos, me acuerdo hasta hoy de aquellos personajes y sus hazañas.

Así se prolongó nuestra amistad durante un tiempo. Así se convirtió Rumyana en mi primer amor. Con los ojos cerrados, la observaba. Cuando creía que no la miraba, yo adivinaba sus formas recatadas. Nunca fui irreverente, pero pedía al destino más amaneceres y subrayar cada uno con el placer de verla. Cerca de ella me convertía en viento, en rocío, en mar.

II

El año de 1948 comenzó como todos, con un frío que rugía por las noches y que dejaba a su paso un itinerario helado por cada ciudad del país. Habíamos entrado en la temporada gélida, pero aquel invierno fue tan caprichoso que los termómetros parecían haberse descompuesto para poder marcar tan bajas temperaturas. Las intensas nevadas hicieron que nadie saliera de no ser absolutamente necesario, las calles parecían haber desterrado a sus transeúntes y las pocas huellas de pisadas audaces se borraban en unos instantes bajo copos recién nacidos. Esos días me la pasé leyendo en casa y tratando de almacenar calor en mi delgado cuerpo. No teníamos radio, mucho menos televisión, así que libros como *Tchaika* (*La gaviota*), de Antón Chéjov, y *Crimen y castigo*, llenaron mis ojos de letras y mis tardes de calor. También leí *La madre*, novela de Máximo Gorki que me impresionó. La crudeza con la que muestra las bases del realismo socialista llenó mis noches de preocupación. Él mismo lo dijo: "Dame libros que cuando los lean, no dejen al hombre tranquilo". Todas eran quizá lecturas para mayores, pero estaban en la única repisa de nuestro apartamento donde papá recargaba un puñado de títulos, de escritores rusos todos ellos, lo único que se podía conseguir en las librerías. Leerlos me resultó más que interesante, aun a mi corta edad, aunque *Las aventuras de Tom Sawyer* o *Moby Dick* hubiesen sido más apropiados, pero los escritores estadounidenses, como muchos otros, no tenían lugar en los estantes literarios.

Aún recuerdo que al leer *La madre* hacía largas pausas para pensar. Releía ciertas oraciones, daba vuelta a la página y regresaba hacia alguna idea. La carga emocional de sus renglones y de sus personajes, que querían un mundo mejor y que harían lo que fuera para tenerlo, me cimbraron. Será que nosotros, viviendo este régimen, aspirábamos también a algo mejor; a no tener miedo, estábamos cansados de sentirlo, de ser sometidos, de padecer el abuso del poder y hasta la perversidad de la guerra, pero ya no estábamos en guerra, sin embargo, seguíamos siendo un país ocupado, solamente habíamos cambiado de manos, como mercancía que se vende y que pasa a ser propiedad de otros.

La figura literaria del socialismo en *La madre* era la que vivíamos día a día en carne y hueso, la que se manifestaba en todo. En el rigor que flotaba en el aire y que hacía saber del control que tenían los rusos del país; en los edificios de personalidad aplastante que se pronunciaban en bloques de cemento que se erigían vestidos de luto; en la automatización del sentimiento y de la acción de muchos; en la moral agrietada, esa ya tan herida que no nos permitía pensar en los conceptos de libertad y democracia. Parecía que todo y todos se habían mudado en la gama plomiza del color predominante, la triste tonalidad gris que llevaba a poner el índice sobre los labios y callar.

Los nazis se habían ido, pero no el miedo en la cara. Algunos estaban más muertos que vivos en esa represión que nos hacía sentir tan solos, solos y casi muertos. Por las noches era quizá posible hablar en voz alta, sin tener que delinear las palabras con los labios, y, aun así, había cosas que debíamos callar. En la intimidad se tiembla de miedo, se teme poder ser la provocación recién descubierta. "El sistema" nos robó hasta los ruidos de la noche.

Minúsculos instantes de creer superado el peligro, la amenaza de ser visto como desertor, o conspirador o delator, pero al acercarse el día no era posible el engaño y tampoco era posible tomar aire de esa asfixia. Había que tratar de disuadir en todo momento a quienes pudieran asilar la más mínima duda, las teorías conspiradoras. Y así, el gris se tragó la personalidad de algunos, el carácter de muchos, las sonrisas de la mayoría. Los ojos no reflejaban nada singular, todos miraban igual, todos igual. Los camaradas, los que estrujaban la verdad en un puño al aire dictaban lo que se debía hacer, lo que se podía creer, y no les temblaba el pulso si había que liquidar a un "traidor". Los demás, los demás tememos, los demás obedecemos, con los ojos apenas abiertos y la boca bien cerrada, mirando siempre al suelo. Fue así como nos convertimos en un satélite, un satélite en los Balcanes, girando alrededor de la Unión Soviética.

Los días de ese enero de 1948 pasaban al amparo de las páginas y las palabras impresas para no hacerse infinitos. Leía en voz alta, de esa manera las letras me entraban por los ojos y también por el oído. Leer era como recitar. Hacía tanto frío que el té ardiente que tomaba no alcanzaba a calentar mis entrañas. El cartero tocó a la puerta, misión titánica la de entregar una carta bajo las condiciones climáticas que nos azotaban. Era de México. Mi madre la sostuvo entre sus manos emocionadas, la leyó y se conformó, como cada vez que recibía una misiva, con llenar el tiempo que llevaba separada de su madre y sus hermanas con palabras de tinta negra. Ella escribía también, línea tras línea de palabras, y no dejaba un espacio en blanco porque sentía que llenarlo acortaba la distancia entre ellas, y recordaba que no hubo tristeza en aquella despedida, ésa vino después. La preocupación de la familia por nosotros seguía y trataban de mitigar nuestras carencias con paquetes que eran revisados minuciosamente antes de sernos entregados y a los que les faltaban objetos como ropa o alimentos que habían levantado algún tipo de sospecha o, más bien, el antojo del funcionario en turno. La correspondencia, aunque llena de censura, hacía que por lo menos un par de días saliera de entre las sombras de donde apenas se lograba distinguir porque parecía una más; oscura, sin vida, tan sólo una silueta parda.

Mamá, mamá estaba agotada. Cansada de revivir el pasado y sentirse incapaz de respirar el presente. A veces deseaba dormir, dormir y no despertar. Ave fragmentada que perdió su nido y lucha contra los gusanos que recorren los laberintos de su mente. Los de estrellas amarillas, lenguas voraces a la altura del corazón lamiendo cada latido. Duerme para no sentir que ha vivido cien vidas. Por eso el cansancio, porque en cada una sufre nuevamente con la misma intensidad, con la misma impotencia. Nuevamente la arrancan de los brazos de mi padre cuando se lo llevan, nuevamente el ser humillada por un puñado de chiquillos, nuevamente el haber dejado nuestro departamento del bulevar Maria Luiza, nuevamente la responsabilidad de criar sola a dos pequeños, nuevamente yo, cediendo mi ración de alimento para no oír a mi hermano llorar de hambre, nuevamente las escenas que la atormentan; dragones de mil cabezas que son proyectadas en la pantalla incansable de su cabeza. Escapa por ratos, lo que le dure estar dormida, pero todo es en vano, no hay huida; después, nuevamente el duelo de todo ello. Eso hace la guerra. Deterioro en el sentir, en el pensar.

En las crisis depresivas, sus piernas perdían vigor, la fatiga y la tristeza marchitaban todas las rosas de su cuello y yo podía ver los pétalos pálidos muriendo sin aroma. Se extraviaba el efluvio que la definía, se perdía a sí misma y parecía balar su dolor como una oveja herida. Si notaba mi presencia, yo le sonreía, ella devolvía un gesto amable y sonreía una sonrisa tristísima. Se mordía los labios para no llorar frente a mí, pero en ocasiones le era imposible. Y me pedía perdón, perdón por estar triste, perdón por llorar, perdón por querer huir de sí misma, por sentirse como un ruiseñor cautivo y no encontrar salida en la jaula; la de los recuerdos que le taladraban mente y espíritu en un bramar constante. Y no había bálsamo que acallara los traumas sin resolver, que le devolviera la aspiración a un ideal de bienestar, que le ayudara a reencontrarle sentido a la vida.

Nuestras miradas se cruzaban a hurtadillas, la de ella trataba de huir, la mía de coincidir, pero le cuesta verme a los ojos, le cuesta no tener la fuerza para abandonar de una vez por todas las secuelas que la hostigan con su látigo. Los recuerdos, una plaga de la que mendiga un momento de serenidad. Quiere hallar su epicentro, quiere, pero la mitad de la memoria sigue allá, en una vez más de todas las veces que repasa en su cabeza escenas de lo sufrido, de la agonía. Una vez. Otra. Cien. Recuerdos sesgados. Recuerdos en llanuras lejanas de una razón atormentada. Recuerdos que seguirían ardiendo, que no se calcifican en el fango interminable de las arenas movedizas que degluten su pensamiento. Al recordar revive, y esas evocaciones que la acribillan habitan en una dimensión propia en la que se repiten una y otra vez sin descanso.

Enero de 1948. Paisaje invernal, gris y doliente. Nubes plateadas que se alejan con el viento.

III

Los árboles desnudos lloraban estalactitas esa mañana de mediados de enero cuando papá salió de la casa, como cada tanto desde 1945, para ir a Sofía a tratar de cumplir su palabra. "No te vayas —le dije. No atendería mi ruego a pesar de mi insistencia. Cerró la puerta sin escuchar mi voz—. No te vayas", repetí al aire.

Faltaban tan sólo tres días para mi cumpleaños, era 14 de enero. Papá me había asegurado que volvería a tiempo, que de ninguna manera se perdería mi festejo de once años. Pero yo tenía miedo. Cualquier cosa podía pasar que le impidiera llegar. Me dijo que iba a tomar el tren de siempre, el que lo llevaba durante la noche a la capital recorriendo los cuatrocientos cuarenta y dos kilómetros entre las dos ciudades; y un par de días después lo traería a casa a tiempo porque lo pescaría en la madrugada. Que caminaría de prisa desde la estación, que, de ser necesario, correría pero que estaría junto a mí para soplar las once velas. Yo le quería creer, pero sabía también que no todo dependía de él y de su buena voluntad.

Papá y el tío José se fueron en *phaiton*, en carroza a la estación de Varna para abordar el tren. Normalmente tomaban turnos para ir cada cierto tiempo a la oficina de Relaciones Exteriores en Sofía, pero en esta ocasión habían decidido ir juntos. Transcurridas las seis horas de viaje nocturno descendieron del ferrocarril, y el tranvía que pasaba cerca de la estación central los dejó a unas cuadras del edificio al que se dirigían. Al bajar, papá mojó sus botines en un charco de nieve disuelta. En vez de enojarse decidió tomar esto como un signo de buena suerte. "Qué le vamos a hacer —dijo cuando el tío José volteó a verlo—. Es un indicio de la buena fortuna que nos acompañará hoy, ya verás."

Papá se sacudió el flagelante invierno de los pies con fuerza y siguió caminando. El viento implacable hacía que la nieve se estrellara contra su rostro sonrojando sus pómulos bien esculpidos. El gorro de lana y los guantes gruesos trataban de aislar el frío de su cabeza y de sus manos resguardadas en los bolsillos, pero los pies curtiéndose dentro de los botines mojados le producían escalofríos. Aceleró el paso para ver si así volvía a sentir sus plantas violáceas y casi congeladas. De pronto, desde el otro lado de la acera, alguien le gritó:

—Efraim, ¿eres tú, amigo?

Mi padre lo miró. Unos ojos almendrados y oscuros asomaban por el resquicio de una bufanda que cubría su cara. Las cejas y pestañas pobladas lo delataron, era Haim, un buen amigo de la juventud. Papá cruzó la calle y con un abrazo saludó a su conocido, él le devolvió el abrazo y le dio un beso en cada mejilla.

—¡Qué gusto verte, Haim, han pasado tantos años! —dijo mi padre con una notoria emoción brotando en cada vocablo.

Haim y mi padre intercambiaron palabras. En un instante fueron capaces de narrar la cronología de dos vidas, de dos lazos que contaban una historia de juventud llena de anécdotas. A pesar del frío permanecieron unos minutos recordando y riendo. Antes de despedirse Haim le dijo a mi padre que, dado que los búlgaros habían sido aliados de los alemanes, los rusos ahora daban los puestos de confianza a los judíos y que él tenía un excelente trabajo; era nada más y nada menos que el secretario general del Partido Comunista.

Papá recibió estas palabras como un canto, como una bendición que llegaba a sus oídos a través del aire húmedo. Con el aliento un poco entrecortado por el frío, le contó que cada dos meses iba a Sofía para tratar de conseguir pasaportes para nuestra familia y la familia Behar. Haim no dudó en recordarle a su amigo del alma que cuando eran más jóvenes mi padre le había hecho un favor y que él no lo había olvidado. Ésta era su oportunidad para reciprocar aquella atención que en su momento fue de gran valía para Haim. Papá le contestó que cualquiera en su lugar hubiera hecho lo mismo, pero Haim lo contradijo: "No, Efraim, no cualquiera me hubiera ayudado con tanta generosidad y desinterés como lo hiciste tú". A continuación, sacó de su bolsillo de la camisa un sobre. Cuidadosamente le arrancó una esquina y con su pluma fuente garabateó una nota. Le entregó el pedazo de papel a mi padre junto con un fuerte abrazo y un guiño al final. "Doy gracias por la oportunidad de pagarte el favor", dijo con el corazón en la mano.

En cuanto Haim dio unos pasos para seguir con su camino mi padre desdobló la nota; estaba dirigida al ministro de Relaciones Exteriores pidiéndole que expidiera, lo antes posible, ocho pasaportes para su hermano del alma, que él le devolvería la cortesía con creces. Después de haber leído le hizo una seña al tío José, quien se había quedado al otro lado de la acera observando el encuentro. Cuando le enseñó el corto pero contundente mensaje se llenó de determinación. Se le notaba en sus pasos seguros, en la mandíbula bien marcada, en los brazos que seguían el ritmo de ese caminar que más bien parecía una marcha. A diferencia de las decenas de veces que había entrado al edificio de Relaciones Exteriores, esta vez lo hacía con la cabeza bien en alto, erguido con esa espalda de músculos desarrollados tras años de trabajo en los campos, y hasta sonriente.

El oficial de gran estatura, robusto y con un pequeño bigote hitleriano que parecía quedarle chico, recibió frunciendo el ceño la nota garabateada en el frío. Levantó la mirada, vio directamente a los ojos a mi padre, la volvió a posar sobre el papel que tenía en las manos, volvió a escudriñar a papá. Finalmente alargó el brazo para tomar un folio nuevo y archivar los documentos y formularios que una vez más papá entregaba. Pero en esta ocasión era diferente, no hubo negativas, ni rechazos, ni pretextos de que hacía falta tal papel o una firma, esta vez asintió y le dijo que volviera en unas semanas a recoger los ocho pasaportes.

En su emoción y su prisa por irse papá no encontraba la salida del edificio que con la nevada se sentía aún más lúgubre. Equivocó la puerta y abrió entrando como ráfaga de aire helado a unas oficinas tan elegantes que intimidaban. Al darse cuenta del desatino se disculpó de inmediato con el hombre de barbas y dientes medio decolorados que sujetaba unos documentos marcados con un sello en letras rojas. Cerró la puerta tras él y revirtió sus pasos por el largo pasillo que lo había llevado hasta allá, sin voltear, sin hacer ruido, sin ver siquiera si el tío José lo seguía. Salió del edificio con apremio, antes de que lo arrollaran con preguntas de por qué había entrado a esa oficina y se convirtiera en sospechoso de quién sabe qué.

Imaginó la escena: las manos atadas a la espalda, el pecho desnudo y la frente en alto para recibir una sola bala que le dejaría un hueco en forma de estrella teñida de pólvora. Tenía el pulso acelerado, su corazón galopante le hacía sentir cada latido palpitándole en una vena de la sien. La aguanieve volvió resbaladizas las calles, aun así papá caminaba sin precaución y con mucha celeridad, esa que se vigoriza con el miedo. Pequeños y vacilantes copos de nieve, a merced del viento, se estrellaban contra su abrigo. Seguramente el termómetro marcaba diez grados bajo cero, pero papá no sentía frío y su rostro ajado lucía los sinuosos trazos del temor reciente. Le urgía tomar el tren y llegar a casa. Le urgía contarle a mamá, le urgía llenarla de esperanza nuevamente, de ganas de vivir, de su entrañable sabor a melocotón en almíbar en cada beso.

IV

Miraba por la única ventana desde donde veo un pedazo de cielo. En silencio, rogaba que papá estuviera conmigo en este día, que sin él no me sentiría festejado. Claro que nunca le comenté esto a mi madre, ella había tratado de hacerme sentir especial en todas esas celebraciones que no estuvimos con papá, y siempre aprecié su esfuerzo, pero lo cierto es también que siempre hubo un dejo de tristeza en esos cumpleaños en Preslav. El llanto estaba a punto de sabotear mi falsa felicidad cuando de pronto se abrió la puerta. Tal como lo prometió, mi padre llegó justo a tiempo. Traía en las manos una caja de codiciados chocolates y una sonrisa que invadía el verde de sus ojos. Corrí hacia él y me le trepé sosteniéndome con los muslos de sus caderas. Lo abracé tan fuerte como mis delgados brazos pudieron. Mi madre se quedó sentada, parecía no haberlo escuchado y siguió poniendo el betún a mi pastel. Seguramente no esperaba que su esposo trajera noticias diferentes a las de siempre. No veía el caso en emocionarse como las ocasiones anteriores y acabar decepcionada una vez más. Volteé a verla, parecía una hoja seca sobre la silla. Papá me susurró muy bajo, como no queriendo que alguien más lo escuchara:

—¡Les tengo una sorpresa, el mejor regalo de cumpleaños!

Una conspiración de silencios llenó las entrañas de nuestro hogar durante unos segundos hasta que, entusiasmado, papá le entregó los chocolates a mi madre y la tomó por la cintura. La cargó dándole vueltas y besándola hasta que se marearon. Su falda gris revoloteaba en el aire como golondrina veraniega. Papá se tambaleó un poco, estaba ebrio de alegría.

—¡Nos vamos, Sofía, lo conseguí, nos vamos a América! —decía con un tono festivo que nunca le había escuchado mientras abrazaba a mamá. Los dos se amalgamaron en una misma silueta de harina y crema de betún a la que yo me uní enroscando mis brazos a la altura de sus cinturas. Salomón no entendía qué pasaba, pero de igual manera se abrazó a nosotros.

—¿Es verdad, Efraim, nos van a dejar salir?

Nos sentamos apaciguando un poco las emociones. Papá nos contó acerca de su encuentro con su viejo amigo, aunque su prudencia hizo que no nos platicara cuál fue el favor que le hizo a Haim por el que estaba tan agradecido. No cabe duda de que hacer el bien siempre paga. Nunca se sabe en qué momento de la vida esa bondad puede regresar a ti, lo aprendí ese día.

Los papeles estarían listos en unas cuantas semanas, un juego para cada miembro de las familias Bidjerano y Behar.

—¿Tan pronto? —preguntó mi madre con un poco de incredulidad empapando su voz.

—Sí, querida. En poco menos de dos meses voy a la capital a recoger los pasaportes, mientras empezaremos a empacar y a alistarnos para el viaje.

La ternura con que mamá veía a su Efraim se dibujó en sus labios carnosos, en sus ojos oscuros y almendrados que se encontraron con los verde bosque de papá; con esa expresión satisfactoria que lo hacía lucir tan atractivo. Una sólida sonrisa se desplegaba a lo ancho de su rostro y la mandíbula le marcaba un seductor trazo varonil. A mi madre, la dicha le hizo que los músculos de sus pómulos apiñonados ascendieran; se veía más bella que nunca. Él le limpió la mejilla enharinada y le acercó el hombro dispuesto a recibir sus lágrimas, que en esta ocasión no eran de tristeza. Ella alzó la mirada y con la poca voz rota que logró sacar, le dijo: "Gracias, gracias amor". Entrelazaron los dedos y sonrieron antes de rozarse los labios, antes de convertirse en síntesis y formar un capullo.

Eran las cuatro de la tarde del 17 de enero de 1948, el cumpleaños más significativo, el más relevante. Apagué las once velas. "¡Pide un deseo!", exclamó papá eufórico. Enmudecí. Cerré los ojos ante las llamas vacilantes. Los apreté muy fuerte, como si eso fuera a ayudar a que se cumpliera mi petición. Lo único que quería después de haber visto la felicidad delineada en mamá era que nada echara a perder la esperanza y la ilusión de ese momento, que todo lo que preparáramos en los días por venir no fuera en vano, que tal y como lo prometió papá, en unas semanas nos entregaran los pasaportes y no perdiéramos tiempo y energía en algo que, de no cumplirse, hundiría a mamá en la más terrible de las depresiones.

Como la veía yo en esos instantes, mamá había salido por fin de un duelo del que yo no entendía quién era el difunto. Lo comprendería más tarde, cuando la inocencia me abandonara y pudiera concebir la extensión de lo vivido, de las atrocidades, de la amargura que rasgó y pervirtió su memoria perpetuando una historia imposible de olvidar. Cuando cayera en la cuenta de lo difícil que era llevar a dos Sofías en su interior. Una que luchaba por no exhumar del polvo los recuerdos, y así restauraba su sanidad sobre una fachada de cristal. Otra, que con su fuerza regaba pólvora y la vencía desplomando en añicos su refugio; y así la dejaba; rehén de su memoria. Temerosa. Remota. Nula en las garras del terrible insomnio, de las sábanas impregnadas de pesadillas, de sus noches infinitas.

V

Su alegría no disminuyó durante las semanas en que nos preparamos para la partida. La elocuencia de su contento nos contagiaba a todos. Su piel olía a lo de siempre, a pétalos recolectados en primavera, ese aroma que aún llevo en mí, en una parte que resguarda los recuerdos olfativos, los que son capaces de volverte a anclar a un momento, a otro tiempo, a las nostalgias que se desparraman en una escena, allá, en algún rincón de la vida.

A veces nos sorprendíamos unos a otros sentados durante unos minutos casi a oscuras. Mamá suspiraba evitando parpadear para que no escaparan las lágrimas que se le acumulaban en los ojos. Las de alegría, las de incredulidad, las que se ven y se sienten tan distintas, las que brillaban con un tono más luminoso. Papá recorría con la vista la grieta irregular en el enyesado. Yo escuchaba el incansable goteo del grifo sobre el fregadero. Todo era una despedida, un último adiós a lo que convertimos en hogar a pesar de la luz parpadeante de la lámpara, a pesar del reducido espacio y la falta de privacidad, a pesar de los deshechos en las bacinicas.

Cada quien llevaría una pieza de equipaje. La mía, de color marrón y de tamaño mediano, estaría cerrada con un pequeño candado. Me emocionaba saber que yo tendría la llave y que mis pertenencias y tesoros estaban resguardados con seguridad. En realidad mi libreta de dibujos era lo que más me importaba, fue lo primero que empaqué.

Pero todo acto de selección inevitablemente presume alguna exclusión, por lo que el proceso para decidir qué llevar a las Américas a mamá le fue un tanto difícil. Escuché a mis padres susurrando en una esquina de nuestro apartamento. Estaban decidiendo qué haría el peregrinaje con nosotros y qué se quedaría. Mamá tenía que desapegarse de ciertos objetos; le era difícil, ya que algunos de ellos le servían de ancla emocional, esos que aun sin verlos o usarlos la constituían. Un vestido, una falda, zapatos, una cobija de punto que ella misma tejió. Eran sus posesiones, pocas, pero suyas. Recordaba en dónde había comprado tal o cual cosa, si iba acompañada de su madre o de papá, si lo había visto en el aparador varias veces antes de decidir adquirirlo, y más aún, si alguna de éstas le había sido obsequiada en una ocasión especial, antes de la guerra, claro, cuando se podían conseguir cosas de calidad, y hasta importadas. Por supuesto, uno de esos valiosos regalos era su abrigo, el de lana, el que le dio su papá. Ése ni lo pensó, no había decisión que tomar, el abrigo se iba con ella, aunque en la tropicalidad de la tierra que muy pronto iba a adoptarla no fuera necesario.

Lo ya elegido fue doblado con perfección, acomodado una vez, no, no, así no, otra vez más y luego vuelto a situar cuidadosamente, como si se tratara de un ritual y las valijas un lugar sagrado. Lo que dejaría atrás recibió un trato especial. Por ejemplo, uno de sus dos pares de guantes tejidos por ella misma y que sabía que en el clima de México no le serían indispensables decidió regalárselos a una de las vecinas a quien tenía en muy buena estima. El otro era imprescindible para la travesía que les iba a tomar unos meses en el invierno europeo.

Abrió el cajón de la pequeña cómoda, el que siempre se mantuvo lleno, aunque no de objetos ni cosas físicas, pero sí de los recuerdos que había que custodiar, lleno del no olvido, de lo inmutable. Su contenido escribía una autobiografía llena de sinceridad, sobrevivencia, logros y pérdidas. La gaveta parecía tener vida propia. Guardaba códigos de ética, archivos de memoria, evocaciones, celebraciones y esperanzas. Sacó una de las cartas de su madre. Comprobó la dirección del remitente. México, ahora su destino. El lugar desconocido que habría de convertirse en la nueva tierra para echar raíces, para crecer y hacerla suya.

Pasaron los días. Nuestros documentos estaban listos tal y como prometió Haim. Papá había aprovechado el tiempo comprando paquetes de cigarrillos, todos los que pudo conseguir, ya que servirían como moneda de cambio en el trayecto. Bulgaria era uno de los pocos países de la posguerra que tenía tabaco, que se sembraba en el sur, cerca de las fronteras con Grecia, Turquía y Macedonia, principalmente. A través de la *kinkaleria* mi padre y el tío José adquirieron no sé cuántos cartones de los preciados tabacos, que con su color claro y su sabor dulzón nos darían de comer en la travesía. Las tuberías donde papá guardaba las levas se fueron vaciando y nuestro equipaje llenándose del aroma pronunciado de Perushtitza-Ustina y Krumovgrad. Papá nunca fumó, pero se convirtió en un especialista en las variedades más renombradas de Bulgaria.

Había llegado el momento, el que mamá creyó que nunca estaría viviendo. Con convicción supersticiosa, heredada de generación en generación, regó unos cuantos caramelos dentro del equipaje antes de cerrarlo; "esto para que tengamos suerte en el viaje y lleguemos con bien", me dijo. Hizo una pausa y bajó la tapa de la maleta. Así lo había hecho su madre, y su abuela antes que ella, y todas las mujeres de la familia que creían en amuletos y símbolos protectores, herencia del ser sefardí, de haber vivido una simbiosis entre la cultura árabe y la judía cuando habitábamos en España, en Sefarad, durante la Edad de Oro. Pertenencias, supersticiones y nostalgias, todo había cabido en el equipaje.

VI

Habíamos abrazado nuestras tradiciones heredadas por padres y abuelos, practicábamos moderadamente la religión, y asumimos la vida cotidiana que nos tocó vivir. Viendo hacia atrás, me doy cuenta de que eran ésas las costumbres que nos contenían, las que nos daban sentido de pertenencia, las que se realizaban por puro hábito y nos hacían sentir que teníamos un propósito; eran un ancla, eran vitales. Hacer cena de Shabat, ir a la escuela, tomar clases de violín o ir a la *kinkaleria* todos los días significaban pertenencia, continuidad.

En una mesa de Rosh Hashaná se pactaban compromisos, se hacían promesas que no necesitaban más que el apretón de manos entre caballeros, se hacían planes, se vivía, se vivía aun con la represión comunista en una posguerra en la que lo que nos quedaba era apretar nuestro olor y exhalarlo con valentía, protegernos al cobijo del amor que nos teníamos junto con nuestros nuevos anhelos. Un arte, sin duda, volver a tener anhelos. Valores autoimpuestos, ataduras que provocaban en nosotros una sensación de seguridad, se convirtieron en nuestro mundo, el que conocíamos, el único. Pensar en que había alguien que nos esperaba al otro lado del horizonte significaba también que habría que hacer un sincretismo entre todo este bagaje y el que encontraríamos en el nuevo suelo. Sería un periplo de desarraigo, de nostalgia, de sabores nuevos y de nuevos amores, y finalmente de permanencia.

Nunca dejé de apreciar algunas de las cosas que habíamos perdido. Extrañaría las tardes de música alrededor de nuestra radio. Extrañaría mi espada de madera, la que tantas y tantas veces usé para defender princesas y matar dragones, pero, sobre todo, seguiría extrañando los años que estuvimos separados de papá. Ese valioso tiempo siempre me haría falta.

Dar el último paso fuera de nuestro apartamento cambiaría para siempre nuestra vida, y como todo cambio, aun profundamente deseado, nos daba miedo. Los sentimientos funcionan de manera caprichosa. La alegría y la tristeza, la aprensión y el regocijo se empujan a codazos unos a otros tratando de ganar lugar, tratando de ocupar el espacio libre que por un segundo haya dejado cualquiera de ellos. Y así, pasábamos de las lágrimas al júbilo, de la momentánea cobardía a la euforia y a la gratitud, y al optimismo y de vuelta a la inseguridad. Toda emoción se plasmaba en respuestas involuntarias, en miradas sin palabras, en lo que cada uno pensaba. Todo era evidente.

Comenzaron las despedidas. Papá dijo adiós a toda esa gente a la que saludaba a diario, a la misma hora dirigiéndose a su tienda. Vecinos y amigos con quienes habíamos compartido tanto. Los viernes y los días de fiesta. La escasez y el hambre como enfermedad. La ocupación nazi, la entrada de los rusos, la nueva vida como ciudadanos de un país comunista. Destellos de nostalgia llenaban la mirada de papá en cada despedida. Mamá, por su parte, a pesar de lo difícil de los tiempos, había logrado readaptarse, salvo cuando las depresiones llegaban sin anunciarse. Nosotros la manteníamos ocupada, esto le ayudaba a no extrañar de más, y las vecinas y amigas eran buena compañía. A todo y a todas habría que decir adiós.

Me tocaba a mí. Debía despedirme de Rumyana. Retrasé el momento lo más que pude. Debía despedirme. De ella y de mis calles. De ella y de mi Jardín del Mar, de mi Morska Gradina. De ella y de la banca donde platicábamos, y de los inviernos nevados y del kiosco donde dirigí tantas veces a la orquesta de la Marina. Me despedía de ese estado cercano al éxtasis al que me transportaba la música, de mis manos llevando la cadencia, de sentirme un virtuoso, de mi papel en esa sucesión de notas que me hacía tan feliz. "Escribo la palabra música con un signo de exclamación", diría Wagner, y así la escribiría yo.

Me despedí de Varna, y de las aguas del mar Negro que siempre vi desde la playa y que sólo mojaron mis pies. Las tuve ahí, tan cerca, pero a la edad en que un niño aprende a nadar, nosotros estábamos exiliados en la granja de Preslav. Es curioso, nací en un puerto y nunca aprendí a explorar su oleaje. Los niños saben flotar por naturaleza, por haber estado en el útero durante meses, sin embargo, nunca quise intentarlo; después de la guerra, cuando volvimos, ya era grande y los miedos se hacían patentes. Me despedí de los amigos, de los vecinos, de todo aquello que no pude llevar conmigo. Me despedí de mi infancia y, sin saberlo en ese momento, también de las arbitrariedades, de mártires y de héroes, de historias de guerra. Me despedí del paisaje y de ella. De ella.

Por años, la correspondencia con Rumyana fluyó en un ir y venir pausado pero pleno de recuerdos y fotografías. Hasta que recibí la última carta, el último sobre, el que me trajo la esquela del periódico que anunciaba su muerte. Tan joven, tan bella. Elemento evocativo y mágico el ballet para mí. En cada ocasión pienso en ella, en Rumyana, en la bella durmiente de mi infancia, la que me hacía ruborizar. Nunca la toqué, pero la abracé con música y danza. La melancolía baila en zapatillas. Un *arabesque* en *relevé* no se permite sentir el dolor de los dedos lastimados por la madera de las zapatillas de punta. Metáforas de la lucha entre el bien y el mal, verdadera fuerza conductora de la obra. Los ecos gritaban: "¡Bravo, bravo!" Las palmas emergían aceleradas con su carga de emoción. Glorioso final. Momento culminante. El *pas de deux*. Escenario dueño de libertad, del reflejo del contorno de una sombra que se apagaba en la penumbra. Cayó el telón. Las butacas se cubrieron de ausencias. La *prima ballerina* se quitó la corona y desató sus zapatillas. La función terminó y la princesa había muerto. Mi Rumyana.

VII

La noche anterior a nuestra partida podía sentir la tensión en las vísceras. Una rama seca rasguñaba insistentemente el vidrio de la única ventana. Poder conciliar el sueño fue una batalla perdida. Pasaron las horas. Por fin murió la noche. Era temprano. La escarcha brillaba con los primeros rayos del sol, aunque la niebla no se había levantado. Su manto denso y grisáceo se enmarañaba en las esquinas. Un último vistazo a nuestro ático. Los documentos custodiados por el bolsillo interior del saco, a la altura del pecho, donde podía tocarlos y comprobar que ahí seguían, lo cual mi padre haría con regularidad, cada vez que lo asaltara la duda. Había que proteger nuestro seguro para cruzar fronteras, que tanto trabajo había costado conseguir.

Papá y mamá entrelazaron sus manos heladas, con fuerza, como temiendo separarse. Nos despedimos con la mirada del espacio que fue casa, que fue hogar. Salimos los cuatro, juntos. Salimos, esta vez para siempre. Al cerrar la puerta, rechinó como de costumbre la bisagra. Lo único que quedaba era la planta al centro de la mesa, en el lugar que ocupó durante casi tres años con la ardua tarea de alegrar la morada. Pensé que la tierra de la maceta se resecaría muy pronto, como los títulos que descansaban sobre la repisa: *La madre*, *Crimen y castigo* y *Tchaika* que se quedarían ahí como epígrafes de nuestra estancia. El apartamento quedó en silencio. Una línea de luz bajo la puerta. Seguramente un manto de polvo aterciopelado cubriría nuestra vivienda muy pronto.

Por un momento pensé ver en papá a un niño pequeño, emocionado. Se le quebraba la voz, la cara se le contraía con una mirada rebosante de agua salada. Esa escena se grabó en mi mente con tanta fuerza que la recuerdo con detallada nitidez, y reverbera en mí de tanto en tanto. Nuestras pisadas crujían en la poca nieve que quedaba del invierno. Nos subimos al *phaiton* que nos iba a llevar a la estación de tren. El viento soplaba haciendo llorar mis ojos que de todos modos querían llorar. Con los brazos extendidos trataba de mantener el equilibrio en las partes semiheladas de la acera. Una repentina ráfaga de aire hizo volar el sombrero de papá. Yo corrí a atraparlo antes de que siguiera revoloteando por la calle. "Gracias, hi… —trató de decir mi padre, luego hizo una pausa para recuperar la voz y aclaró su garganta—, gracias, hijo, yo no lo hubiera podido alcanzar."

Fue el único signo de debilidad que se permitió mostrar, pero me di cuenta de que no era yo el único con un nudo que me impedía hablar. Que no era yo el único con sentimientos encontrados, con expectativas, con temores, con incertidumbre. Todos estábamos igual, aunque tratáramos de ocultarlo, pero los gestos nos delataban más que las palabras. Desde que salimos de Ivan Vazov y comenzamos a caminar alejándonos de casa sentí que me enfrentaba a la vida, a una nueva vida. Mi piel un erizo, no sé si de frío o de emoción. Quería detenerme, tomar una bocanada de aire que liberara la presión por evitar el llanto, pero no podía retrasar la marcha.

Nos reunimos con el tío José, la tía Maty y mis primos en la estación de tren de Varna. Nos dimos un abrazo, y en él me pareció reconocer el diapasón que marcaba la velocidad de la respiración que les hacía bajar y subir el pecho a toda velocidad. Estaban igual que nosotros, agitados, con el paladar congelado, temerosos y sin sensibilidad en la nariz. Distinguimos el lenguaje de nuestras miradas, entendimos los largos silencios, y tiritando nos subimos al vagón para viajar, ya todos juntos, a la central de Sofía en donde cambiaríamos de tren. Ese trayecto fue fácil.

Ya en la capital tomamos esa misma tarde el tren que cruzaría la frontera de Bulgaria con Yugoslavia. Cada quien escogió su asiento, yo pedí estar junto a la ventana. Con la cara pegada al cristal estiraba el cuello para observar un paisaje desconocido. Los gruesos muros grises del comunismo se fueron desdibujando, centinelas de piedra, figuras borrosas, indefinidas, hechas de arena a lo lejos, hasta desaparecer. En partes, la campiña estaba desnuda, y aunque ya estábamos a principios de marzo seguía asolada por los vientos. Una vista que seguramente en unas semanas cambiaría por completo. Tierras demarcadas por vallas, pastizales que a la luz ambarina del atardecer se irían tostando para dejar asomar sus capullos, cielos violáceos en una acuarela. Pero por lo pronto, todo me parecía una continuidad sin fin.

VIII

Pasamos varias estaciones. Mirando por la ventana vi caminos desconocidos, caminos nunca andados. Nos alejábamos cada vez más. Llegamos a la frontera con Yugoslavia; antes de cruzarla, nos bajaron y revisaron con escrutinio cada una de nuestras piezas de equipaje, así como lo que llevábamos puesto, hurgando en los bolsillos en busca de oro. Por supuesto, no teníamos ni una pieza del preciado metal. Decepcionados, los oficiales búlgaros no tuvieron más que dejarnos en paz, y así recuperamos el hálito secuestrado durante interminables minutos. Estábamos empapados en sudor a pesar del frío y yo ahogué mi respiración jadeante para no preocupar de más a mamá.

Acompañé a mi padre a la ventanilla a comprar los pasajes del siguiente trayecto. Para el vendedor no éramos simplemente unos viajeros curiosos haciendo decenas de preguntas sobre las diferentes estaciones por las que pasaríamos. Creo que se dio cuenta de que estábamos nerviosos, inquietos. Que viajábamos hacia un nuevo destino, uno que se empezaba a escribir.

Sentados en una banca y tratando de contagiarnos el poco calor que nuestros abrigos lograban retener nos comimos los últimos alimentos que teníamos desde que salimos de Varna, y aunque el pan estaba duro y la carne correosa, llenamos el estómago hasta con la última diminuta migaja. Nada como el hambre para incitar al robo, por ello cuidábamos nuestras pertenencias muy de cerca; las estaciones estaban llenas de gente tratando de sorprender a cualquier despistado que quitara los ojos de sus pocos bienes. Recuerdo que, a través de la red de ferrocarriles, fuimos viajando de pequeños pueblos a grandes ciudades. Comenzaron los intercambios y los regateos. Cajetillas de cigarros por alimentos. Una súplica interior cada vez que surgía la oferta de una barra de pan, mermelada o queso, para nosotros imprescindible. Por fortuna, el tabaco búlgaro resultó ser muy preciado.

Pasábamos los días de andén en andén, peregrinos cortejando las coordenadas de este viaje, y la nieve parecía no cansarse de caer a pesar de ser ya el tercer mes del año. En las ventanas chorreaban gotas de brisa descendiendo sinuosas sobre el cristal. El cielo seguía destilando invierno y yo me dedicaba a observar el ascendente vaho de mi respiración. Los puentes, como largas y oscuras gargantas, nos tragaban en medio de bosques vetustos, reproduciendo con eco la ferocidad de las ruedas de acero, rasgando las oxidadas vías. Traca traca, traca traca.

Llegamos a Milán. Hordas humanas parecían enmarañarse entre sí. La estación de esta ciudad tenía un flujo que no vi en ninguna otra. La tía Maty y mi padre decidieron bajar del tren para comprarnos algo de comer. Dijeron que no tardarían, y caminaron en sentido contrario a la fila de gente acumulada cerca de las puertas esperando subir. Pasajeros que llevaban días viajando con nosotros tomaron sus equipajes y desaparecieron en el enjambre susurrante de voces tristísimas despidiéndose o curtidas de alegría dando la bienvenida. Otros nuevos subían. Frescos, oliendo a Vetiver y a gardenias. Algunos nos miraban de arriba abajo, luego hacían un gesto a manera de saludo y tomaban sus asientos. Recuerdo a una pareja en especial; estaban tomados de la mano, ella parecía encender el aire a su paso en una ondulante llamarada de cabellera rojiza. Él, alto y garboso, llevaba unos anteojos que enmarcaban con carey el azul plúmbago de su mirada. Ella le rozó la mejilla, él le acercó los labios y la besó sin prisa. Se acariciaron las manos, ella sintió su voz en el oído y sus brazos rodeándole la espalda, y sonrieron antes de encontrarse nuevamente en los labios. No se separaron durante un largo minuto, y yo no pude dejar de mirarlos. "¡Aj, aj! —me dije—, cómo pueden respirar si están pegados uno al otro. ¡Qué asco! —pensé—, demasiada saliva intercambiada de boca a boca."

La escena me daba un poco de repulsión, pero no podía dejar de ver, después de todo, a mis once años, había visto a mis padres apenas rozarse los labios un par de veces.

Los nuevos pasajeros llegaban con ánimo, con expectativas, aspirando ese aroma especial que tiene lo que está por comenzar. Nosotros ya habíamos acumulado kilómetros, cansancio, días de viaje y un poco de aburrimiento también. Se nos cerraban los ojos, nos costaba mantener la cabeza derecha que se vencía hasta despertar de nuevo en otra estación más.

De pronto, el tren comenzó a moverse. Estábamos dejando la estación atrás, pero ni mi tía ni papá habían abordado. Nos paramos para avisarle al hombre que verificaba los boletos. "No puedo hacer nada, señores, el tren no se puede parar", dijo con seriedad, tanta que no nos atrevimos a insistir.

Vimos cómo se iban tornando borrosas las líneas serpenteantes de viajeros que, como hormigas a la distancia, se movían una tras otra en interminables hileras. Entre ellos, papá y mi tía habían quedado atrapados. Yo estaba sumamente inquieto, tuve que contenerme para no gritar cuando los últimos vagones se colearon en una curva que hizo desaparecer la ciudad de Milán. Me monté sobre las puntas de los pies, estiré el cuello como garza al acecho de su presa, pero nada, no pude ver nada, fueron deglutidos por la multitud.

Mamá se mordía los labios conteniendo el aliento mientras observaba el horizonte helado. Con una mano enguantada, limpiaba repetidamente el cristal empañado para tener una visión más clara, como si esto fuera a hacer que pudiera ver a papá. La expresión del tío José se mantuvo más despreocupada. Se daba rítmicos golpecitos en los labios con las yemas de los dedos. Todos estábamos en silencio, evasivos, lejanos, hasta que el tío dijo: "Nos vamos a bajar en la próxima estación, ahí los esperaremos". Mi madre estaba obviamente contrariada, no dijo una palabra, sólo se quedó observando la escarcha formada de diminutas espinas de hielo alrededor de la ventana. La saliva se le acumuló dentro de las mejillas, se la tragó con dificultad junto con sus miedos.

No despegó los ojos del cristal durante los ciento veintiocho kilómetros entre Milán y Domodossola. La piel sonrosada de frío. Su rostro se revelaba como en un espejo y se iba matizando con la luz de la tarde. Me senté junto a ella, yo también aparecí en el vidrio. Al ver ese autorretrato hecho de reflejos, me observé dentro y fuera de mí mismo, una reproducción de una imagen de conciencia más allá de mi propio cuerpo. Y en esa imagen, mi propio eco, me preguntaba quién miraba a quién; si ese fantasma de la realidad me veía, o era yo quien lo miraba entrando en un misteriosos universo alternativo y paradójico que me hizo pensar en mí, en mi individualidad y en mi naturaleza, y en mi lugar en el mundo. Me enfrenté al destello. Vacío mágico. Conjuro facetado de una autobiografía que, aunque corta, tenía mucho qué decir. Lo que reverberó fue la persona en la que me había convertido, y mi vida entera me fue narrada.

IX

Llegamos a Domodossola, la siguiente estación. Nos bajamos del tren, y en el andén el tío José preguntó si había un hotel cerca. Nos dirigieron hacia unos cuartos que se rentaban por noche en los altos de una cantina cercana a la estación. En una habitación durmieron mis primos Salomón y Iako con su padre, en la otra mi madre, mi hermano y yo. Las horas pasaban y no podíamos conciliar el sueño; además del nerviosismo por saber si papá y la tía habían pensado en tomar el tren y bajarse en esta ciudad, el ruido proveniente de la cantina no nos dejaba descansar. Cantos de briagos pasados de copas, profusos brindis y el alborozo de los cantineros hacían eco en nuestro dormitorio, en las paredes sencillas y agrietadas que olían a tabaco rancio. Por fin, cerca de la madrugada se hizo silencio. La fiesta allá abajo terminó y nosotros caímos en un sueño exhausto y profundo.

A la mañana siguiente despertamos con la desconcertante sensación de estar otra vez solos, sin él; ese sentimiento que ya habíamos vivido tantos años volvió. Ojalá no lo hubiéramos tenido tan presente, eso hubiera sido una bendición, pero lo recordábamos en el ahogo del pecho, en la piel que se erizaba cada vez que decíamos su nombre, Efraim, y en el estómago, en la oquedad que se alojaba justo a la altura del esternón. Nos vestimos tan rápido como pudimos para ir nuevamente a la estación, esperando poder reencontrarnos y seguir nuestro camino. El silbato de un tren fue antecedido por una luz brillante que me hizo voltear. El ferrocarril se detuvo haciendo chillar sus ruedas contra los rieles. Recorrí su longitud viendo a la gente que bajaba. Unos habían llegado a su destino final, otros transbordarían para continuar su viaje.

Me quedé mirando fijamente las compuertas de cada vagón esperando que, de un momento a otro, papá y la tía llegaran a nuestro encuentro. La luz iba cambiando rápidamente ya que el sol se levantaba haciendo todo un poco más nítido a pesar de la neblina. La expectativa se tornó en un triste vacío, pasajeros iban y venían, pero entre ellos no estaba papá. Bajé la cabeza, decepcionado. Dos lágrimas colgaban de mis pestañas desafiando la gravedad, haciendo malabares para no caer. De pronto, en el cemento se perfiló su sombra, sus formas conocidas, su inconfundible garbo acentuado por el alargamiento de la proyección. Vacilé antes de alzar la vista; su perfil refractaba haces de luz sobre el vagón, y sobre mí, un gran alivio. Levanté las cejas en una expresión de alegría que contagió a mi madre; sus cejas también ascendieron marcando unas cuantas arrugas en su frente. Papá besó cada una de ellas, mientras le frotaba los brazos para atenuar el frío.

"¡Domodossola-Parigi!", gritaba un hombre de baja estatura y barriga pronunciada, luego de hacer sonar su silbato invitando a los pasajeros al abordaje. Andar migrante, andar itinerante, aventurero, peregrino, nómada, errabundo, viajero; andar, nuestro andar en un éxodo que nos llevaría a sentir la libertad de retozar bajo el cielo mexicano. Una constelación de posibilidades. Subimos para emprender lo que sería el último tramo en tren de nuestro aún largo periplo. A lo lejos, un horizonte todavía indistinguible.

X

Una estela de vías de tren recorridas. Dos mil doscientos kilómetros desde Sofía. Llegamos a París. Estalactitas como agujas colgaban del techo de la estación. Mamá creyó divisar a lo lejos a su tío Benjamín, el hermano de mi abuela Raquel.

—¿Es él? —preguntó papá.

—No lo sé, hace tantos años que no lo veo. No sé.

Mamá dirigió sus pasos hacia el hombre. Ya viéndolo bien, creyó reconocer en él a su madre.

—¡Biño, Biño! —le gritó levantando el brazo derecho y agitando la mano con emoción. La izquierda la pasó por su cabello preocupada por estar presentable.

Ella caminaba a zancadas, mientras el tío se acercaba con irritante lentitud. Poco a poco el código genético se hizo notar. A través de sus anteojos redondos de marco dorado sus ojos rodeados de laberintos de arrugas nos recibieron con una mirada color caramelo cubierta de párpados, como delgados pergaminos. Cabello salpicado de canas nacía de sus sienes y de su frente. De momento no pude descifrar su expresión; parecía de amabilidad, pero también tenía un guiño de lástima cuando acarició la cara de mi madre.

Nos subimos a un camión de redilas. Los adultos en un taxi y nosotros, los niños, en la parte de atrás del camión cubiertos por una lona. Antes de arrancar el motor el tío Biño nos dio una baguette fresca, masuda por dentro y crujiente por fuera; queso y mermelada de grosellas. No lo podíamos creer, dimos la primera mordida para comprobar que no era un sueño. Comimos con un gozo que no recuerdo haber sentido, salvo cuando papá trajo la naranja un par de años atrás. Nos relamimos los restos de sabor a mermelada en los labios y chupeteamos la grasa de queso en los dedos. ¡Qué banquete!

Nos adentramos en la ciudad. Yo asomé la cabeza librando la gruesa lona. Una amplia e interminable avenida nos guiaba. Pasamos por plazas, palacios, almacenes, monumentos y museos. Más tarde, el tío nos contaría que gracias a que los nazis, que seguían en París hacia el final de la guerra, no pusieron en marcha los planes que Hitler tenía para la ciudad, ésta no fue envuelta en llamas. El Führer pensaba hacerla arder.

Me alegré de que esto no sucediera. Estaba hipnotizado por la arquitectura que se iba desplegando a lo largo y ancho de Les Champs-Élysées. Muy cerca del Arco del Triunfo, nos instalamos en lo que sería nuestra casa durante tres semanas; el hotel Royal Magda Etoile, entre la avenida de Wagram y Mac Mahon. Obviamente no era un hotel de lujo, comparado con los que hay en París, pero para nosotros lo fue. Caminamos por la amplia recepción de techos altos que amortiguaban el sonido que hacía la gente entrando y saliendo del lugar. Una escalera de peldaños anchos y pasamanos como brazos de madera bien barnizada parecía darnos la bienvenida. Los empleados de la recepción eran muy amables, todos sonreían mientras le hacían entrega a papá de las llaves de nuestro cuarto en el segundo piso.

Las duelas desiguales crujían a nuestro paso. Encontramos la habitación que nos habían asignado: 212 marcaba la puerta con números de bronce. Papá introdujo la llave, y ante nosotros dos camas tamaño matrimonial con sábanas perfectamente almidonadas esperaban nuestro cansancio. Vimos una pequeña puerta, y me atreví a abrirla; ésta conducía al baño, mi hermano y yo nos quedamos perplejos. Me acerqué a la taza y jalé la cadena. Escuché el agua correr, un lujo que durante años no había tenido. Cuán simple puede ser algo que se da por hecho y cuánta alegría podía traer.

Ansiábamos tomar una ducha para asearnos después del largo viaje en tren. Yo sentía el cabello apelmazado, mi ropa olía a lana húmeda y podía distinguir un aroma desagradable bajo mis axilas.

De pronto, como en un espejismo, una bañera blanca apareció esquinada en el cuarto tapizado de pequeños azulejos. No hizo falta más que una mirada cómplice para que Salomón y yo llenáramos la tina hasta el borde con agua bien caliente. Nos introdujimos quejándonos con unos "uff, uff" y unos "ah, ah", hasta que nuestra piel se acostumbró a la temperatura. Nos cubrimos las fosas nasales con el índice y el pulgar, apretando bien fuerte para sumergirnos en la agitada marea que creamos con las palmas de las manos. Abrí los ojos abajo del agua, el cabello de mi hermano parecía una ondulante alga marina que se movía al ritmo del agua. Pequeños charcos rodeaban la bañera, el agua ya estaba fresca y nuestros dedos escarolados indicaban el tiempo que habíamos permanecido enjabonándonos las espaldas.

XI

El apartamento del tío Benjamín y su esposa era pequeño y muy acogedor. Llamaron mi atención las pesadas cortinas con un dibujo de Damasco un poco decolorado y remates en pasamanería dorada. Se notaba que, en su momento, la decoración debió haber sido exuberante; el papel tapiz estaba estampado con elegantes motivos florales, pero como a todo, los años de guerra le pasaron encima.

Esperamos en la sala, nos quitamos los abrigos y desenrollamos las bufandas. La tía entró con una charola. La colocó sobre una mesita y nos ofreció una humeante taza de té con miel y una galleta. Un gramófono comienza a reproducir la Novena de Beethoven en cuanto la tía le da vueltas a la manivela. Inmediatamente mi pensamiento se va al kiosco de mi Morska Gradina, a mis tardes como director de orquesta, a mi niñez que, a pesar de todo, fue feliz.

Quizá ésa es, de alguna manera, la ventaja que ofrece la inocencia infantil, la *naïveté* de la niñez. Quizá el no tener plena conciencia de la gravedad de lo que vivíamos me permitió ser feliz. No conocer los nombres: Göring, Himmler o Goebbels. No saber que había niños que eran arrancados de los brazos de sus padres, desnudos bajo la nieve, rapados antes de ser gaseados, o cremados o arrojados a fosas en tierras incógnitas junto con un puñado de mentiras y un rancio olor a humanidad. Unos lloraron, otros rezaron o gritaron. Me pregunto ¿cuál sería su último pensamiento?, ¿cuál su último recuerdo, el último paisaje, el último sueño? Niños cuyas madres, de haber sobrevivido, lo harían con el corazón mutilado para siempre. Yo pude haber sido uno de esos niños en manos de carniceros sin exoneración. Pude haber sido un esqueleto más de los incontables, sin identidad, sin rostro, blancuzco, amontonado sobre otros pudriéndose en un cementerio falto de piedad. Pude haber sido uno de ellos. Pero corrí con mejor suerte, la suerte de haber nacido en Bulgaria.

Me doy cuenta de que los años han ido despertando murmullos a su paso con una silenciosa insistencia. Nadie escaparía del recuerdo de esta guerra. Esta que se esconde bajo la cama, entre tinieblas, que funde su sombra en la penumbra pero que vive al acecho, como sierpe sinuosa dejando a su paso un aroma mortífero que asalta el olfato. Un sueño interrumpido constantemente por imágenes atormentadas e insoportables.

"¿Y qué de bueno tiene recordar las cosas que están mejor olvidadas, esas que son tan dolorosas?", dirían algunos. El dolor pesa. El dolor mutila, pero recordar, aún con dolor, es perpetrar para no repetir las tragedias que nos han marcado. Finalmente la memoria es el patrimonio que nos orienta al futuro.

Papá y el tío Biño llamaban a la embajada de México en París. "Longs Champs onze soixante-douze", pedían a la operadora para que los comunicara. Escuché tantas veces ese número que hoy, más de setenta años después, lo recuerdo con toda claridad. Mi padre telefoneaba casi todos los días y gritaba por el auricular, no sé si la comunicación era mala, o simplemente él pensaba que no lo escuchaban si no hablaba fuerte. La expedición de nuestras visas para entrar a México era lo único que nos detenía para reencontrarnos con mi familia materna. Y así pasarían las semanas.

Aburrido de que todos los días fueran iguales, una mañana decidí salir del hotel Royal Magda Etoile para conocer los alrededores por mi cuenta. Eché a correr sorteando los charcos en el pavimento y salpicando nieve medio derretida. No tuve más que caminar ciento cincuenta metros para llegar al Arco del Triunfo. Ahí me quedé un buen rato admirando el gigantesco monumento hasta que sentí hambre. Comencé a caminar, no sabía cuál de las avenidas que salen como tentáculos de la Place Charles de Gaulle me llevaría de regreso. Tomé la avenida Victor Hugo, y sin saberlo me fui alejando poco a poco de mi destino.

No identificaba nada a mi rededor. Comencé a tener miedo, y después de quedar paralizado recordé que mamá había metido una tarjeta del hotel en mi bolsillo, precisamente anticipando que algo así pudiera suceder. Se la mostré a un caballero que vestía muy elegante, me volteó a ver, pero creo que creyó que estaba pidiendo limosna porque metió la mano al bolsillo y negó con la cabeza diciendo algo que no entendí. Me dieron ganas de llorar, y contenerme me costó trabajo ante las largas sombras de la tarde, preludio del anochecer que pronto engulliría el perfil de la ciudad.

"¿Qué voy a hacer yo solo en la oscuridad de estas calles desconocidas?", me preguntaba viendo espectros de monstruos que salían por el alcantarillado y que trataban de agarrarme por la espalda. El terror saqueaba mi mente y no sabía cuánto tiempo más podría soportarlo. Por fin agarré las fuerzas para mostrarle la tarjeta a una joven de cabello castaño resguardado en una boina. Me tomó de la mano y sonrió. Con un ademán me indicó que caminara con ella, y así, veinte minutos después, llegamos al Royal Magda. En la puerta, parados sobre el primer escalón, vi a mis padres desesperados. Corrí hacia ellos. Mamá me abrazó mientras papá agradecía a la joven. Después de verme a salvo y entre sus brazos, como era lógico, me tocó una buena reprimenda acompañada de un sermón.

XII

Por fin estaban listas las visas. Las recogimos el 8 de abril. Ese día el aire era todavía fresco, tenía un dejo dulce en su humedad que anunciaba que la primavera se estaba instalando. En el documento de papá salían retratados él y mi hermano Salomón.

INMIGRANTE PRINCIPAL
SERVICIO DE MIGRACION
9 ABR 1948
FORMA 5.
NUM 217548/59/67 VISA No. 185
TARJETA DE IDENTIFICACION EXPEDIDA POR CONSULADO GENERAL de MEXICO, Paris, Francia
AL Sr. Efraim Avram BIDJERANO LEVY
CUYO RETRATO Y FIRMA CONSTAN EN SEGUIDA
FIRMA DEL EL CONSUL GENERAL
FIRMA DEL CONSUL O DELEGADO DE MIGRACION

MEDIA FILIACION DEL INTERESADO
ESTATURA 1 m 80 COMPLEXION fuerte
COLOR blanco PELO castaño
CEJAS pobladas OJOS verdes
NARIZ recta BOCA regular
BIGOTE usa BARBA no usa
SEÑAS PARTICULARES ninguna
DATOS COMPLEMENTARIOS
AÑO EN QUE NACIO ... ESTADO CIVIL casado
PROFESION ... Comerciante
IDIOMA NATIVO español
OTROS IDIOMAS QUE HABLA bulgaro-Frances
LUGAR DE NACIMIENTO Provadia (Bulgaria)
NACIONALIDAD ACTUAL Bulgara
RELIGION israelita RAZA blanca
LUGAR DE RESIDENCIA Varna (Bulgaria)
NOMBRE Y DOMICILIO DE SU PARIENTE MAS CERCANO Aaron y Moises Cappon, Culiacan 87, Mexico DF
OTROS DATOS Tel. Rel. 60186 de 20 enero/48 Gobco 01411 de 16 enero de 1948------
CONSTANCIA SOBRE LEGAL INTERNACION (ART. 37 DE LA LEY)
CANCELADA

Visa migratoria de Efraim Avram Bidjerano Levy, obtenida del *Estudio histórico demográfico de la migración judía a México 1900-1950*. D. R. México, 2005.

En la de mamá salíamos ella y yo, y en vez de decir "principal", decía "duplicado". Número 217547/58/66. Visa 185. Recuerdo el día que fuimos al consulado a entregar los papeles y sacarnos la fotografía. Mis padres iban bien vestidos y nerviosos. Yo me erguí todo lo que pude y sonreí ante el flash cegador. Mamá, a sus treinta y ocho años, salía guapísima. El cuello alargado la hacía crecer varios centímetros, y el regocijo le había labrado un tono rosáceo sobre las mejillas apiñonadas. Lo que alimentaba esa felicidad era imaginar el encuentro con su madre y sus hermanos. Habían desaparecido las inoportunas afonías nostálgicas, que, alimentadas por la distancia, le provocaban tanta tristeza. Volverían a estar juntos. Era como si también la sangre les hubiera vuelto a las venas, como si su universo, en el que insistentemente se confinaban, hubiera abierto puertas y ventanas al exterior.

Nos despedimos del tío Biño y de su esposa. Ella arrugó la frente desconcertada; creo que le entristeció que partiéramos, pues se había acostumbrado a tener nuestra compañía, la de mamá, sobre todo. Agradecimos su hospitalidad y cuidados y el habernos puesto en contacto con el presidente de la comunidad judía, la cual subsidió gran parte de nuestros gastos para poder dar el siguiente paso en nuestro peregrinar: viajar a Burdeos.

Un último recorrido en tren nos llevó a nuestro destino. Llegamos a la ciudad portuaria de fachadas color carbón. Era abril, pero a mí el aire me olía a julio, a verano, a libertad. Paseamos un rato por el malecón frente al río Garona. Por el poco contacto que tuvimos con los oriundos de la ciudad no me pareció que quisieran tener algo que ver con nosotros, no eran amables. Era como si les molestara que estuviéramos ahí. No sé, me imagino que, siendo un puerto, la gente va y viene, pero no permanece, así que a ellos no les interesaba relacionarse con quienes quizá no volverían a ver.

Nos encontramos con las personas de la comunidad encargadas de ayudar a los correligionarios que, como nosotros, estaban por partir a "Las Américas". Una señora amigable y sonriente nos dirigió a donde pasaríamos un par de noches hasta que zarpara el barco. Caminamos por callejuelas fétidas, angostas y oscuras faltas de drenaje hasta llegar a un asilo de ancianos. No me malentiendan, estábamos muy agradecidos dado que prácticamente ya no teníamos dinero, pero el lugar resultó deprimente.

Entramos. Manchas irregulares de humedad se desplegaban como murales sin tinta por las paredes. El olor a urea lo invadía todo. Los herrumbrosos herrajes de puertas y ventanas lloraban lágrimas de óxido. Una mujer ovillada cual embrión se enroscaba en su cama. Otro pobre viejo se ponía la mano sobre la boca para ahogar los entrecortados gemidos que inevitablemente le provocaban sus dolencias de cadera. En una esquina, tres hombres. Cascadas blanquecinas por cabello. Platicaban. Retazos de vida en su conversación. Ancianos de apariencia neoclásica jugaban cartas, un tono cenizo en la piel de sus manos daba fondo a los laberintos venosos que se entretejían. Otros desmoronaban recuerdos en la mirada perdida. Una oleada de náuseas, acompañada del sudor que empapó mi playera, delató mi malestar.

Mamá notó mi rostro desdibujado y el castañeteo de mis dientes. Se sentó y me recostó sobre sus rodillas acariciando mi pelo. "Sólo será un par de días", me dijo en voz baja, como convenciéndose a sí misma de que así sería. Papá se notaba inquieto, pero no era por las mismas razones que nosotros. Años atrás un barco de pasajeros que salió de Bulgaria había naufragado, y aunque deseoso de tomar el buque para el que ya teníamos boletos, también se sentía inseguro; el recuerdo de esa tragedia no dejaba de rondarlo. El triste destino de aquellos pasajeros que perecieron, quedando en el fondo sin luz de lo que había prometido ser una exitosa travesía marina, reverberaba en su mente, por lo que decidió ir a indagar un poco acerca de nuestro barco. Nos explicó que regresaría en un par de horas y se fue a tratar de calmar su desasosiego.

Llegó al muelle, y ante él apareció el *Portugal-Panamá.* Este navío de carga y pasajeros, aunque muy modesto, nos llevaría a derribar las infranqueables barreras oceánicas que nos habían mantenido lejos de la familia. Al verlo mi padre deseó en silencio que las toneladas de carbón que transmitían el empuje a sus hélices fueran suficientes para cruzar el Atlántico. Juntos viajaríamos: el dolor de migrantes en busca de oportunidades, el placer de viajeros poco pudientes pero curiosos, y los intereses económicos de la carga en los bajos de la nave. Papá clavó la mirada en aquella máquina flotante. Se hacía tantas preguntas: "¿Cuántos hombres, mujeres y niños, como nosotros, habrían abandonado su país en busca de nuevos horizontes? ¿Cuántos habrían perdido la mirada en una popa de promesas que no se cumplirían? ¿Cuántos habrían dejado sus ilusiones en la oscuridad del gran cementerio oceánico?" Su mente navegaba por esas interrogantes cuando se le acercó un oficial de máquinas, parte de la tripulación del *Portugal-Panamá*.

"Buenas tardes", dijo el marinero en una lengua parecida al español. Papá se quedó asombrado de que el hombre no le hablara en francés; él esperaba un *bonjour*, pero claro, mucho del personal era portugués, y dado que nosotros los sefardíes hablamos ladino, se dieron a entender bastante bien. Aprovechó para preguntarle si podía subir al barco, mi padre pensando en hacer una inspección para su tranquilidad antes de zarpar. El hombre le contestó que no sólo él podía embarcar, sino todos los que teníamos boleto, y que además ya podíamos ocupar nuestras cabinas. Con esta noticia mi padre regresó por nosotros al asilo. Una vez más lo percibí como nuestro salvador, como el héroe que nos rescataba de ese mísero lugar.

XIII

Un espejismo marino el navío atracado en las entrañas de Burdeos. En el puerto, oficiales verificaban los pasaportes de quienes hacíamos una larga fila para embarcar. Parecíamos estar enhebrados en un laberinto infinito de mujeres y hombres, niños y viejos a punto de internarnos en las aguas profundas de la esperanza. Muchos refugiados españoles viajarían con nosotros. Emigrantes vejados. Personas que habían sufrido también el sometimiento bajo un régimen de confesiones forzadas, de torturas, de pavor. Una dictadura aplastante de represión y de crímenes contra su propia gente, de hermano contra hermano, de asesinatos sin nombre. Venían de un lugar donde las personas se evaporaban sin rastro. ¿Cómo era posible que el ser humano se hiciera cosas tan escalofriantes el uno al otro? ¿Qué no se supone que nos diferenciamos de otros seres por nuestra capacidad de pensar? Pues estos pobres exiliados en un éxodo obligado, como nosotros, se lo preguntaban también, y se preguntaban cómo, si arriba había alguien, consentía que abajo pasara lo que veníamos de pasar. Nuestras historias dejarían una herida sin sutura en la conciencia colectiva de este lado del mundo. Era un buque cargado de dolor y de esperanza, y nosotros, españoles y judíos que vimos lo que vimos, no lo olvidaríamos jamás. Cien años se escribirá de estas guerras; cien años de poemas, de ensayos, de novelas, de versos y de tratados. Letras de ceniza harán que cien años nos ardan los ojos. Cien años.

Mamá y la tía Maty compartían anécdotas con las mujeres españolas. Inmersas en largas conversaciones, creían que también eran judías porque hablaban ladino, pero no, en realidad hablaban español, el cual ellas comprendían perfectamente por su parecido con nuestra lengua añeja. La verdad es que nos entendimos más allá del idioma y de la procedencia. Nos entendimos en el tener que superar lo vivido para poder contemplar un futuro. Nos entendimos en la alegría de estar ahí, vivos, pero también en la responsabilidad de habernos convertido en testigos, y eso seríamos por lo que nos quedara de vida; testimonios vivos. Sabíamos que olvidar resultaría imposible, pero también sabíamos que era necesario expulsar la furia de la frustración que nos carcomía por dentro, para poder siquiera empezar la nueva búsqueda de felicidad; aunque lleváramos siempre la penumbra del luto por lo que pasó, y una sombra más aguda por lo que no pasó.

La tripulación ayudaba amablemente a los viajeros. Nos dirigimos a los modestos camarotes a dejar nuestras pertenencias y, después, subimos a cubierta. Estábamos a punto de zarpar, de seguir con nuestra odisea homérica. Nos convertíamos en hombres de muchos senderos. Continuaba nuestra errancia. El profundo azul del cielo se confundía con el del mar; ese que separaba un continente del otro, el que separaba la vida que conocía de la que estaba por conocer. Una bandera en la popa ondeaba al capricho del viento y en cada ondulación parecía exhalar cobijo, posibilidades, permiso de soñar. El *Portugal-Panamá* nos mecería hasta llegar a América. Yo soñaría con corceles en el aire, con el rumor de las olas, y con todos los días que me faltaba por estrenar. Mamá recorría con los ojos la inmensidad del océano, papá recogía su mirada para enredarla en el verde de sus pupilas y guardarla como caudal de buen augurio.

Después de algo más de dos horas desde que habíamos dejado atrás el muelle francés bajamos al comedor. En las mesas había canastas con los restos de pan que habían dejado algunos comensales. El aroma y el calor de los panecillos estilo español parecía mantenerse en la servilleta que los envolvía. Con una voraz apetencia me metí a la boca una especie de bolillo que devoré de un solo bocado. Agradecí el terso sabor lechoso que permaneció en mi paladar. Mi hermano Salomón estaba a punto de hacer lo mismo, pero en ese momento entró un amable mesero portugués y nos preguntó nuestro número de camarote. Cuando se lo dijimos nos indicó que nosotros pertenecíamos al segundo turno de comidas y que no podíamos tomar el pan ni sentarnos hasta llegado nuestro horario. Lo que hizo a continuación nos horrorizó; recogió las canastas de cada mesa y tiró bollos, teleras y hogazas a la basura. Estábamos escandalizados, no podíamos creer que el preciado alimento fuera aniquilado por una circunstancial fecha de caducidad definida por el turno al que se pertenecía. "Volveremos más tarde entonces", dijo papá pausadamente, como acompañando sus palabras con la dirección que tomaron sus pasos.

Hicimos tiempo en cubierta para poder bajar de nuevo al comedor. Mamá se recargó en el hombro de mi padre y exploró todos los tonos de azul que el mar nos regalaba, intentando convencerse de que era verdadero el sabor a algas que traía el viento.

"Amor mío", dijo entre suspiros, mientras se refugiaba en los brazos de papá que le inspiraban seguridad y que le ceñían la cintura suavemente. Era la primera vez que las palabras llenas de amor vencían al pudor que frente a mi hermano y a mí habían tenido. Las volvió a pronunciar; ahora en voz baja y sin que el rubor la delatara.

Estábamos los cuatro juntos, allí, respirando la libertad y el optimismo de quienes empacan un equipaje de fe, convencidos de que nuestra historia estaba a medio escribir, y que la segunda parte sería mejor. Un recuerdo reciente irrumpió mi pensamiento; el día de mi cumpleaños, el día en que papá llegó con la noticia de que Haim, su amigo, le había evitado la demora que había acompañado por tantos meses el trámite de nuestros pasaportes. Le había asegurado, con aquel salvoconducto escrito en una mañana helada, todo lo necesario para nuestro viaje. ¡Y pensar que esta anhelada oportunidad surgió de un encuentro casual con un viejo amigo! Recordé que mamá no había podido creerlo de primer momento. Salir de Bulgaria. "Júramelo, dime que es cierto", le decía a papá entre jadeos incrédulos pero emocionados. "¡Nos vamos!", había gritado él. Su interior a punto de explotar por la felicidad de haberlo conseguido, de ver a su mujer llena de ilusión, de verle una amplia sonrisa y un brillo en los ojos que se intensificaba por segundo. Aunque impactada por la noticia, y sabiendo que no era una decisión exenta de temores, mamá tenía un rostro nuevo esculpido en pétalos de rosa, y su estado de ánimo, que sufría los vaivenes de un mar irritado, quedó en calma bajo el cobijo de la mirada satisfecha de papá que la cubrió de embeleso. Y aquí nos encontrábamos, camino a una tierra multicromática, dejando atrás la densa niebla de la guerra y el gris soviético del comunismo petrificado en los rasgos.

XIV

Muchas noches transcurrieron en altamar. El oleaje embravecía cuando menos lo esperábamos. Rugía, enronquecía, aullaba, bramaba. Todo en aquella vastedad, en aquella infinitud inmensurable me hacía sentir mi propia insignificancia. Éramos una minucia en la inmensidad azul. Hubo tardes en que los fuertes embates de las marejadas nos obligaron a pasar varias horas con mareos y tumbados en la cama, pero en cuanto anunciaban nuestro turno en el comedor, llegábamos a él en una andanza zigzagueante que se convertía en una hazaña, pero comíamos, así devolviéramos todo unos momentos después. En ocasiones, cuando el mar decidía retomar la calma, salía a cubierta para estudiar el cielo, para admirar las estrellas titilantes que parecían marcar el rumbo en aquella grandiosidad. El día transcurría esperando la noche, la noche esperaba al día.

Tocamos varias ciudades en el trayecto, algunas muy pequeñas, muchas no las recuerdo, pero entre los puertos que llamaron mi atención estaban las islas Azores, un archipiélago portugués en medio del Atlántico con unos paisajes que me inspiraron a tomar el lápiz y dibujar. Todo era abundancia en ese lugar, todo era flora y acantilados imponentes que quedaron perfilados en grafito y arcilla sobre papel. Otro alto en nuestra ruta fue la Guaira, Venezuela. Muy en especial, en este desembarcadero, nos habíamos puesto un tanto nerviosos porque de entre la maleza surgían hombres morenos semidesnudos con huaraches y sombreros de palma. En las manos llevaban machetes de todos tamaños, lo cual nos hizo pensar en el salvajismo del trópico del que alguna vez habíamos escuchado rumores e historias que parecían de otro mundo.

Mamá y la tía Maty llegaron a pensar que estos indígenas nos comerían vivos, así que no salieron de sus camarotes durante la corta estancia del barco en aquel puerto. Papá, por el contrario, arrojó unas cuantas monedas a uno de esos nativos que se acercó al *Portugal-Panamá* en una barcaza. El hombre le lanzó en respuesta una piña entera. Nunca habíamos visto esta fruta, pero sabíamos, por las descripciones que alguna vez escuchamos, que se trataba del anhelado *ananá.* El fruto más exótico que pudiese existir. Su olor fragante la hizo irresistible, así que papá pidió un cuchillo en el comedor, le cortó la puntiaguda corona, la peló y se comió toda la carne amarilla y jugosa él solo. Sin duda disfrutó su dulzor que escurría por las comisuras de sus labios. No podía parar, jamás lo había visto deleitarse tanto con un alimento, pero su estómago pagó las consecuencias. Por la noche comenzó a sentir el malestar del empacho que le duró días. Sin embargo, aun con las molestias que lo tuvieron indispuesto, decía que haber saboreado esa fruta paradisiaca bien había valido la pena.

Habíamos oído hablar de La Guaira y de sus piñas porque en 1939 se habían aventurado, en los "Barcos de la Esperanza", doscientos cincuenta y un judíos europeos que huían de las garras nazis y llegaron a estas costas en busca de su generoso asilo. Nos encontrábamos en el mar Caribe y eso ya era una excentricidad, pero haber comido piña: mmm..., la primera degustación de la felicidad que esperábamos encontrar en América.

XV

El alba parecía proclamar que era casi de día. Yo estaba despierto observando por la ventanilla de mi camarote. Desde ahí, durante los diecisiete días de viaje, imaginé ver galeones y carabelas, barcos pirata y goletas luciendo mástiles y velas que, como sábanas puestas a secar, ondeaban al capricho del aire. Disfruté el colorido de la aurora y grabé en mi retina sus cien tonos de malva. A lo lejos pude observar el perfil anguloso de un castillo en lo alto de un acantilado; éste y su icónico faro confirmaban que habíamos llegado a La Habana. Nos fuimos acercando; dos destellos cada quince segundos nos daban la bienvenida. Un canal estrecho y profundo nos fue columpiando sobre aguas tranquilas hacia la bahía. Nos encontrábamos un paso más cerca de llegar a México, y traté de imaginar cómo sería el encuentro con esa familia de la que tanto había escuchado hablar y que no conocía.

El anuncio de que podíamos desembarcar se escuchó cuando ya llevábamos más de media hora listos para hacerlo. El tío José, junto con su familia, estaba tan ansioso como nosotros por bajar al puerto. Nos resultó un tanto extraño pisar tierra firme, las piernas nos flaquearon en los primeros pasos. El abrasante calor nos dio la bienvenida. En el muelle nos esperaban varios miembros de la comunidad judía de Cuba que, muy amablemente, nos instalaron en el hotel Inglaterra, situado en el Paseo Martí en el centro de la ciudad. Justo enfrente de nuestro alojamiento estaba el Parque Central. Después de dejar nuestro equipaje en las modestas pero cómodas habitaciones salimos a pasear un rato. Estallidos de colores florecían de entre las grietas del cemento. Por encima de rejas y bardas serpenteaban en procesión sin pausa las hiedras y las orquídeas con acentos de mil colores. Un espectro de matices de lavanda escurría de los balcones plenos de retoños a punto de inaugurarse al sol. Exóticas flores de rareza deslumbrante habitaban por todas partes alegrando cada margen de esta isla. Un lugar tan distinto al que habíamos dejado atrás, al de estructuras gris acero que se perfilaban imponiendo su amenazadora sombra.

Aquí las calles estaban vivas. Se escuchaba el sonido que hacen los niños jugando en el barrio. Oíamos ecos de voces femeninas y la cadencia al caminar de un hombre que se acompañaba a sí mismo silbando. Ladridos de perros, fragmentos de melodías con ritmos caribeños emanaban de todas las esquinas y se entremezclaban en el ambiente húmedo. Reverberaciones de la gente riendo en un café al aire libre mientras brinda con un mojito rebosante de azúcar y hierbabuena. Humo de habanos, sombreros de paja trenzada, trajes blancos, pieles color caramelo, caras alegres. La gente vibraba al pasear por callejuelas en las que los árboles habían enredado sus años entre ramas, formando un dosel que apenas permitía filtrar algunos destellos de luz. Las paredes parecían exhalar hierba que se engarzaba en largas formas caprichosas.

Nuestro paseo terminó en donde lo empezamos horas atrás: en el Parque Central frente al hotel. El ambiente cálido había dejado su marca ensombreciendo nuestra ropa a la altura de las axilas. El cabello humedecido en la nuca marcó el momento para buscar resguardo del sofoco y sentarnos en una banca a descansar. La verdad es que ya teníamos hambre, pero ninguno se atrevía a decirlo pues habíamos visto cómo se fue vaciando la cartera de papá meses atrás cuando dejamos Bulgaria. Para entonces, sentía que la lengua se me hinchaba de sed; el coqueteo de la fuente en medio del parque se hizo irresistible y no me importó tirarme sobre el estómago para meter la cara completa en la frescura del agua que salía a borbotones de una boquilla central.

De pronto vimos pasar un carro que vendía algo que nunca habíamos visto: "hot dogs". No sabíamos lo que eran, pero varias personas que se encontraban en su paseo dominical se acercaron formando una fila para comprar ese alimento tan extraño. Observamos el espectáculo de la gente comiendo mientras nuestras glándulas salivaban sin cesar. Casualmente, papá metió la mano en el bolsillo de su pantalón, y como en un acto de magia aparecieron en el fondo cinco monedas de veinticinco centavos. Las sacó y abrió su puño enseñándonos lo que reposaba en la palma de su mano. Nos volteamos a ver e, inmediatamente después, en perfecta sintonía, dirigimos la mirada al carro que tenía pintado al centro y en rojo el número 25 y el símbolo ¢.

Nos alcanzó para comprar un hot dog para cada uno. Además de saciar el hambre me divertí mucho cuando, en cada mordida, las generosas cantidades de catsup y mostaza que puse sobre la salchicha escurrían por el otro extremo manchando mi camisa. No me importó, nada importaba mientras saboreaba aquella exquisitez. Acompañamos la merienda con agua fría de la fuente. Comenzó a oscurecer. El zumbido de la costa parecía haberse aglomerado en el de los insectos nocturnos que emanaban de la hierba crecida, de la flora acalorada y fragante. Era maravilloso, todas las tonalidades de amarillo, morado, anaranjado y rojo se encontraban en ese jardín; desde los más pálidos hasta los más vivos y palpitantes. La tarde caía después de que las flores habían esparcido sus semillas envueltas en el aire meloso y el crepúsculo armonizaba la noche. Cerré los ojos y pude escuchar ahí, en ese jardín, la música que escuchaba en mi Jardín del Mar, la que tapaba los sonidos de la guerra con sus notas, la que me ayudaba a olvidar el miedo y la incertidumbre.

Al otro lado del parque se encendieron unas luces de neón que captaron nuestra curiosidad. Nos acercamos, quedamos boquiabiertos. La silueta iluminada de una muchacha en traje de baño amarillo saltaba desde un trampolín, y al caer salpicaba gotas que lo alumbraban todo. En lo alto se leía la palabra "Jantzen" resplandeciendo como astro en la bóveda celeste. El espectáculo nos tenía inmóviles, duraba tan sólo unos segundos, pero se repetía incansablemente. En cuanto las gotas surgían, ella volvía a brincar. Lo vimos diez, cien, mil veces, atónitos y enajenados sin poder comprender cómo podía existir algo así y cómo se repetía sin descanso.

Un par de horas después nos fuimos al hotel con la satisfacción de que además de haber cenado en un lugar paradisiaco, habíamos disfrutado de una función que jamás olvidaríamos. La noche estaba en paz. Finalmente hubo brisa y silencio.

XVI

Abordamos el avión que nos llevaría a México, a la nueva patria, a la que se convertiría en la tierra propia, en la nuestra por el resto de nuestra vida, la que suprimiría la sensación de que algo nos hacía falta. Nunca habíamos viajado en una aeronave, por lo que nos encontrábamos nerviosos e intimidados. Se prendieron los motores, e inmediatamente después se escucharon las instrucciones dictadas por el piloto. Nos abrochamos los cinturones de seguridad dispuestos a experimentar la hazaña de volar. El avión comenzó a correr por la pista a una gran velocidad. Yo preferí cerrar los ojos, y creo que los demás lo hicieron también. Agarré la mano de Salomón mientras escuchábamos el ruido desconocido que hacían las turbinas. La sensación del despegue hizo que nos sintiéramos mareados y se nos taparan los oídos. Un vacío en el estómago subió en un recorrido hacia el esófago y de regreso. Estábamos un poco asustados, pero ya en el aire respiré muy hondo y lento tratando de controlar el temor. Después de unos minutos me animé a observar por la ventanilla; la isla de Cuba ahora se veía a lo lejos, las nubes nos envolvían en un cielo tan azul que mirarlo ayudó a que me relajara.

Llevábamos ya una hora de viaje cuando una de las aeromozas pasó con un carrito ofreciéndonos una charola con comida. Papá le agradeció el gesto rechazando los alimentos mientras le decía que lo sentía mucho pero que no teníamos dinero para pagar. La mujer nos miró sumamente conmovida y dijo: "No, señor, no tiene que pagar nada, la comida viene incluida en el precio de su pasaje". Su mirada se dulcificó aún más y nos repartió el almuerzo que para nosotros fue un manjar, pues no habíamos probado alimento desde la tarde anterior cuando descubrimos los hot dogs. La turbulencia y las bolsas de aire que se intensificaron durante el vuelo hicieron que lo que habíamos disfrutado en boca acabara en el escusado del baño.

Para cuando nuestros estómagos dejaron de ser un remolino, y los inquietantes vaivenes del aeroplano cedieron, algunos se quedaron dormidos. Mis tíos, mis primos y mi hermano roncaban como si se hubieran tragado una metralleta que se disparaba en cada exhalación. Creo que papá no pudo descansar; se despertaba cada vez que se escuchaba uno de los estridentes ruidos de los motores. Yo, yo no despegaba la cara de la ventanilla, no me quería perder ni un instante para tratar de comprender cómo era que podíamos estar en el aire sin nada que nos sostuviera.

Mamá se veía en un bosque oscuro. La luz, por más que tratara, no se podía filtrar a través de la densidad de los árboles. Sintió su pequeñez ante aquellos gigantes centenarios. Tuvo miedo y comenzó a caminar aceleradamente tratando de buscar la salida, pero el bosque era circular y todo su esfuerzo llegaba una y otra vez al mismo punto. La tierra que levantaban sus pasos se convertía en la niebla de la propia guerra. La Gestapo tras ella, perros ladrando, husmeando, dejando babas espumosas de rabia en su camino. Su figura se refleja en un charco, un espejo que deforma su identidad. No puede gritar. Quisiera, pero no puede, la escucharían esos hombres con las manos enfundadas en guantes negros de piel amenazadora, soltarían a los perros para que le amputaran un brazo en furiosos mordiscos. Afortunadamente un violento espasmo de turbulencia la hizo despertar. Estaba ansiosa, asustada. Papá acarició su mejilla con el dorso de la mano, luego la apretó contra sí y buscó palabras de consuelo que la tranquilizaran: "Fue sólo una pesadilla, querida", le dijo mientras le limpiaba las lágrimas con las yemas de los dedos, aunque ella continuó con el horror en la cara. El resto del viaje estuvo despierta. Debía mantener alejados los sueños, a la Gestapo y a los perros.

La existencia de mamá había sido acuñada, además de por la guerra, por los años en que estuvimos separados de mi padre, y por las personas que se fueron, por su madre y sus hermanas, por las risas y los abrazos que se habían convertido en ausencias. Ahora estábamos a unos minutos de que, finalmente, dejara el pasado en su lugar, de retomar el tiempo en que compartieron la vida, en que fueron felices. Estaba nerviosa, era una nueva historia a punto de escribirse, y el anhelo de reunirnos con el resto de la familia era el impulso que nos sostenía en este azaroso viaje. Nuestro arribo a América era un guiño a la dicha, y esperábamos que ésta nos guiñara de regreso.

XVII

Nos desvanecimos entre las nubes, y cuando emergimos de ellas era 5 de mayo de 1948, el día en que llegamos a México. Una enorme extensión de luces, como luciérnagas sobrevolando un valle, brillaba a lo lejos. Era la ciudad. El piloto parecía hacer una danza por los aires con su "pájaro de metal" hasta que aterrizamos entre barrios y calles transitadas; el aeropuerto estaba incrustado en el corazón de la inmensa capital. Nos desabrochamos los cinturones de seguridad imitando lo que hacían los demás pasajeros, y nos dirigimos a la puerta de salida donde la tripulación formaba una línea despidiéndose de los viajeros. Al pasar junto a la aeromoza, que tan amablemente nos había servido de comer, papá se disculpó por no tener dinero para darle una propina en agradecimiento. Nuevamente apareció la expresión que se le cinceló en el rostro la primera vez que se dirigió a nosotros, la que la hacía ver tan dulce y compasiva, como si su cara hubiera sido diseñada para lucir sonrisas.

Comenzamos a descender por la escalinata del avión. Pisamos donde desde hacía años deseábamos haber pisado. Donde mi abuela y mis tíos y tías habían encontrado resguardo y libertad. Ahora, andar esta tierra se convertiría en un vínculo con mi pasado, con mi herencia y mi historia, porque ellos habían pisado antes que yo, dejando ya vestigio de su presencia. El lugar donde los agaves, el maguey y el nopal no hacen sombra, y no la necesitan. El lugar donde los cultivos nacen como dádivas, en montaña y río, lago y valle, cueva y manantial. Árboles que gotean cacao, polen bronceado y chile mulato. Mazorcas derrochando sus granos, sustento de vida, alegoría de emancipación y albedrío. Aquí dejaríamos nuestra semilla, aquí echaríamos raíz.

Caminamos de prisa. Mamá se mordía el labio inferior, apenas podía controlar sus pasos. Sentía una tremenda urgencia por salir y que las personas que deseaba que estuvieran esperándola ahí estuvieran. Ojos color miel que buscaban ávidos el encuentro. Mientras nosotros presentábamos los papeles y visas a los oficiales de migración, la familia que nos esperaba tras las puertas de cristal daba pasos cortos e impacientes de un lado a otro, ansiosos por vernos. La abuela Raquel miraba a cada instante su reloj, se lo acercaba al oído para cerciorarse de que andaba, porque el tiempo se le pasaba tan lento que pensó que quizá olvidó darle cuerda. Pero escuchó el tic tac mientras sus tacones bajos acompañaban el ritmo de la espera. Jamás perdió de vista las puertas de cristal.

Las tías y los primos se preguntaban si nos reconocerían a nosotros, a los niños, después de todo, nunca nos habían visto, ni nosotros a ellos. Salimos. Vítores, gritos, sonrisas y mucho llanto nos recibieron. Nos fuimos acercando y descubrimos nuestro enorme parecido. Mamá corrió hacia la abuela. A una le temblaron las manos; a la otra, la voz. Se abrazaron; las lágrimas escapaban en un intento fallido por controlar el sofoco. A ellas se sumaron los tíos Aarón y Moisés. No se soltaron de ese abrazo sedante, y no dejaron de enredarse en la miel de sus ojos. La misma miel, los mismos ojos. Demasiado tiempo, demasiada vida, demasiados silencios. Había tanto que decir, que no encontraban las palabras para pronunciarlas, y temían que ni todo lo que les quedaba por vivir les alcanzara para recuperar lo perdido.

Se abrazaron nuevamente madre e hija, se abrazaron como nunca antes, transformando ese abrazo en un contenedor de tiempo del que no tenían recuerdos, del que no habían vivido. Sintió que su madre por fin la acompañaba, que llegaba la tan deseada completud, que las dos se unían más allá de las líneas escritas en todas las cartas, en esas que mil veces leyó en voz baja y que finalizaban diciendo siempre lo mismo: "Muy pronto estaremos juntas". Una frase casi borrada de tanto pasarle los ojos. Por fin vio a su madre que también la estaba viendo, y sonrió. Llevaban doce años esperando ese instante, años soportados por cartas y por el aroma dulzón de su tinta.

Estaba la esposa del tío Aarón, Chelo, y su hija mayor, Raquel. La tía Billy, la tía Becky. Los abrazamos a todos, uno a uno, estrechamente. Con ese gesto llegaba el fin de nuestra errancia y el comienzo de una vida nueva. Toda esa gente había ido a recibirnos; no los conocía, no me conocían, pero eran esa familia por la que había escuchado a mamá llorar tantas veces.

Salomón, mi nuevo primo, un muchacho moreno como yo, hijo del tío Aarón, me dijo:

—Vine a conocerte a ti.

—¿A mí?

—Sí, a ti.

Ése fue el inicio de una larga amistad con *el Negro*, como lo apodábamos todos cariñosamente; fortalecida porque los primeros meses en México nuestra familia vivió con la del tío Aarón. Los Behar vivieron con la tía Billy. Nos fuimos habituando a nuestra nueva realidad y todo lo que ésta nos ofrecía, hasta que pudimos ponernos en pie, en cuanto papá se reinventó uniendo la generosidad de estas nuevas tierras con sus ganas y su compromiso de salir adelante. La mezquindad de la vida lo llenó de orgullo y del impulso por triunfar. Se convirtió en un exitoso empresario y fundó una fábrica de bordados finos y otra de botones: La Tirolesa y Butonia. Mi hermano Salomón y yo trabajamos con él toda la vida, y la relación ya no sólo fue de padre a hijos solamente, sino de socios también.

Las reuniones familiares se convertirían en una constante. Cenas de Shabat, comidas domingueras en las que todos relajados bromeaban llenando el espacio de risas y anécdotas. Los niños jugábamos mientras los adultos escuchaban a Agustín Lara o a Toña la Negra en la XEW, "la voz de América Latina desde México". Agotaban a la radio por la sobrecarga de trabajo. La abuela Raquel tenía el don de reunirnos a todos; mesas largas llenas de nuestros platillos favoritos y una abundancia a la que no estábamos acostumbrados; aunque también poseía una tremenda fuerza de carácter, "la sangre búlgara", el argumento que utilizaban todos para justificar el temperamento que le hervía en expresiones de un tono que no admitía disuasión.

Mamá siempre trató de llenar de palabras el vacío de los años en que ella y mi padre no se vieron, el vacío de la distancia entre ella y su familia materna, el vacío que le dejaron las huellas de guerra. Y contó mil veces cómo, durante el viaje en tren, papá nos distribuía la comida que había podido intercambiar por tabaco. Y contó otras mil que yo había fingido no tener hambre para que mi hermano comiera un poco más de la única papa que teníamos. Y contó y contó los mismos episodios sumergida en sus recurrentes cuadros de melancolía. Creyó que podría escapar cruzando océanos y continentes, que su desolación y el desasosiego de horas ajadas y de noches huyendo de las repetidas pesadillas se aliviarían en el mundo nuevo, pero no fue así, los recuerdos seguían olfateando en su cabeza y el poder de la mente lo superaba todo.

XVIII

Hablar de lo vivido resultó no ser un bálsamo ni una catarsis ni una especie de confesión que le quitara el terrible peso de encima, por el contrario, nadie entendía, nadie que no hubiera vivido el sentimiento de soledad que la acechaba podría entenderla nunca. Era como tratar de describir el sabor o el aroma del chocolate, o del zapote, o del mole; imposible imaginarlo hasta no olerlo o degustarlo. Así era tratar de describir cómo se siente un sobreviviente de guerra. Así, una intrusa en su propia piel, y más aún, con su propia madre, quien no lograba comprender por qué su hija no dejaba de tirar de los recuerdos que llevaba atados a una cuerda hecha de memoria. La abuela creía que era tan fácil como tener la voluntad de olvidar, que era una cuestión de determinación, de "querer" hacer a un lado las ausencias, las pérdidas, la distancia, y mamá, mamá estaba más triste que nunca.

Poco a poco comenzamos a notar las pausas en su charla, los intercambios de silencio, las escasas sonrisas. Nada era igual. Su sabor color mermelada de cerezas y su aroma a rosas estaban cansados, ella era una flor casi marchita. Sus recuerdos se convirtieron en su estado de ánimo. Su mente regresaba siempre a Preslav, al exilio, a la lamentación. Papá la veía consumirse prematuramente, la veía en esa continua e inagotable lucha con sus recuerdos, la veía albergar cada noche la falsa esperanza de irse a la cama esperando no soñar. Estaba preocupado. La llevó con cuanto doctor le recomendaron; psicólogos, psicoanalistas, hierberos, neurólogos y hasta brujos... nada ni nadie le pudo frenar las evocaciones, la masacre en esa mente que se había convertido en una caja de resonancia.

Finalmente, en un esfuerzo más, mis padres hicieron cita con el último médico de la lista sugerida.

—La causa de la depresión es un exceso de pasado. Existe la esperanza de que su padecimiento pueda aliviarse —dijo el psiquiatra de gafas circulares y barba tupida.

Y bajó aún más la voz para añadir:

—No quisiera prometer una cura —continuó—, pero bien vale la pena probar.

—Haremos lo que sea para que Sofía esté bien, lo que sea —dijo mi padre.

El doctor se quitó los lentes, los miró fijamente y suavizando las vocales en su voz dijo:

—Ésta será una estrategia distinta, es necesario que la señora tenga un nuevo sentido de vida, una nueva causa. Buscar razones para tener que estar bien. Dedicarse a otra persona que la necesite y a quien ella ame. Señores, en pocas palabras, recomiendo que tengan un bebé.

Papá y mamá se voltearon a ver eslabonando sus miradas. Estaban dispuestos a probar, a darle esta oportunidad al añorado contento, a sentirlo cuando los rozara y ceder, a ser escoltados por la dicha con los ojos abiertos y con los ojos cerrados, en sueños y en realidad.

Unas semanas después de la consulta con el doctor el malestar y el inusual cansancio anunciaron el embarazo de mi madre. La indicación médica resultó profética, y estar encinta comenzó a desentrañar aquel entramado tejido con fragmentos de estragos, de hedor, de carencias, de fauces, de despojo. La preñez rescató a la antigua Sofía, a la simpática y ocurrente, a la que cantaba a solas, a la que arreglaba su cabello brilloso y azabache, a la que olía a rosas frescas tatuadas en la piel, a ésa, a la de antes. Tener un bebé le demostraría que la vida sigue, que se puede esperar alegría, y más importante aún, sentirla, que se puede gozar y tener motivaciones suficientes para reinventarse y dejar de ver al monstruo del interior, al que no se refleja en el espejo.

Mamá estaba por cumplir cuarenta años, todo un desafío tener un bebé a esa edad y en esos tiempos. Mi hermana nació el 9 de febrero de 1950, después de varias horas de labor. La única mexicana de la familia. Una niña de piel lechosa, tez de porcelana, hebras de almíbar por cabello y ojos de un tono perfecto; una combinación del color verde de los de papá y la profundidad del tinte moca de la mirada de mamá. La registraron con el nombre de Reyna, en honor a mi abuela paterna. Mi hermana creció entre mimos y cuidados, y el instinto maternal la colmó. Mamá adquirió una nueva conciencia de sí misma, de su pasar por el mundo, de su existencia. Su intuición se avivó y parecía haberse reconciliado con la vida. Comenzó a brillar con su propia luz, y fue lluvia y cerezo, y se llenó de gracia, y abundaron los besos y las caricias. Parecía encontrar su lugar en el mundo cuando se enredaba con su criatura entre los brazos. Parecía encontrarle significado a esa existencia convulsa, y a renovar su esperanza.

Fueron muchos los años en que escuchamos el sonido de la risa que creíamos olvidada. Estrenamos momentos y conversaciones, y la lozanía que le había traído la felicidad la hacía lucir atractiva, llena de contrastes y de luz barnizándolo todo con colores dorados, azules y malvas. La estela de sus encantos resurgió y, en este nuevo terreno sin abono para los recuerdos, la tristeza parecía haber llegado a su fecha de caducidad. Pero mi madre vivía una frágil complicidad con la idea de ser feliz, y ésta, por momentos, daba indicios de irse acobardando.

El tiempo pasó, mi hermana se hizo grande y dejó de necesitar tanto a mamá. En efecto, el aroma lácteo de su bebé la mantuvo dichosa un tiempo, pero la vitalidad que la definía fue desapareciendo en cuanto la dependencia infantil lo hizo también. Los brazos se le vaciaron de esa nueva vida y la sombra de muros imposibles de traspasar comenzó a cernirse de nuevo. Volvieron las pesadillas, los sudores, los espasmos, el sentir de una existencia demoledora. Se tallaba la dermis con fuerza durante largos baños en los que intentaba desprender la severidad impregnada de sus propios pensamientos, y que la felicidad resurgiera como piel nueva; pero eso no ayudaría, había que descoser los recuerdos hilvanados con filamentos de pérdida y duelo.

Los instintos de papá ya estaban perfectamente calibrados para detectar cualquier vislumbre de una actitud depresiva. Aprendió a interpretar las miradas y los silencios, actuaba de inmediato. Aparecía sentado en la orilla de la cama en la que ella se enclaustraba, listo para abrazarla y hacerla dejar de gemir, y que abriera los ojos de aquel rostro lívido, ensombrecido por el pánico. Sólo quería protegerla, mantenerla en casa a través de su abrazo y hacerle ver que su lugar en el mundo estaba ya definido, que era junto a nosotros, que sepultara de una vez por todas el pasado que la martirizaba: "Shhh, aquí estoy, no pasa nada. Yo te protejo, aquí estoy contigo". Ella escuchaba su voz suave deslizarse por el aire nocturno, recuperaba el aliento, serenaba su respiración y se abandonaba en sus brazos hasta adormilarse en un nuevo pero corto reposo. Las avalanchas de rastreros pensamientos volvían y no se atrevía ni a pronunciarlos, porque ponerlos en palabras la estrangulaban. A veces, su tristeza llegaba en el momento más inapropiado, en festejos o reuniones, pero es que no se podía contener y en su abrazo yo podía sentir sus lágrimas mojando mi cuello, aunque ella tratara de disimular. Comprendimos que el miedo tiene memoria y la memoria miedo.

Para entonces, nuestra situación permitió que papá recurriera a médicos y psiquiatras extranjeros. La llevó a Suiza, a los Estados Unidos, a Rumania, en fin, no había recomendación a la que no le siguiera el rastro para calmarle el continuo ahogo, para no enterrarla en vida. Pero la inmensidad de lo invisible parecía tragársela sin mostrar clemencia. Los agudos acaparaban el tono de los ecos, y protagonistas, como lo eran, desperdigaban las evocaciones dolorosas, y una inmensa ola la revolcaba en una brutal embestida. Cuando al fin la marea retrocedía, dejaba en algún lugar, lejano o cercano de esa mente arenosa, la resaca de lo destrozado; jirones carcomidos de felicidad. Irrecuperables. Desmembrados.

Volvió el debate colisionante y sistemático entre las imágenes, esas que iban más allá de lo creíble, las repulsivas, las que la torturaron y que ni los electrochoques pudieron desvanecer. Una terapia que los médicos calificaban de "salvavidas, un tratamiento de acción rápida para ayudar al cerebro a reconectarse". Papá, mi hermano Salomón y yo esperábamos afuera. Suelas de goma de doctores y enfermeras rechinaban en cada paso apresurado sobre el piso de linóleo. Después, quedaba exhausta, un cuerpo indefenso, anestesiado y desvalido dispuesto a sucumbir dócilmente a la voluntad de una cama que le esperaba como destino. Para mí, su enfermedad estaba cubierta por un aura misteriosa que no lograba descifrar, pero que claramente le provocaba una turbulencia interna tan poderosa, tan paralizante que su vida nueva en México era una oportunidad perdida. La fatalidad parecía empeñada en mantenerla atrapada en un diálogo inútil que se restregaba sin piedad sobre cualquier viso de alegría. El tono cristalino y meloso de su mirada se mudó, dando cabida a un apático gris plomizo. Jamás volvería a ser la misma. Jamás. Y quedó náufraga.

Ahora, décadas más tarde, me es difícil pensar en el valor que se necesitaba para sobrellevar cada día y controlar las emociones que superaban su voluntad. Para no desear que la oscuridad se la tragase, para luchar con una agonía ácida plena de pesadillas que rasgaban la realidad, para querer seguir viviendo. Mamá se pasaba noches enteras viendo el cielo pardo, evasiva y distante, y ese manto parecía ser el único que la comprendía en su oscuridad permanente.

XIX

Se sucedieron los años. Hicimos patria en suelo mexicano. No fue una mera cuestión de geografía; tuvimos hijos, enterramos a nuestros muertos, cultivamos amistades, dejamos de sentirnos ajenos, de ser refugiados. Comprendimos la comida, nos enchilamos, disfrutamos los ritmos, nos rendimos ante la inmensidad de sus horizontes y agradecimos la generosidad de su clima. Las cáscaras de naranja, que durante tanto tiempo guardé en el bolsillo de mi pantalón, ya no fueron necesarias para evocar con su aroma un sabor y un momento que siempre recorrí con la memoria hambrienta. En México, ya nunca ocupé un lugar en la mesa sin tener un vaso rebosante de jugo de naranja que me tomaba despacio y con los ojos cerrados.

Hoy, a setenta años de distancia, estoy sentado con mis tres hijas y mi esposa en la misma banca en la que se sentaba mi madre a verme jugar entre los árboles de la Morska Gradina. Al pie de su calma se acercan pájaros y mariposas, como ayer, como siempre, y siento la brisa de ese mar Negro desfilando junto al jardín. Echo un ojo al pasado. Me pregunto si todo lo vivido sucedió en otra dimensión, en un lugar en donde viví antes de vivir. Hay anécdotas que les cuento a mis hijas aquí, en donde todo sucedió, y los recuerdos se hacen recientes. La improvisación del aire fresco trae la claridad de los detalles que ha permanecido conmigo todo este tiempo. Por momentos, me cuesta trabajo pensar en que todo fue real, es como ver una película antigua dentro de mi cabeza, y sé que la realidad y el miedo hubiesen sido mucho más feroces sin la fantasía infantil que me resguardó en mi mundo de inocencia.

En algún lugar entre los árboles veo a un niño, me veo a mí en situaciones tan fuertes como el haber carecido de leche, y por ello creer que mi tono de piel era más acaramelado que el de mis amigos, o me imagino la tarde en que nos arrancaron a mi padre, o el momento en que el oficial de las ss me regaló un dulce. Un gesto que aterró a mamá, tan contradictorio a las ideologías esquizofrénicas y tergiversadas bajo las cuales ese hombre fue amaestrado, como tantos otros, y por las que nos habíamos convertido en depositarios de odio y discriminación.

Mis pensamientos se vuelcan hacia los niños que no pudieron ser. Hacia los que quizá hubieran amado la música, y hubiesen pasado horas ensayando las notas de una melodía de Brahms. Hacia los estudiosos de física que hubieran estado en un laboratorio haciendo importantes descubrimientos. Quizá entre ellos hubiera habido quien continuara su educación en química o matemáticas, y quien se hubiese convertido en catedrático, en investigador, en el siguiente Premio Nobel. Quizá esos niños tan sólo hubieran querido ser padres y esposos. Tan sólo hubieran querido vivir. Pero la oportunidad les era arrebatada desde el momento en que se escuchaban, como un tiro de gracia, las palabras *papieren* o *halt*. En ese instante se les decretaba un destino que se esparcía en el viento convertido en cenizas.

Otra pudo haber sido mi suerte, pero estoy aquí, en Varna, con los recuerdos desbordándome. El paisaje va cambiando su color mientras el sol lo ilumina en su recorrido. Hay lugares que no son como los recordaba, ahora se me figuran más pequeños. Mi vida parece un sueño; no sé si ésta, o la anterior, la que viví aquí hasta los once años. Era difícil pensar en lo que había pasado en este mismo lugar. Rememoré el calor de una tarde más antigua, me llegó el olor a sangre de la joven partisana linchada en la plaza y la imagen de mi madre cuando los chiquillos escupieron su estrella amarilla. Me abordó el recuerdo del caramelo amarillo entre mis labios rojos.

Por un instante la vastedad del mundo me quedó grande. Miramos el mar. Todo lo vivido se reflejó en la espuma de aquellas olas, y mis miedos se intensificaron pensando en que algún día pudiera pasarles algo a ellas, a mis hijas, a mi esposa, a lo más preciado; algo como lo que ningún padre pudo evitar durante la guerra. Les conté todo, ahí en mi Jardín del Mar, y descubrí pasajes de mi propia historia. Giraron los recuerdos en un caleidoscopio. Se detonó la memoria hecha perfume aspirando el olor a rosas de mi madre. Recorrimos juntos el mismo camino, el de siempre, el mío. Les compartí mi mirada, lo simbólico, los significados. Me acompañaron en la imagen de dirigir la orquesta en un magistral concierto mudo. Sólo nosotros lo podíamos escuchar. Les conté todo, porque de no hacerlo, la historia no se acaba y la lección no se aprende.

Me vino a la mente el famoso refrán ruso: "A quien recuerde el pasado que le arranquen un ojo. A quien lo olvide que le arranquen los dos". ¡Cómo olvidar, cómo! Mi historia se convirtió en la suya en cuanto se las narré, y fue un privilegio estar ahí sentados, los cinco. Era lo que sus oídos precisaban escuchar, era lo que mi alma en desahogo necesitaba llorar. La ocupación, el confinamiento, el destierro. El tan deseado retorno después del exilio en Preslav, regresar a Varna, regresar para ver quién había vuelto, quién había soportado los trabajos forzados, quién había sobrepasado las heladas, y esperar que papá fuera uno de ellos. La vida se había paralizado, la de la ciudad y la nuestra. Pausa. Reencuentros. Ausencias. Calles cóncavas, casas llenas de sombra. Un alambre para poner la ropa al sol, una estrecha y huérfana ventana, una bacinica bajo la cama, los estómagos vacíos.

Hubo cosas que quise decir en voz baja, pero las palabras se escucharon con claridad, y en el imaginario de mis hijas surgieron los eternos fantasmas confrontándose entre la bondad y lo perverso, entre la capacidad de barbarie y la profunda compasión. La entrada de los alemanes a Bulgaria, los años separados de mi padre, la solidaridad de la Iglesia, del rey, de la gente común, la que era como nosotros, y nosotros como ellos; con la que encajábamos. Éramos hermanos búlgaros, eso era todo.

XX

Nos fuimos lejos, muy lejos. A muchas millas náuticas, a kilómetros; lejos por aire y por mar. Nos convertimos en sobrevivientes y en exiliados y en peregrinos, hasta llegar a la tierra cálida para gozar de ella lo que restara por existir. La vida nos sonreiría, pero la guerra nunca dejó de clavarnos sus garfios; fue como haber emigrado con sus esporas metidas en las uñas, y por eso hoy entrego mis memorias, para que el camino no se eche al olvido de un solo soplo, para no ser sombra y se borre el recuerdo, para que la voz no se quede dormida, para recorrer con su grito el tiempo. Viví un presente que acudió a las nostalgias del pasado con aquella visión de ingenuidad niña, hace setenta años, hace ayer, hace cien vidas, hace nunca. Revelación de un instante; vivir ha sido un arrebato. Dejo constancia. Mis frutos como presencia. Domingos que, aún hoy, huelen a mi Jardín del Mar.

AGRADECIMIENTOS

Gracias a mi padre, Alberto Bejarano por su testimonio, por sus recuerdos infantiles, por su memoria privilegiada, por las charlas llenas de anécdotas, por soportar mi insistencia y acceder a viajar a Bulgaria, por compartir su historia, ahora mía, como hija y nieta de sobrevivientes del Holocausto. Nada de lo que me relataste será olvidado jamás.

A mi abuela Sofía, a quien debo mi nombre, el cual porto con el mismo orgullo con el que ella me hacía sentir especial. Gracias por los relatos, por no haber callado a pesar de que recordar dolía tanto. A mi abuelo Efraim, con la admiración de que haya tenido fortaleza en la fragilidad, de que haya decidido mirar hacia adelante y forjar un futuro para nuestra familia a pesar de los fantasmas.

A Moisés, mi esposo, compañero y cómplice siempre. Gracias por escuchar mi incesante platica acerca del nazismo y de la Segunda Guerra Mundial. Por desmenuzar mis repetidos conflictos con la naturaleza del hombre. Por interpretar mis miradas y mis silencios durante los casi tres años que me llevó escribir esta novela. Gracias mil por tu paciencia y por haber visto conmigo cuanto documental, película y serie me interesaba para empaparme de datos. Por el sin fin de lecturas preliminares. Por entender las ausencias, por tus sabias palabras y por ayudarme a tomar las mejores decisiones de mi vida, en el mundo de la literatura y fuera de él. Gracias por imaginar conmigo, por contenerme, por amarme.

Gracias a Alex y Sandy, Rafa y Lisa, Arturo y Melina, por su apoyo incondicional, el de siempre, el que me hace pensar que todo valdrá la pena porque ustedes, mis hijos, estarán orgullosos de nuestra historia familiar. Mi agradecimiento por comprender cuando no podía estar más con ustedes o con sus hijos, mis adorados nietos porque había una hoja en blanco esperándome para llenarla.

A mi madre Mery Eliakim y mis hermanas Venice y Reyna, mujeres extraordinarias todas. Les agradezco el estar siempre al pendiente de mis historias, de mis líneas, de mi pasión por escribir. Gracias por la confianza que me hacen sentir en mi alma creativa.

A Francisco Martín Moreno, mi gratitud infinita por el halago de tus palabras, por haberte tomado el tiempo, en tu ocupada agenda, de leer este relato y reconocer los vértices que nos unen como escritores con una historia compartida.

Gracias a mi tía Reyna Bejarano, por develarme las impactantes fotografías que dan sustento a tantos relatos que vivían en mi mente a través de palabras y que ahora tienen imágenes.

A Yolanda Franco Bejarano, por confiarme material gráfico tan significativo en esta historia.

A mi querida Luly de León, gracias por regalarme las comas que me hacían falta, por el respiro de un punto y aparte que necesitaba, por los acentos que, por la urgencia de poner en papel todo lo que el corazón me dicta, quizá ignoré; pero sobre todo, por encariñarte con mi obra.

A Eloísa Nava, mi cálida editora y ahora amiga, así como a todo el equipo de Penguin Random House por darle casa a mi libro y por creer en mí.

Para escribir esta novela histórica basada en la vida de mis abuelos y de mi padre, me di a la tarea de estudiar y consultar docenas de fuentes. Fue un largo y arduo trabajo de investigación, pero gracias al libro *Beyond Hitler´s Grasp, the heroic rescue of Bulgaria´s jews* de Michael Bar- Zohar, pude descubrir datos de primera mano que me revelaron situaciones cruciales para mi texto. Gracias a este gran libro, pude entrelazar momentos fuertes y desconcertantes de lo narrado por mi padre, con los hechos específicos de la historia de

Bulgaria durante los años de la guerra, y así, facilitarle una comprensión dinámica al lector.

La video entrevista hecha a mi padre por la Shoah Foundation de Steven Spielberg hace unos años, fue un gran apoyo. Gracias por tener este testimonio entre sus invaluables archivos.

Consulté las entrevistas realizadas al Rabino Haim Asa, primo de mi padre, en la serie Real Life Stories in a New York Minute. Su testimonio fue de gran ayuda.

Un especial y profundo agradecimiento a mis queridos lectores, a ustedes que desde mi novela Lunas de Estambul, me acompañan para permitirme sumergirlos con la pluma en mis historias.

El jardín del mar de Sophie Goldberg
se terminó de imprimir en febrero de 2020
en los talleres de
Litográfica Ingramex, S.A. de C.V.
Centeno 162-1, Col. Granjas Esmeralda, C.P. 09810,
Ciudad de México.